# La fille du Dragon

*Chère lectrice,*

« Le cœur a ses raisons que la raison ne connaît pas », affirmait Pascal. Et assurément, ce ne sont pas vos héros de ce mois qui le contrediraient ! Christian, d'abord, ne parvient pas à oublier la petite Rosalind, la fille de son seigneur et maître assassinée à l'âge de quatre ans. Un crime dont personne, jamais, n'a contesté la réalité. Alors pourquoi a-t-il l'étrange intuition que Rosalind n'est pas morte ? Découvrez vite *La fille du Dragon*, dernière partie de la saga médiévale de Catherine Archer… Lord Lucius, également, s'interroge : pourquoi son grand-père tient-il tant à lui faire épouser la pétulante Angela ? Comment le vieil homme peut-il imaginer que cette jeune fille si gaie, si lumineuse, supportera un ours mal léché comme lui ? *Le bal des ombres*, donné un soir d'été 1817, va l'aider à trouver la réponse… Un an plus tard, à Londres, Ethan, héros de *La double disgrâce*, est lui aussi en proie à la perplexité. Quel mystérieux démon le pousse à courtiser une femme qui, visiblement, n'a aucune intention de se marier ? Une épineuse question qui, en 1876, taraude également Jack. La dame de ses pensées, c'est évident, ne lui voue guère d'estime. *Le pacte* d'intérêt qu'ils ont conclu suffira-t-il à les rapprocher ? Rien n'est moins sûr… En 1865, en Amérique, Morgan est tout aussi désemparé. Comment peut-il être épris d'une intrigante qui lui ment pour profiter de sa fortune ? Assurément, il ferait mieux de la mettre à la porte. Mais que deviendrait alors *L'enfant de l'aurore*, ce bébé auquel il est déjà si attaché ?

Enfin, le 1er septembre, ne manquez pas le 17e titre de votre collection Grands Romans Historiques, *La Courtisane*, de Nan Ryan.

Bonne lecture, très bel été, et rendez-vous en octobre,

***La Responsable de collection***

CATHERINE ARCHER

# La fille du Dragon

LES HISTORIQUES

*éditions* Harlequin

**Si vous achetez ce livre privé de tout ou partie de sa couverture, nous vous signalons qu'il est en vente irrégulière. Il est considéré comme « invendu » et l'éditeur comme l'auteur n'ont reçu aucun paiement pour ce livre « détérioré ».**

*Cet ouvrage a été publié en langue anglaise*
*sous le titre :*
DRAGON'S DAUGHTER

*Traduction française de*
MARIE-FRANCE BALAZS-KNOPP



*Illustration de couverture :*
© ACCORNERO / SCHLUCK


83-85, boulevard Vincent-Auriol, 75013 PARIS — Tél. : 01 42 16 63 63
Service Lectrices — Tél. : 01 45 82 47 47
ISBN 2-280-17520-7 — ISSN 1159-5981

# À cette époque...

L'héroïne de ce roman médiéval est guérisseuse dans un petit village d'Ecosse et cueille les simples, herbes médicinales destinées à soulager différents maux... A cette époque, il est vrai, le médecin diplômé, le «maître en médecine», s'abaisse rarement à aller examiner les malades dans les campagnes. Il laisse ce soin aux herboristes et aux apothicaires, aux guérisseurs qui ont recours à des recettes parfois très excentriques pour vaincre la maladie : par exemple, pour soigner la léthargie, on attache un cochon de lait au bout du lit ; on recommande un mélange à base d'huile de scorpion, d'œufs de fourmis et de chair de lion pour guérir l'apoplexie, et du sang de jeune bouc nourri aux herbes diurétiques pour «dissoudre la pierre dans la vessie» ! Une des mixtures les plus renommées est la fameuse «thériaque» dans laquelle entrent plus de soixante-dix substances dont du miel, du vin, de l'extrait d'opium, du venin de vipère, de la réglisse, du safran, du bitume de Judée et... des rognons de castor ! Quand cette singulière médication ne suffit pas, on fait appel aux chirurgiens, qui sont d'anciens barbiers capables d'accomplir des opérations aussi délicates qu'une trépanation. Leur art, pourtant, n'est nullement reconnu : les médecins, qui les méprisent de ne savoir ni le grec ni le latin, leur interdisent l'accès de l'université et les rejettent dans le monde des métiers manuels et artisanaux.

# 1.

— Tu avais raison, Padriac, il semble bien mal en point.

D'un regard compatissant, Rowena examina l'homme qui gisait sur la plage balayée par le vent. Son visage, dont les traits ne devaient pas manquer de beauté en temps ordinaire, lui parut livide et figé comme un marbre insensible. Ses cheveux sombres collaient à son front, entremêlés d'algues et de grains de sable. Quant à ses vêtements, ils étaient en loques, mais l'étoffe de velours bleu était indéniablement de bonne qualité et avait dû autrefois être fort seyante.

Le cœur serré par ce spectacle, elle se remémora les paroles du petit Padriac, qui s'était rué dans son cottage pour requérir son aide :

— Venez vite, miss Rowena ! Je cherchais des coquillages sur la plage, et voilà que j'ai trouvé un étranger couché de tout son long sur la grève. Je crois bien qu'il n'est pas mort, mais il est très mal en point !

Oui, le souffle de l'inconnu soulevait encore sa poitrine, constata la jeune fille d'un coup d'œil expert. Mais pour combien de temps ? Sa respiration semblait si faible, presque imperceptible en vérité…

Comprenant qu'elle devait agir de toute urgence, Rowena se tourna vers le gamin qui observait la scène à côté d'elle, les yeux arrondis de curiosité.

— Il faut l'amener tout de suite au cottage, déclara-t-elle d'une voix aussi ferme que possible. Ici, je ne peux rien faire pour lui.

Mais à peine eut-elle proféré ces mots que la difficulté de l'entreprise lui apparut pleinement. Transporter l'homme, certes, mais comment ? Si Padriac était venu donner l'alerte, c'était précisément parce que tous les hommes adultes, à commencer par le père du jeune garçon, étaient depuis longtemps en mer sur leurs bateaux de pêche.

La jeune femme fronça les sourcils et évalua toutes les données de la situation. Que faire ? Les hommes ne regagneraient pas la côte avant plusieurs heures, à en juger par la position du soleil, encore très haut dans le ciel. Quant à la sente qui menait de la plage au village, elle était particulièrement escarpée et glissante. Jamais elle ne parviendrait à traîner l'inconnu sur une telle distance avec la seule aide de Padriac, si une tierce personne ne venait pas à leur secours.

Comme s'il avait lu dans ses pensées, le garçonnet fit écho à ses préoccupations.

— Nous n'arriverons jamais à le porter, observa-t-il d'un air soucieux.

Perplexe, Rowena jeta un nouveau regard à l'étranger. Il était difficile de savoir depuis combien de temps il gisait là. Probablement pas plus de quelques heures, supposa-t-elle, sans quoi les pêcheurs n'auraient pas manqué de le découvrir.

Prenant une brusque décision, elle se tourna vers son jeune compagnon.

— Va vite chercher notre amie Hagar, enjoignit-elle, et dis-lui d'amener quelques villageoises avec elle. Il a beau être grand et robuste, nous parviendrons bien à le soulever à plusieurs.

N'était-ce pas toujours ainsi que se passaient les choses à Ashcroft ? Difficile d'accès, le village était si parfaitement coupé du reste du monde que ses habitants avaient pris l'habitude de s'entraider en toutes circonstances. En fait, les villageois formaient pratiquement une seule et même famille, et cette solidarité avait grandement aidé Rowena à surmonter son chagrin, lorsqu'elle avait perdu sa mère quelque trois ans plus tôt.

Tandis que Padriac s'élançait vers le village, la jeune fille laissa un instant son regard errer sur les flots, attristée malgré elle par le souvenir de ce deuil. Aussi irascible et amère qu'elle fût, sa mère avait été le centre de son univers, depuis le jour lointain où elles étaient toutes deux arrivées à Ashcroft. Rowena avait à peine quatre ans à cette époque, et elle n'avait gardé pratiquement aucun souvenir de la période qui avait précédé leur installation dans le petit village écossais.

En fait, il ne lui restait guère que deux vestiges de ce passé lointain : l'image d'un immense rempart de pierre qui se dressait devant elle dans une lueur de crépuscule, et la sensation d'être tenue dans les bras d'un homme aux larges épaules, qui la gardait étroitement serrée contre sa poitrine. Même après tout ce temps, elle se rappelait avec nostalgie l'odeur familière de cuir, de cheval et d'air frais qui émanait de son corps. Elle éprouvait un tel sentiment de sécurité à être ainsi blottie contre lui qu'il ne pouvait s'agir que de son père, elle en était intimement persuadée.

Sans doute lui aurait-il été facile de s'en assurer en questionnant sa mère, mais elle s'en était toujours abstenue. La malheureuse devenait si nerveuse chaque fois qu'il était question du disparu ! Elle ne cessait de déplorer le fait qu'il eût été un chevalier voué à faire la guerre pour défendre son territoire. « S'il avait été un homme ordinaire et n'avait eu à se préoccuper que de sa famille, il serait encore en vie aujourd'hui ! » gémissait-elle.

Rowena avait déjà près de treize ans lorsqu'elle s'était risquée à poser une question qui avait déchaîné l'ire de sa mère.

— Mais, maman, pourquoi sommes-nous venues en Ecosse après la mort de papa, plutôt que de rester avec nos plus proches parents ?

La réponse avait fusé, entrecoupée de sanglots hystériques :

— Parce que les miens étaient morts, et que la famille de ton père n'a pas voulu de nous ! Autant que tu le saches : dans sa maison, je n'avais pas un statut d'épouse, mais de servante.

Cette révélation s'était douloureusement enfoncée dans le cœur de la fillette. Ainsi, elle n'était elle-même qu'une bâtarde, avait-elle songé avec amertume. Mais si tel était le cas, pourquoi son père ne l'avait-il jamais légitimée ? En dépit de tout, elle ne pouvait s'empêcher de songer que cet homme l'avait aimée à sa manière. Que n'eût-elle donné pour l'avoir connu plus longtemps, afin de savoir si l'image confuse qu'elle avait gardée de lui correspondait bien à la réalité!

Parvenue à ce point de sa rêverie, Rowena ne put retenir un douloureux soupir. Désormais, elle n'avait personne auprès d'elle qui pût éclairer sa lanterne. Sa mère était morte, et ceux qui auraient pu être ses proches l'avaient rejetée à cause de sa naissance illégitime.

Attristée par cette considération, elle examina l'homme étendu à ses pieds. Lui, au moins, devait avoir quelque part une famille qui ne manquerait pas de le pleurer, si par malheur il ne revenait pas...

Inquiète de le voir si pâle et immobile, elle s'agenouilla près de lui et prit son poignet. Sa chair était anormalement froide, comme s'il était resté exposé trop longtemps aux éléments et à la fraîcheur de cette journée d'automne. Il fallait le transporter au chaud sans perdre de temps, c'était probablement une question de vie ou de mort.

De ses mains expertes, elle continua à explorer le corps étendu près d'elle, à la recherche d'éventuelles fractures. Mais elle ne trouva rien d'autre que l'enflure d'une bosse à l'arrière de la tête.

Elle glissait les doigts sous la tunique pour tâter la poitrine aux pectoraux puissants, lorsque l'homme émit un léger gémissement et ouvrit les yeux.

Prise au dépourvu, Rowena croisa son regard et découvrit avec surprise les prunelles les plus bleues qu'elle eût jamais contemplées de sa vie. « Quelle couleur étrange, si claire et si profonde à la fois ! Exactement la nuance des pervenches », nota-t-elle avec un involontaire tressaillement.

Troublée, elle mit quelques secondes à se rendre compte que, si l'homme avait les yeux fixés sur elle, il paraissait cependant ne pas la voir, comme s'il était absorbé par quelque mystérieuse vision intérieure. Pourtant, l'expression de son visage n'avait rien d'agressif. Elle reflétait plutôt l'anxiété et un étrange sentiment de compassion pour Dieu seul savait quoi…

Comme elle se formulait cette pensée, les lèvres exsangues de l'étranger s'entrouvrirent, laissant échapper trois syllabes :

— Rosalind…

Ces trois syllabes exhalées dans un souffle éveillèrent de vagues échos dans la mémoire de la jeune guérisseuse. Etrangement, ce prénom de femme lui rappelait un souvenir familier, dont elle ne parvenait pas à préciser l'origine. Connaissait-elle donc une femme qui s'appelât ainsi ? Mais non, se reprit-elle, il ne se trouvait pas la moindre Rosalind dans son entourage. En tout cas, celle qui se prénommait ainsi ne devait pas être indifférente à l'inconnu. Mais comment en savoir davantage ? Tout, dans cet homme, n'était que mystère, depuis son surcot de velours brodé d'argent jusqu'à la puissante musculature de son corps. Non seulement il appartenait à une classe aisée, mais il devait avoir été vigoureux et en bonne santé, supputa la jeune fille.

Qu'avait-il bien pu lui arriver pour qu'il se retrouvât assommé sur cette plage déserte ? D'accès particulièrement difficile, Ashcroft n'était certes pas un lieu passager, et on n'y voyait pratiquement jamais d'étrangers. A moins que l'inconnu ne fût tombé d'un bateau croisant au large ? C'était peu probable, car en dehors des barques de pêche, peu d'embarcations se risquaient sur cette côte dangereusement hérissée de récifs.

A cet instant, un bruit de voix lui parvint, apporté par le vent, et elle tourna la tête dans la direction du son. Conduite par Padriac, qui marchait en tête du cortège, la vieille Hagar s'avançait dans le sentier qui descendait du bourg, accompagnée par un groupe de femmes. A vrai dire, elles étaient même si nombreuses que la moitié du village devait être là, nota Rowena avec soulagement.

D'un mouvement souple, elle se releva et adressa aux nouvelles venues un sourire de gratitude. Comme toujours à Ashcroft, les bras ne manquaient pas, dès lors qu'il s'agissait de venir en aide à son prochain. L'entraide ici n'était pas un vain mot, et chacun faisait passer la solidarité avant toute autre considération.

En quelques instants, les femmes s'organisèrent pour fabriquer une civière de fortune, et il ne leur fallut guère plus d'un quart d'heure pour déposer l'étranger sur le lit du petit cottage que Rowena occupait dans les bois. Après l'avoir enveloppé de couvertures, Hagar se redressa et le considéra un instant, perplexe.

— Jamais vu personne qui lui ressemble ! commenta-t-elle enfin. Un noble, de toute évidence... Comment a-t-il bien pu arriver jusqu'ici ?

— C'est incompréhensible, marmonna la vieille Aggie, dont les cheveux blancs étaient emprisonnés dans une coiffe de veuve. Jamais vu un chevalier s'aventurer dans nos parages. Que pouvait-il bien chercher ?

Elle émit un soupir avant d'ajouter :

— Le pire est que nous n'en saurons jamais rien, s'il ne revient pas à lui. Et à en juger par sa pâleur, il est probable qu'il ne va pas tarder à passer...

Pour une raison inconnue d'elle-même, Rowena ne fit pas la moindre allusion au prénom féminin que l'inconnu avait prononcé sur la plage.

— Bah, notre Rowena fera peut-être des miracles, intervint Hagar, désireuse de réconforter ses compagnes.

Rappelez-vous comme elle a tiré d'affaire cet imprudent de Johnny, qui était tombé par-dessus bord en accompagnant son père à la pêche. Il était pourtant en piètre état après avoir avalé toute cette eau de mer…

Les femmes hochèrent la tête en chœur et leurs regards convergèrent vers la guérisseuse, qui toussota d'un air embarrassé. Gênée d'être le centre de l'attention générale, Rowena se tourna vers Padriac.

— Va donc puiser un seau d'eau fraîche dans le ruisseau, ordonna-t-elle de sa voix harmonieuse et posée. Je vais en avoir besoin pour laver ce malheureux et lui préparer des potions.

D'une main preste, elle ôta de la table les racines qu'elle était occupée à trier lorsque Padriac était venu l'interrompre. Mais tout en s'affairant, elle continuait à prêter une oreille distraite au bavardage de ses compagnes, qui calculaient les chances de survie du bel étranger. Elles avaient beau avoir confiance en Rowena, leurs pronostics n'étaient guère optimistes, et à écouter l'expression de leurs craintes, la guérisseuse se sentait encline à douter de ses propres talents. Aussi attendit-elle que Padriac fût revenu avec un seau d'eau pour déclarer avec gentillesse :

— Soyez toutes remerciées de votre assistance. Je sais que des tâches urgentes vous attendent, et je ne voudrais pas vous prendre davantage de temps. Si le moindre changement se produisait dans l'état du blessé, je vous en informerais tout de suite, c'est promis.

Obéissant au conseil, les femmes se dirigèrent vers la porte, mais Rowena arrêta Hagar en lui posant une main sur le bras.

— Consentiriez-vous à m'aider ? s'enquit-elle. Je vais devoir aller cueillir des simples, et il faudrait que quelqu'un demeure près de lui.

Toujours prête à rendre service, la vieille femme acquiesça sans la moindre hésitation.

— Pendant que vous êtes dehors, je vais faire chauffer de l'eau et le laver, déclara-t-elle. Il en a grand besoin, j'ai l'impression.

Sans savoir pourquoi, Rowena s'empourpra à cette perspective.

— Oh, je... Oui, bien sûr..., bredouilla-t-elle.

Pourquoi se sentait-elle aussi troublée ? se demanda-t-elle, déconcertée par ses propres réactions. Son métier de guérisseuse l'avait pourtant habituée à la vue d'hommes nus, qu'elle avait toujours soignés avec un sang-froid professionnel. En quoi cet étranger différait-il des autres, pour qu'elle réagît aussi sottement ?

Tandis que Hagar accrochait une marmite d'eau à la crémaillère, Rowena s'en fut cueillir les plantes dont elle aurait besoin pour le blessé. Lorsqu'elle regagna le cottage quelques instants plus tard, Hagar était penchée au-dessus du lit, occupée à bassiner le corps de l'inconnu avec un linge imbibé d'eau tiède.

Après avoir jeté un furtif regard à la longue silhouette étendue sur la couche, Rowena détourna résolument les yeux et se mit en devoir de préparer une décoction à base d'écorce et de racines. C'était sa mère qui lui avait enseigné l'art des simples, mais elle avait vite dépassé son professeur, qui lui reconnaissait une aptitude remarquable en la matière. Curieuse de découvrir les mystères de la nature, elle avait soigneusement observé les autres guérisseuses de la contrée, tout en se livrant à de multiples expériences qui lui avaient permis d'affiner son savoir.

Peu à peu, elle avait acquis une solide réputation d'apothicaire, et les villageois avaient pris l'habitude de faire appel à ses talents, dès que l'un des leurs tombait malade. Rowena, qui se souvenait de l'accueil chaleureux que sa mère et elle avaient trouvé à Ashcroft, n'était que trop heureuse de témoigner ainsi sa gratitude aux habitants du bourg.

Elle était occupée à surveiller l'ébullition du remède, lorsque la voix de Hagar s'éleva derrière elle :

— Venez donc l'examiner, ma fille. Vous pourrez mieux vous rendre compte de son état, maintenant que je l'ai nettoyé de cette vase.

Consciente du bien-fondé de ce conseil, Rowena s'obligea à surmonter son intempestif accès de timidité et s'approcha du lit.

— Quelle pitié, n'est-ce pas ? murmura la vieille femme dans un soupir.

Sans répondre, Rowena examina le blessé d'un regard attentif. Débarrassé de la couche de sable et de salissure qui maculait sa peau, l'homme était absolument livide, et il était facile de se rendre compte que sa vie ne tenait qu'à un fil. Au moment où la guérisseuse s'approchait de lui, il émit quelques syllabes indistinctes, et elle regretta de ne pouvoir saisir le sens de ses paroles.

Bien qu'il eût les paupières maintenant closes, elle se souvint de l'expression de son regard, lorsqu'il avait ouvert les yeux pendant quelques secondes sur la plage. « Un visage intéressant, indéniablement », songea-t-elle en examinant les pommettes légèrement saillantes et la bouche sensible, aux contours fermement dessinés.

Un attirant mélange, en somme, de force et de virile bonté...

— Un bel homme, n'est-ce pas ? commenta Hagar, qui examinait l'homme avec complaisance. Si nous ne parvenons pas à le sauver, il y en aura certainement une qui aura le cœur brisé !

— Rosalind..., soupira Rowena.

Elle ne s'était pas aperçue qu'elle avait parlé tout haut et fut surprise d'entendre la vieille femme s'enquérir :

— De qui donc parlez-vous ?

La jeune fille haussa les épaules.

— Oh, ce n'est rien d'autre qu'un prénom qu'il a prononcé, lorsque j'étais seule avec lui sur la grève, expliqua-t-elle, confuse.

Hagar saisit le baquet plein d'eau et se dirigea vers la porte.

— Je ne connais pour ma part aucune Rosalind, observa-t-elle en faisant halte sur le seuil.

— Moi non plus. Et pourtant, je donnerais cher pour pouvoir la lui amener. Il l'appelait avec tant de ferveur ! Si elle était là, elle l'aiderait peut-être à traverser victorieusement cette épreuve.

Hagar hocha la tête et un léger sourire étira ses lèvres, comme si elle se remémorait de plaisants souvenirs.

— Oui, admit-elle, l'amour peut réaliser de vrais miracles.

Elle sortit pour vider le baquet et Rowena retourna vers le foyer, où la décoction bouillait doucement. Pour soulager les douleurs du blessé, elle avait concocté un mélange de rue et de racine de mandragore, à l'effet légèrement soporifique. Accroupie devant le feu, elle mélangea dans un bol à part un peu de vinaigre et de rue, puis alla chercher dans un coffre un morceau de linge blanc.

— Allez-vous lui panser la tête avec cela ? interrogea Hagar, qui rentrait avec sa cuvette vide.

— Oui. Cela l'aidera peut-être à retrouver ses esprits.

Ces préparatifs achevés, Rowena s'approcha du lit et souleva la tête du blessé d'une main, afin de porter le breuvage à ses lèvres. A son grand soulagement, l'homme avala assez docilement la potion, bien que de toute évidence il ne fût pas totalement conscient de ses gestes. Puis elle lui frictionna le front et les tempes avec le vinaigre additionné de rue.

Debout près du lit, Hagar suivait attentivement tous ses gestes.

— Maintenant, il ne nous reste plus qu'à prier pour lui, déclara-t-elle, lorsque la jeune femme eut terminé son office.

Rowena émit un long soupir.

— C'est ce que nous avons de mieux à faire, admit-elle. Mais je n'en continuerai pas moins à lui faire prendre régulièrement ce remède.

— Que Dieu vous vienne en aide, ma fille !

— J'espère de tout mon cœur qu'il en sera ainsi.

— Si vous n'avez plus besoin de moi à présent, je vais retourner chez moi et préparer à dîner pour mon fils.

Rowena acquiesça. Sean, l'unique enfant de la veuve, était son ami d'enfance et elle l'appréciait beaucoup, bien que sa compagnie lui fût moins agréable ces derniers temps. Depuis quelques mois, le jeune homme se montrait en effet plus exigeant, l'entraînant dans de longues promenades alors qu'elle avait fort à faire et eût préféré éviter de perdre son temps à musarder avec lui. Mais elle n'en éprouvait pas moins pour lui une solide affection, et ce fut sans arrière-pensée qu'elle répondit :

— Allez donc, Hagar. Sean sera fatigué en rentrant de la pêche, et aura bien besoin d'un bon repas chaud. Merci beaucoup pour l'aide que vous m'avez apportée. Je ne sais ce que j'aurais fait sans vous.

La vieille femme eut un léger haussement d'épaules.

— Comment aurais-je pu vous laisser dans l'embarras ? Vous avez du cœur, ma fille, c'est ce que j'ai toujours dit à votre mère. Appelez-moi si vous avez encore besoin de mes services.

Rowena rougit, touchée par le compliment.

— Merci, Hagar, murmura-t-elle. Moi aussi, j'ai beaucoup d'estime pour vous.

La villageoise s'épanouit à ces mots et remercia son interlocutrice d'un large sourire avant de s'esquiver. Situé dans la rue principale du bourg, son cottage n'était qu'à un demi-kilomètre de là, et il serait facile de l'appeler pour peu que le besoin s'en fît sentir. Pourtant, Rowena n'envisageait pas sans réticence cette perspective. De caractère plutôt indépendant, elle préférait se tirer d'affaire seule plutôt que de faire appel à sa vieille amie.

Après le départ de Hagar, il ne se passa guère plus d'une heure avant que les talents de Rowena ne soient mis de nouveau à contribution. Alertée par les gémissements qui montaient du lit, la jeune femme versa en hâte une nouvelle rasade de tisane dans un bol et s'approcha du blessé, qui se retournait fiévreusement sur sa couche.

D'un geste précautionneux, elle lui prit la nuque pour soutenir sa tête et porta la coupe à ses lèvres. Mais à sa grande surprise, l'homme lui saisit tout à coup le poignet et ses yeux s'ouvrirent, révélant les incroyables profondeurs bleues de son regard.

Prise au dépourvu, Rowena laissa choir le bol, qui se renversa sur la couverture écarlate.

— Ashcroft..., articula l'homme. C'est là que je dois... retrouver Rosalind... Le Dragon est mort, mais pas l'enfant...

Ainsi, l'inconnu savait parfaitement où il se trouvait, et le nom d'Ashcroft était pour lui indissolublement lié à celui de la mystérieuse Rosalind ! Quant aux autres allusions, elles demeuraient parfaitement sibyllines pour Rowena, qui s'efforça de surmonter sa frayeur et dégagea son bras de l'étreinte qui l'enserrait.

Epuisé par l'effort qu'il venait de fournir, l'étranger retomba sur l'oreiller, et elle en profita pour récupérer le bol d'une main tremblante. « Allons, reste calme ! » s'exhorta-t-elle en remplissant le récipient. Le blessé pendant ce temps ne cessait d'émettre des paroles confuses, et elle sentit son cœur se serrer à la pensée qu'il avait probablement perdu l'esprit. Quelle pitié de voir un homme si robuste et si viril réduit à un tel état ! Se remettrait-il jamais du choc qu'il avait reçu ?

Dieu merci, il s'était de nouveau calmé lorsqu'elle revint vers lui, la potion à la main, et ce fut sans protester qu'il ingurgita la décoction de mandragore qu'elle lui versa dans la bouche, cuillerée par cuillerée. Le bol vidé, elle lui frictionna de nouveau le front avec de la rue et plaça sous sa tête un sachet de romarin, dont les vertus apaisantes calmeraient son esprit agité.

Que ce fût ou non l'effet de cette médication, l'étranger retomba enfin dans le silence et parut s'endormir, les bras posés sur la couverture.

Tranquillisée, Rowena resta debout près de lui un long moment à le regarder. Ses proches, à supposer qu'il en eût, savaient-ils qu'il se trouvait à Ashcroft ? Rien n'était moins sûr, en vérité. Dans ces conditions, qui prévenir si l'état du malheureux venait à empirer, comme il était à craindre ?

De nouveau, elle songea à la mystérieuse Rosalind, dont le nom était revenu plusieurs fois dans le délire du blessé. Mais après tout, qu'est-ce qui lui prouvait que cette femme existait vraiment ? Elle avait pu tout bonnement naître de l'imagination fiévreuse du malade, comme les dragons dont il avait évoqué l'image…

Parvenue à ce point de ses suppositions, Rowena haussa les épaules.

« Que t'importe, après tout ? se reprit-elle. Tout ce qu'il t'incombe, c'est de soigner cet homme du mieux que tu pourras, comme tous ceux que l'on t'a confiés jusqu'ici. Pour le reste, son sort ne dépend pas de toi et tu n'as qu'une chose à faire, t'en remettre à la volonté divine ! »

Une heure plus tard, la porte du cottage s'ouvrit brusquement, et Sean fit irruption dans la maisonnette, sa mère sur les talons. Rowena, qui était occupée une fois de plus à faire boire son malade, releva la tête à leur entrée.

— Qu'est-ce que j'apprends ? commença abruptement le jeune homme. Vous soignez un inconnu qu'on a ramassé sur la plage ?

— En effet, Sean, répliqua Rowena avec un calme étudié. Ce malheureux est blessé et son état requiert des soins attentifs.

— N'est-ce pas exactement ce que je vous ai dit ? intervint Hagar, manifestement excédée.

Sean marcha droit vers le lit et examina le patient, dont la tête reposait sur la poitrine de Rowena.

— D'où diable peut-il venir ? demanda-t-il en fronçant les sourcils.

Rowena haussa les épaules et fit ingurgiter à l'homme les dernières gorgées de breuvage. Puis elle le recoucha précautionneusement sur l'oreiller et détourna les yeux, gênée par le regard insistant de Sean.

— C'est un mystère pour moi comme pour vous, affirma-t-elle. L'un d'entre vous aurait-il remarqué un bateau quelconque dans les parages ?

Sean secoua la tête.

— Certainement pas, sans quoi j'en aurais entendu parler, assura-t-il.

Il dévisagea de nouveau l'inconnu, tandis que Rowena déposait le bol vide sur la table de nuit.

— Pourquoi l'avez-vous amené ici ? questionna-t-il d'un ton brusque.

Rowena se tourna vers lui et haussa les sourcils.

— Pour le soigner, bien entendu ! Il n'y avait pas d'autre endroit où le transporter.

— Pourquoi pas chez nous, ou dans n'importe quelle autre maison du village ?

Gênée par cette question, la jeune femme jeta un furtif coup d'œil à Hagar, qui réprouvait visiblement l'attitude inquisitrice de son fils.

— Pourquoi l'aurais-je amené chez vous, alors que tout ce dont j'ai besoin se trouve ici ? demanda-t-elle simplement.

Sean fronça les sourcils.

— Il ne peut pas rester ici, voyons ! se récria-t-il.

— Et pour quelle raison ? Il ne sera pas le premier patient que je traiterai sous ce toit.

Le jeune homme poussa un soupir exaspéré.

— Mais nous connaissions les autres, alors que celui-ci est pour nous un parfait inconnu, objecta-t-il. Dieu sait ce qu'il pourrait…

Rowena ne put s'empêcher de rire malgré son irritation. Décidément, Sean ne changerait jamais ! Ces petites querelles étaient leur lot quotidien depuis l'enfance. Ne passait-il pas son temps jadis à vouloir l'empêcher de monter aux arbres, alors que c'était là l'une de ses occupations favorites et qu'elle y excellait autant qu'un garçon ?

— Ce qu'il pourrait faire ? Voyons, Sean, il n'a même pas l'énergie de lever la main !

Tout en prononçant ces paroles, Rowena se souvint de la force avec laquelle l'homme avait agrippé son poignet quelques instants plus tôt. Mais elle s'abstint d'évoquer cette scène, afin de ne pas abonder dans le sens de Sean.

Détournant le regard, elle répliqua simplement :

— Il est léthargique, comme vous voyez. Je lui ai donné des calmants et lui en ferai ingurgiter d'autres d'ici ce soir.

— Mais il pourrait s'éveiller à n'importe quel moment !

— Je serai prudente, bien entendu, et s'il manifestait la moindre agressivité, je courrais aussitôt à votre cottage pour requérir votre aide.

Manifestement peu convaincu, Sean se campa devant elle, les mains sur les hanches.

— Vous ne pouvez rester seule ici avec cet étranger, Rowena. Je vous l'interdis !

Irritée par cette attitude, Rowena fronça les sourcils. Elle avait beau savoir que Sean ne voulait que son bien, elle ne lui permettrait jamais de lui dicter sa conduite, et comptait bien le lui faire entendre.

— Vous n'avez aucun droit de me parler sur ce ton, Sean ! rétorqua-t-elle en relevant la tête d'un air belliqueux.

A ce reproche, le jeune homme perdit instantanément toute sa superbe.

— Oh, je... Je ne voulais pas être désagréable, assura-t-il avec contrition. C'est seulement que je...

— Quoi qu'il en soit, je vous serais reconnaissante de vous surveiller à l'avenir, interrompit Rowena d'un ton sans réplique. Et maintenant, je vous prierai de retourner à vos propres affaires. J'ai du travail, comme vous voyez...

— Allons, Rowena..., implora Sean d'un ton cajoleur.

La jeune fille ne se laissa pas amadouer aussi facilement, mais sa voix avait perdu de son âpreté lorsqu'elle répliqua :

— Laissez-moi, et revenez demain matin prendre de mes nouvelles, si ma sécurité vous préoccupe tant.

Comment aurait-elle pu rester fâchée avec Sean ? songea-t-elle. Elle le connaissait depuis trop longtemps pour lui en vouloir vraiment de ses incartades. Beau et intrépide, il avait toujours représenté pour elle une sorte de frère aîné, à la fois un peu bourru et protecteur. A sa manière, il avait fidèlement veillé sur elle au long des années, et elle lui serait toujours reconnaissante de son indéfectible affection. Hagar et lui n'avaient-ils pas d'une certaine façon remplacé la famille qu'elle n'avait jamais eue ?

Songeuse, elle regarda Sean marcher vers la porte et sortir à contrecœur. Puis elle se tourna vers Hagar, qui s'attardait près du lit.

— Puis-je faire quelque chose pour vous aider ? demanda la vieille femme.

Rowena secoua la tête.

— C'est gentil à vous, Hagar, mais je crains qu'il n'y ait rien d'autre à faire qu'à attendre.

Elle hésita, puis un besoin de confidence la poussa à ajouter :

— Il a semblé revenir à lui un instant, mais n'a tenu que des propos incohérents, où il était question d'enfants et de dragons. Je crains que le coup qu'il a reçu ne lui ait tout bonnement fait perdre l'esprit !

A ces mots, une expression d'inquiétude se peignit sur le vieux visage raviné de Hagar.

— Sean a tout de même un peu raison de s'inquiéter, murmura-t-elle. Nous ne connaissons pas cet homme, après tout, et rien ne nous dit qu'il n'est pas dangereux.

Rowena secoua la tête, incrédule.

— N'ayez crainte, je lui ai fait prendre une bonne quantité de mandragore et d'autres plantes soporifiques. Croyez-en mon expérience, il ne s'éveillera pas de sitôt !

Hagar hocha la tête et jeta un coup d'œil vers la porte par où son fils venait de disparaître.

— Sean et moi vous aimons beaucoup, ma fille, assura-t-elle d'un air embarrassé. Nous vous connaissons depuis si longtemps ! C'est pourquoi nous ne voudrions pas que quoi que ce soit de fâcheux vous arrive.

Touchée par la sollicitude de sa vieille amie, Rowena hocha la tête. Après tout, Sean et Hagar n'avaient peut-être pas tout à fait tort, admit-elle. A force de vivre dans ce paisible petit village, où elle connaissait tout un chacun, elle était devenue trop confiante en son prochain. Qui savait à quel genre d'homme elle avait affaire ?

— Je me montrerai prudente, promit-elle avec un sourire. Mais si vous voulez mon avis, ce malheureux va dormir toute la nuit comme une souche.

Pendant quelques secondes, Hagar la dévisagea en silence. Puis elle désigna la table de chevet, où elle avait déposé un pot de terre fermé par un couvercle.

— Je vous ai apporté un peu de soupe, dit-elle, car je suppose que vous n'aurez guère le temps de cuisiner. Demain, je passerai vous voir dès le lever du soleil.

Rowena inclina la tête, touchée par cette attention.

— Merci, Hagar. Je vous suis très reconnaissante de votre gentillesse.

Sans répondre, la vieille femme quitta le cottage, non sans avoir jeté un dernier regard au blessé.

Restée seule, Rowena ne put retenir un léger soupir de soulagement. Certes, elle aimait la compagnie des villageois qui s'étaient toujours montrés si amicaux envers elle, mais sa solitude lui était également précieuse et elle n'y eût renoncé pour rien au monde.

Avec des gestes silencieux, elle tira une paillasse près de la cheminée, non sans prêter l'oreille à la respiration du malade, dont le souffle semblait maintenant un peu court. Inquiète, elle s'approcha du lit et examina l'homme à la lueur de sa chandelle. Toujours aussi livide, son visage n'avait pas changé d'expression, mais il respirait indéniablement plus vite et la jeune fille, alarmée, lui tâta le front du revers de la main. Sa peau était froide au toucher, ce qui la rassura quelque peu. A défaut de s'améliorer, l'état du blessé ne s'était du moins pas détérioré depuis qu'elle l'avait recueilli au cottage.

A demi réconfortée par cette pensée, elle s'assit à la table et prit une portion de la soupe épaisse que lui avait apportée Hagar. Bien que le mets fût à peine tiède, elle l'avala avec plaisir, épuisée par la longue journée qu'elle venait de vivre.

Son frugal repas achevé, elle s'étendit sur la paillasse et ne tarda pas à s'endormir à la douce chaleur du foyer, où se consumait une grosse bûche.

Depuis combien de temps somnolait-elle, lorsqu'elle fut brusquement tirée de sa léthargie par un son insolite ?

Aussitôt sur le qui-vive, elle se redressa sur sa couche et prêta l'oreille. Cette fois, aucun doute n'était plus permis. La respiration du blessé s'était faite rauque et sifflante et sa poitrine se soulevait et retombait sur un rythme haletant.

D'un bond, la guérisseuse se leva et vint se pencher au-dessus de l'homme. Les pommettes du chevalier étaient maintenant d'un rouge ardent, et lorsque Rowena lui toucha le front de nouveau, elle se rendit compte qu'il était brûlant !

# 2.

Seigneur, mais le malheureux se consumait littéralement de fièvre !

Sans perdre un instant, Rowena remit la bouilloire sur le feu et prépara en hâte une mixture à base de menthe poivrée et de miel. Puis elle broya à part de l'oseille et du souci, et en attendant que la décoction fût prête, déposa sur la table de nuit un récipient d'eau fraîche. Après avoir imbibé un linge propre, elle considéra un instant le beau visage rouge de fièvre et regretta presque d'avoir congédié Hagar.

Mais après tout, quelle raison avait-elle de s'affoler ainsi ? Ce n'était pas la première fois qu'elle était confrontée à un cas de ce genre, et jusqu'ici, elle avait toujours réussi à tirer ses patients d'affaire. Pourquoi s'inquiéter outre mesure du sort de cet étranger ? Cet homme ne lui était rien, et plus elle garderait son sang-froid, plus elle aurait de chances de le tirer de ce mauvais pas. Ce n'était pas parce qu'il était d'origine noble, comme elle le soupçonnait, qu'elle devait se laisser troubler outre mesure. Tous les hommes étaient égaux devant l'épreuve de la maladie, et elle soignerait celui-ci avec la même sollicitude que les autres, ni plus, ni moins…

Malgré cette exhortation, elle dut prendre une profonde inspiration avant de passer l'étoffe mouillée sur le front du blessé. L'homme remua légèrement lorsqu'elle lui effleura la peau et elle se raidit, aussitôt sur ses gardes. Mais il n'ouvrit pas les yeux, Dieu merci, et elle put continuer tranquillement son office. D'une main aussi légère que possible, elle rafraîchit le visage fiévreux, en épousant le contour des mâchoires bien dessinées et des lèvres sensuelles.

Incontestablement, cet homme était le plus séduisant qu'elle eût jamais vu de sa vie, et elle aurait aimé le rencontrer dans d'autres circonstances. Aussi beau que mystérieux, l'inconnu éveillait en elle de multiples questions. De quel monde était-il issu, et qu'était-il venu faire en ce coin reculé de la sauvage Ecosse ? Sa mère lui avait toujours dit que les nobles faisaient passer la sauvegarde de leurs terres avant toute autre considération. Pourtant, Dieu savait quelle expression de ferveur était apparue dans cet incroyable regard bleu, lorsqu'il avait prononcé le doux prénom de Rosalind…

Si du moins Rosalind existait, se reprit-elle. N'y avait-il pas de fortes chances pour qu'elle fût un simple fantasme, né de l'imagination fébrile du blessé ?

Tout en bassinant les tempes de l'inconnu, Rowena prit tout à coup conscience de l'étrange intimité qui venait de se créer entre cet homme et elle. Bien qu'elle ne le connût que depuis quelques heures, elle était en train d'accomplir des gestes qu'elle ne se fût jamais permis si elle l'avait rencontré en bonne santé.

Malgré cette pensée troublante, elle n'en continua pas moins à rafraîchir la peau brûlante du malade, depuis son cou puissant jusqu'à ses larges épaules, qui luisaient de sueur à la lumière rougeoyante des flammes.

Puis elle trempa de nouveau le linge dans l'eau et recommença maintes et maintes fois l'opération, jusqu'à ce que ses propres paupières s'appesantissent sous l'effet de la fatigue. Vaincue par la lassitude, elle laissa enfin tomber sa tête sur le bord du lit et plongea quelques instants dans un sommeil léthargique.

Depuis combien de temps dormait-elle ainsi, lorsqu'un sourd gémissement la tira tout à coup de sa torpeur ? Effrayée, elle se redressa brusquement et examina le visage du blessé. Bien que le feu eût baissé dans l'âtre, la lueur des braises lui permit de distinguer les gouttes de sueur qui brillaient au-dessus de ses lèvres. D'un geste hâtif, elle humidifia de nouveau l'étoffe et la posa sur son front brûlant. Comme s'il avait senti ce toucher à travers la brume de l'inconscience, l'homme exhala un soupir et porta la main à sa gorge. Puis sans que rien pût laisser présager ce geste, il ouvrit les yeux et, d'un geste impérieux, attira la guérisseuse contre sa poitrine.

— Rosalind..., articula-t-il péniblement. Je vous ai si longtemps cherchée... Où vous cachiez-vous donc, ma belle amie ?

Le cœur battant à se rompre, Rowena se rejeta en arrière et tenta farouchement de se dégager. Mais il semblait que la fièvre décuplât les forces du blessé, dont les bras, comme s'ils avaient été d'acier, se resserrèrent encore plus étroitement autour de son buste.

Enveloppée par la chaleur de l'homme, Rowena sentit mollir sa résistance et une étrange langueur s'empara de son corps. Oh Dieu, où étaient passées toute sa force et sa détermination ? Il semblait qu'un étrange sortilège se fût emparé d'elle, liant ses membres et paralysant en elle toute velléité de résistance…

Eperdue, elle jeta un regard au malade, dont les prunelles bleues semblaient littéralement regarder au-delà d'elle, vers un horizon connu de lui seul. De toute évidence, il n'était pas conscient de sa présence et ce n'était pas à elle que s'adressait ce brusque mouvement de passion. Dans les limbes de l'inconscience, c'était cette Rosalind qu'il croyait étreindre, et c'était pour elle qu'il soupirait avec tant d'ardeur.

Quelle sotte elle était, vraiment, de se laisser ainsi troubler par un geste qui ne la concernait en rien ! Grâce au ciel, l'homme ne se souviendrait probablement de rien lorsqu'il reviendrait à lui, ce qui la rassurait un peu. L'incident n'ayant pas eu de témoin, elle serait seule à garder le souvenir de cette scène gênante, qu'elle ferait bien d'enfouir tout de suite dans le tréfonds de sa mémoire.

Comme s'il avait lu dans ses pensées, l'inconnu relâcha brusquement son étreinte et laissa sa tête retomber sur l'oreiller. Doucement, Rowena se leva et rejeta ses cheveux en arrière. Puis elle lança un coup d'œil vers la fenêtre aux volets clos et regretta de ne pas voir filtrer la moindre lueur de jour entre les lattes. En tout cas, elle n'approcherait plus cet homme, du moins pendant la nuit, se promit-elle avec un léger frisson. Sa proximité était bien trop dangereuse pour qu'elle courût de nouveau ce risque !

Rowena tint parole, et elle demeura assise près du feu jusqu'à ce qu'elle entendît les pas de Hagar et de Sean résonner dans le sentier qui menait au cottage. Engourdie par sa longue veille, elle alla déverrouiller la porte et accueillit ses deux amis, secrètement soulagée par leur arrivée. Mais elle se sentait trop gênée pour soutenir leur regard et, après leur avoir ouvert, elle fit mine de s'affairer autour de la table encombrée de récipients et de simples.

Sean, qui avait déjà revêtu sa tunique courte et ses épaisses chausses de pêcheur, hésita un instant sur le seuil, indécis, tandis que sa mère pénétrait dans la maisonnette. De toute évidence, il se sentait encore gêné par leur brève altercation de la veille.

— Bonjour, Rowena, marmonna-t-il.

Confuse elle-même, la jeune fille inclina la tête sans lever les yeux vers lui. Ce qui l'embarrassait, en vérité, c'était davantage les souvenirs de la nuit que le souvenir de sa querelle avec Sean. L'ambiguïté de ses propres réactions à l'égard de l'étranger avait bien de quoi la plonger dans la perplexité !

— Bonjour, Sean, répondit-elle enfin d'une voix aussi calme que possible.

Et comme son interlocuteur l'enveloppait d'un regard scrutateur, elle ne put s'empêcher d'ajouter avec un brin de sarcasme :

— Comme vous le voyez, je suis saine et sauve en fin de compte !

Sean se raidit visiblement, mais ne pipa mot, et ce fut Hagar qui se hâta d'intervenir, soucieuse de détendre l'atmosphère :

— Comment s'est passée la nuit, ma fille ? Notre homme est-il resté tranquille ?

Les joues de Rowena s'empourprèrent à cette question, et elle se pencha en hâte vers le foyer, sous prétexte de tisonner le feu.

— Le temps m'a semblé long, avoua-t-elle. Une forte fièvre s'est emparée de lui et j'ai dû lui administrer un fébrifuge à plusieurs reprises.

Hagar tâta le front du blessé et secoua la tête.

— Ce n'est pas très bon, déclara-t-elle. Pourquoi ne m'avez-vous pas appelée ?

Rowena suspendit un chaudron d'eau à la crémaillère.

— Pourquoi vous réveiller, ma bonne Hagar ? J'ai fait moi-même ce qu'il fallait, et je pense que le pire est passé maintenant. Il est tout de même beaucoup moins brûlant que cette nuit.

Tout en parlant, elle jeta un furtif coup d'œil au blessé et, à la lumière du jour, ses propres réactions lui parurent tout bonnement insensées. Comment avait-elle pu se laisser troubler à ce point par l'étreinte d'un inconnu qui battait la campagne sous l'effet de la fièvre ? « Un peu de bon sens, voyons ! » se réprimanda-t-elle.

— Très bien, soupira Hagar, tandis que son fils continuait à observer la maîtresse des lieux.

Consciente du regard lourd dont il suivait tous ses gestes, Rowena fit un effort sur elle-même et se tourna vers lui.

— Vous allez faire attendre vos compagnons, remarqua-t-elle d'un ton étonnamment placide.

Sean hocha la tête, si contrit qu'elle ressentit pour lui un brusque élan de compassion.

— Vous pouvez revenir me voir à votre retour, suggéra-t-elle avec bonté.

Le visage de Sean s'illumina aussitôt.

— Vous ne m'en voulez donc plus ? s'enquit-il avec espoir.

Rowena secoua la tête et une esquisse de sourire se dessina sur ses lèvres.

— Comment pourrais-je rester fâchée contre vous ? Vous avez toujours été un frère pour moi.

Pendant quelques secondes, une ombre indéchiffrable obscurcit le regard de Sean, qui se reprit aussitôt.

— Voilà qui me rassure, déclara-t-il d'un ton soulagé. A vous dire la vérité, je n'aimais guère la façon dont nous nous sommes quittés hier soir.

Hagar, qui était demeurée près du blessé, se tourna vers eux d'un air préoccupé.

— Je suis heureuse que vous ayez enterré la hache de guerre, déclara-t-elle, mais nous avons pour l'heure bien d'autres soucis ! La fièvre de ce pauvre jeune homme est en train de remonter, je le crains.

Tandis que Sean s'éclipsait, Rowena se précipita vers le lit du malade, et tâta son front moite de sueur. Hagar avait raison, songea-t-elle, et elle s'était montrée elle-même un peu optimiste dans ses prévisions.

Consciente de la gravité de la situation, elle prépara en hâte une nouvelle décoction de simples, tandis que Hagar s'asseyait près du lit pour bassiner le front du blessé.

Toute la journée et la nuit suivante, les deux femmes s'affairèrent ainsi autour de l'étranger, mais sans jamais intervertir leurs rôles. A aucun moment Rowena ne s'approcha de la couche du malade, et si Hagar remarqua cette attitude, elle ne fit cependant aucune réflexion à ce sujet, pour le plus grand soulagement de sa compagne.

*
* *

Sir Christian Greatham, héritier du domaine paternel et futur comte de Bransbury, ouvrit péniblement les yeux et scruta, perplexe, le plafond bas qui s'étendait au-dessus de lui. Ces épaisses poutres de chêne noirci ne lui rappelaient décidément rien. Où diable pouvait-il bien se trouver ?

Anxieux d'inspecter les alentours, il s'assit dans le lit, dont le rideau de laine était ouvert, et promena un regard inquisiteur autour de lui. Une unique pièce, peu spacieuse mais scrupuleusement propre, des murs blanchis à la chaux, quelques meubles de noyer... Décidément, l'ensemble ne lui disait absolument rien, et rien autour de lui ne lui fournit le moindre indice qui puisse orienter ses recherches. Pourquoi, de surcroît, sa tête était-elle si douloureuse ?

D'une main précautionneuse, il se tâta la nuque, et la bosse qu'il découvrit à l'arrière de sa tête le renseigna sur l'origine de sa migraine. Quant à savoir ce qui l'avait occasionnée, c'était là une autre question à laquelle il était incapable de répondre...

Tout ce dont il se souvenait, c'était d'avoir longé sur son étalon le bord de l'océan, en suivant un étroit sentier qui serpentait en haut de la falaise. La nuit était déjà tombée et cette chevauchée était fort dangereuse, mais il était déterminé à continuer sa route, certain qu'il était désormais tout près du but de son voyage. S'il en croyait les villageois du bourg situé juste à la frontière entre l'Angleterre et l'Ecosse, Ashcroft se trouvait au bout du chemin de la falaise. D'après ses informateurs, ce n'était guère qu'un petit village de pêcheurs situé à la pointe d'une étroite péninsule, et les bonnes gens n'avaient pas manqué de s'étonner. Que diable un chevalier comme lui allait-il faire en cet endroit désolé ? Le trajet était semé d'embûches, et nul ne se risquait là sans de sérieuses raisons.

Christian s'était contenté de sourire d'un air énigmatique, sans révéler qu'il avait précisément un sérieux motif de se rendre à Ashcroft. Et cette raison portait un prénom de femme : Rosalind, la fille du Dragon !

Lorsqu'il serait à Ashcroft, il pourrait enfin vérifier si l'incroyable histoire que lui avait contée sir Jack avant de succomber à ses blessures correspondait à une quelconque réalité. Que Rosalind fût encore vivante était certes difficile à croire, mais il ne se sentirait pas en paix avec lui-même avant d'en avoir le cœur net.

Malheureusement, son voyage avait été parsemé d'incidents qui l'avaient considérablement retardé, et son impatience grandissante avait fini par l'amener à négliger les précautions les plus élémentaires. On avait eu beau lui dire que l'unique sentier permettant d'accéder à Ashcroft était à peine praticable, même en plein jour, il n'avait pas tenu compte de l'avertissement.

En quittant le château de Bransbury, il avait affirmé à sa sœur Aislynn que son absence ne durerait que quinze jours. Or, cinq semaines s'étaient déjà écoulées, et il n'avait toujours pas atteint le but de son voyage. Les siens devaient se consumer d'inquiétude, d'autant plus qu'il avait refusé de révéler à sa cadette la raison de son départ. Jack avait exigé de lui le secret absolu et, en contrevenant à cette injonction, il aurait tout bonnement trahi sa parole de chevalier.

D'autre part, mieux valait que l'éventuelle existence de Rosalind demeurât secrète. La révéler eût été faire courir un risque à l'héritière du Dragon, que son oncle, l'actuel maître de Dragonwick, n'aimerait pas voir reparaître. Si la jeune fille était encore en vie, mieux valait assurer sa sécurité avant de révéler à qui que ce fût le secret de son identité...

D'un geste machinal, Christian passa de nouveau la main sur la bosse dont il sentait le renflement douloureux à l'arrière de sa tête. Tout ce dont il se souvenait ensuite, c'était d'avoir senti son cheval se cabrer de peur, tandis qu'une énorme vague avait tout à coup déferlé par-dessus les roches, inondant la sente d'un jet d'écume blanche. Ensuite, plus rien... Comment était-il passé du rivage balayé par le vent à ce petit cottage faiblement éclairé par la lueur d'une chandelle ? C'était là un mystère qu'il entendait bien résoudre !

Malgré la douleur qui lui martelait les tempes, il pivota sur ses avant-bras et sortit ses jambes du lit, pour réaliser tout à coup qu'il était complètement nu. Cette constatation le gêna d'autant plus qu'il perçut au même instant un léger bruit, révélant une présence à quelques mètres à peine de lui. Aussitôt, il tourna les yeux vers la cheminée et, à sa grande stupéfaction, vit une femme se lever d'une paillasse disposée devant le feu.

La première chose qu'il remarqua en elle fut son épaisse chevelure d'un blond fauve, qui retombait à flots sur ses épaules dans un désordre de boucles emmêlées. Sous cette tignasse à demi sauvage brillaient des yeux d'un vert si intense qu'il eut d'abord du mal à croire en leur réalité. Cette mince silhouette vêtue d'une longue chemise blanche n'était-elle pas tout simplement sortie de ses rêves ?

A cet instant, l'inconnue tourna la tête vers lui et il vit une expression de surprise et d'inquiétude se peindre sur son visage. D'un geste instinctif, il saisit la couverture et l'enroula autour de sa taille, puis s'écria en toute hâte :

— Je vous en prie, n'ayez pas peur de moi !

Ces mots eurent un effet magique sur la jeune femme, qui releva aussitôt le menton d'un air de bravade.

— Je n'ai pas peur le moins du monde ! assura-t-elle avec orgueil.

Fasciné, Christian tenta de soutenir le regard de la belle inconnue, mais un vertige s'empara brusquement de lui et il se renversa de nouveau sur l'oreiller.

— C'est fort sage à vous, assura-t-il, car dans l'état où je me trouve, je serais bien en peine de faire le moindre mal à une mouche !

Aussitôt, la jeune fille changea d'expression et une ombre d'inquiétude teinta son regard d'émeraude. Mais elle ne s'approcha pas pour autant du lit, et ce fut de loin qu'elle remarqua d'une voix étonnamment douce :

— Vous avez été très malade et il est normal que vous vous sentiez encore faible.

Christian se passa une main sur le visage.

— Depuis combien de temps suis-je ici ?

— Cela fait quatre jours.

Il se redressa de nouveau, stupéfait.

— Mais c'est impossible, voyons ! Comment aurais-je pu…

Il s'arrêta, ne sachant plus que penser. Et dire que son père et sa sœur l'attendaient depuis tout ce temps à Bransbury ! Il fallait absolument qu'il repartît sans tarder. En vérité, s'il n'avait pas eu une dette d'honneur à l'égard du Dragon, l'homme qui avait fait son éducation de chevalier, il ne serait jamais resté si longtemps loin des siens.

— C'est l'un des enfants du village qui vous a découvert, expliqua l'inconnue en risquant un pas vers lui. Vous gisiez inconscient sur la plage et je... on vous a transporté ici afin que je puisse vous soigner.

Christian secoua la tête, tandis que nombre de pensées incohérentes se pressaient dans son esprit.

— Je ne me souviens plus de rien, avoua-t-il, sinon d'avoir chevauché longtemps sur un sentier étroit et rocailleux qui surplombait la mer.

Poussée par la curiosité, son interlocutrice esquissa un pas de plus.

— Ainsi, ce n'est pas un bateau qui vous a amené, commenta-t-elle avec intérêt.

— Non, je voyageais à cheval, et je cherchais un village appelé Ashcroft.

— En ce cas, vous étiez presque arrivé à destination. Le cottage où nous sommes se situe dans les bois qui jouxtent le bourg.

— Suis-je vraiment à Ashcroft ? répéta le blessé, la voix vibrante d'espoir.

Au lieu de répondre, la jeune femme fixa sur lui son incroyable regard vert, aux profondeurs aussi mystérieuses que des étendues marines, et articula lentement :

— Qu'êtes-vous venu faire ici, messire ?

Christian regretta de se sentir si faible et si étrangement las.

— Je cherche quelqu'un, confessa-t-il. Une jeune fille de noble extraction.

A sa grande surprise, l'inconnue se mordit la lèvre et demanda vivement :

— Rosalind ?

Le jeune homme lui jeta un regard inquisiteur.

— Comment savez-vous qu'il s'agit d'elle ? La connaîtriez-vous par hasard ?

La guérisseuse secoua la tête, manifestement inquiète de son ardeur.

— Non, il n'y a pas la moindre Rosalind par ici. C'est seulement que... je vous ai entendu prononcer ce nom dans votre délire. Vous avez parlé de dragons et d'enfants disparus... Bref, des propos incohérents dictés par la fièvre.

Déçu, Christian exhala un soupir.

— Je n'ai pas perdu l'esprit, contrairement à ce que vous pourriez croire, assura-t-il.

Il ferma un instant les yeux, épuisé, avant d'ajouter :

— Mais je... j'ai encore un peu de mal à coordonner mes pensées.

Comme si ces mots avaient été un sésame magique, il sentit brusquement deux petites mains fraîches se poser sur son front, tandis que la douce voix de l'inconnue murmurait à son oreille :

— Restez tranquille maintenant, et surtout n'essayez pas de réfléchir. Tout va aller bien, je vous le promets.

Christian aurait voulu expliquer à la belle enchanteresse qu'on avait besoin de lui à Bransbury et que...

Sans même avoir la force d'aller jusqu'au bout de sa pensée, il se laissa aller sur l'oreiller et sombra d'un seul coup dans un sommeil réparateur.

Il faisait grand jour lorsque le jeune homme s'éveilla pour la seconde fois, et il ne lui fallut que quelques secondes pour se remémorer les événements de la nuit.

Les paupières clignotantes, il s'assit cette fois sans effort, et se réjouit de constater que ses forces semblaient revenir au galop. Mais où était donc l'inconnue à la voix si mélodieuse, dont l'image l'avait poursuivi jusque dans ses rêves ?

A peine eut-il formulé cette question qu'il aperçut l'objet de ses pensées installé à quelques pas de lui, près de la cheminée où flambait un grand feu. Cette fois, la jeune femme portait une robe de laine couleur de feuillage, dont la nuance s'accordait parfaitement avec le vert profond de ses prunelles.

— Bonjour, messire, murmura-t-elle de son étrange voix, rauque et douce à la fois.

— Bonjour, gente demoiselle. Pardonnez-moi de ne pas vous avoir encore exprimé mes remerciements. Si j'ai bien compris, c'est vous qui m'avez prodigué vos soins, et vous y avez d'autant plus de mérite que je ne suis pour vous qu'un étranger. J'étais si surpris de me retrouver ici que j'ai manqué à tous mes devoirs de civilité.

La jeune fille inclina la tête dans un geste plein de grâce.

— Je vous en prie, murmura-t-elle avec courtoisie. Vous êtes le bienvenu dans ma demeure.

Christian enveloppa d'un regard admiratif la svelte silhouette de l'inconnue, qui lui parut aussi belle à la lumière du jour que pendant la nuit, avec son épaisse natte de cheveux roux lovée sur son épaule.

— Puis-je vous demander qui vous êtes ? s'informa-t-il, le cœur battant.

La jeune fille eut une imperceptible hésitation.

— Je m'appelle Rowena.

Puis elle tourna vers lui son regard d'émeraude avant de demander à son tour :

— Et vous, messire ?

— Je suis sir Christian Greatham de Bransbury, pour vous servir.

Rowena se raidit à ces mots et fronça ses sourcils blonds.

— Un chevalier ! jeta-t-elle d'un ton étrange.

Décontenancé par sa réaction, Christian se rembrunit à son tour.

— Cela vous gêne-t-il en quoi que ce soit ?

Embarrassée, la guérisseuse s'humecta les lèvres d'un geste nerveux.

— Non, bien entendu. C'est la première fois que je rencontre un noble. Ma mère ne m'a jamais...

Elle s'interrompit, décidément mal à l'aise, avant de demander :

— Comment se comporte-t-on en présence d'un chevalier ?

Christian, qui n'avait pas été sans remarquer le ton contraint de la jeune femme, haussa négligemment les épaules.

— Comme on veut, assura-t-il avec désinvolture. Je n'y accorde pas la moindre importance.

Rowena se tut, songeuse, et Christian en profita pour détailler les traits charmants de son visage. Quels yeux magnifiques ! songea-t-il en s'attardant avec complaisance sur les prunelles vert sombre, où étincelaient des paillettes d'or. Un homme aurait pu facilement se perdre dans leurs profondeurs envoûtantes... Mais à quelle fascination était-il en train de céder ? se reprit-il aussitôt. Aussi belle que fût Rowena, ce n'était pas pour elle qu'il était venu à Ashcroft, et il n'avait plus un seul jour à perdre s'il voulait s'acquitter de sa mission.

— Où sont mes vêtements ? Et mon étalon ? s'enquit-il d'une voix brève.

La jeune fille secoua la tête avec regret.

— Je suis désolée, mais il a fallu brûler vos habits. Quant au cheval, nous n'en avons pas vu trace. Dieu sait ce qui a pu lui arriver…

Christian sentit sa gorge se serrer à ces mots. Quel imbécile il avait été, vraiment, de parcourir en pleine nuit ce damné sentier ! La perte de ses vêtements lui importait peu, mais il regretterait toujours sa monture, un superbe animal qu'il aimait à l'égal d'un compagnon. De plus, il y avait fort à craindre qu'il ne retrouvât jamais les bagages qu'il avait arrimés à la selle. Tout avait dû disparaître avec la malheureuse bête, y compris la fibule représentant un dragon, symbole que portaient également ses amis Simon et Jarrod, élevés par le même tuteur que lui. N'était-ce pas sur cette broche qu'ils avaient tous trois juré de se venger du meurtrier du Dragon ?

Une vague de rancœur le submergea de nouveau à cette pensée et il dut faire effort pour se reprendre. Certes, il avait perdu son bien le plus précieux dans cette équipée, mais il lui restait à découvrir si Rosalind était encore vivante. Si tel était le cas, Kelsey paierait enfin pour ses crimes, c'était aussi sûr que la lumière du jour… Mais pour cela, il lui fallait repartir aussitôt sur le sentier de guerre.

— Vivez-vous seule dans ce cottage ? interrogea-t-il brusquement.

Rowena rougit à cette question.

— Oui, mais je… Ce n'est pas moi qui vous ai… euh, déshabillé. Hagar m'a aidée à vous soigner.

— Et qui est cette Hagar ?

— Une vieille amie qui habite au village.

Le chevalier parut réfléchir et Rowena en profita pour l'examiner à son insu. Dire que ce bel étranger à la silhouette bien découplée et aux yeux ardents était un noble de haut lignage… comme son père ! Troublée, elle considéra du coin de l'œil le torse puissant du jeune homme, et le problème des vêtements lui apparut alors dans toute son urgence. Maintenant que le blessé était rétabli, sa nudité devenait gênante, et elle devait trouver un moyen de le vêtir décemment. Peut-être Hagar pourrait-elle lui venir en aide ?

— Si vous voulez bien attendre un instant, je vais tâcher de vous trouver des habits, déclara-t-elle. Hagar et moi ne savions pas quand vous reviendriez à vous et… hum… nous n'avons même pas envisagé cette question !

Sans perdre une minute, elle prit sa cape suspendue à une patère et enfila ses bottines de cuir.

— Rowena, je voudrais…

— Chut, reposez-vous ! interrompit la jeune fille. Je n'en ai pas pour longtemps.

Sans lui laisser le temps de protester davantage, elle sortit en hâte du cottage et courut d'une traite jusqu'à la maisonnette de Hagar, dont elle ouvrit la porte sans avoir frappé. Occupée à tisonner le feu, la maîtresse des lieux se retourna et considéra la visiteuse avec surprise.

— Il vient de se réveiller ! lança Rowena, sans attendre que son amie prît la parole.

— Dieu soit loué !

— Il m'a dit qu'il était noble et originaire du château de Bransbury, en Angleterre.

La jeune fille reprit son souffle avant d'ajouter :

— Tout cela est bel et bon, mais en attendant, il a surtout besoin de vêtements.

La vieille femme fronça les sourcils.

— Un chevalier, dites-vous ? Hum… Il lui faudrait des habits appropriés à sa condition. De plus, Sean et lui ne sont pas de la même taille…

Perplexe, elle ouvrit le tiroir d'une commode et, après avoir bouleversé les piles de linge, finit par extraire une tunique et des chausses de lainage bleu roi.

— C'était l'habit de mariage de mon défunt époux, expliqua-t-elle. Mon Duncan était plus grand et plus robuste que son fils, et je pensais retailler ce costume pour Sean un de ces jours. Mais il va pouvoir servir tel quel aujourd'hui. J'ai également dans l'armoire une paire de chaussures qui ne sont plus en très bon état, mais qui feront tout de même l'affaire…

En moins de temps qu'il n'en fallait pour le dire, Rowena et la vieille femme firent un paquet des vêtements et prirent de conserve le chemin du cottage.

Arrivées à la maisonnette, elles trouvèrent Christian Greatham debout devant le feu, la taille ceinte d'un simple drap et l'air visiblement préoccupé. Il se dégageait de sa personne tant de virile présence que Rowena remercia le ciel d'avoir ramené Hagar avec elle. Ce fut d'ailleurs la vieille femme qui, sans le moindre embarras, engagea la conversation avec le chevalier.

— Eh bien, cela fait plaisir de vous voir debout, mon garçon ! déclara-t-elle avec un bon sourire.

Christian se détendit aussitôt.

— Vous êtes bien Hagar, n'est-ce pas, si vous me permettez de vous nommer ainsi ?

— Mais oui, et je serai ravie que vous m'appeliez par mon prénom, assura la villageoise d'un ton enjoué.

Elle s'avança vers le jeune homme et lui tendit les vêtements.

— Voici de quoi vous couvrir ! Evidemment, ce ne sont pas des habits dignes d'un chevalier, mais je pense qu'ils devraient convenir à votre carrure.

Christian prit le paquet des mains de Hagar et s'inclina avec courtoisie.

— Soyez assurée de ma gratitude, madame. Je n'ignore pas que je vous suis en partie redevable de la vie, car je sais par Rowena que vous l'avez aidée à me soigner. Et maintenant, ajouta-t-il en jetant un regard circulaire dans la salle, il ne me reste plus qu'à trouver un endroit où…

Sans attendre qu'il eût fini sa phrase, Hagar se dirigea en hâte vers le lit et tira le rideau qui séparait l'alcôve du reste de la pièce.

— Par ici, messire chevalier. Rowena et moi resterons de ce côté.

Reconnaissant, Christian s'inclina et disparut derrière le morceau d'étoffe. Quelle situation gênante, vraiment ! songea Rowena, qui avait eu plus souvent l'occasion de rougir depuis quatre jours que pendant tout le reste de sa vie. Embarrassée, elle se mit en devoir de préparer un reconstituant à base de simples, tout en s'efforçant de ne pas prêter l'oreille aux légers froissements qui lui parvenaient de derrière le rideau. Mais elle eut beau faire, l'image du long corps musclé qui se tenait si près d'elle ne cessa de s'imposer à son imagination, tandis qu'elle s'affairait près de la table.

Une minute plus tard, le rideau s'écarta sur sa tringle, et la jeune fille entendit Hagar s'exclamer :

— Dieu merci, ils vous vont parfaitement ! N'est-ce pas, Rowena ?

La guérisseuse se retourna à contrecœur et dut constater *de visu* que sir Christian Greatham avait fort belle allure dans ces simples vêtements de pêcheur, dont la nuance s'accordait particulièrement avec le bleu profond de ses prunelles ! Saisie d'un accès de timidité tout à fait inhabituel chez elle, elle baissa précipitamment les yeux vers son bol. Mais sa vieille amie attendait une réponse, et elle dut se résoudre à affronter le regard du chevalier.

— Euh… oui, répliqua-t-elle enfin. C'était le costume de mariage du défunt mari de Hagar.

Christian se tourna vers la villageoise.

— Si je comprends bien, il s'agit là d'un souvenir précieux pour vous, madame, et j'éprouve des scrupules à vous en priver…

— Ne vous inquiétez pas de cela, messire, interrompit Hagar. Mon Duncan serait heureux de savoir que ces habits vous sont utiles.

— Je vous remercie sincèrement.

Christian s'inclina de nouveau devant la villageoise, et Rowena se réjouit de le voir traiter sa vieille amie avec tant de déférence. Il n'y avait pas trace de morgue en lui, songea-t-elle, et il manifestait autant de respect à cette femme du peuple que si elle eût été l'épouse d'un lord ! C'était là un trait louable, qui ne cadrait guère avec le portrait que sa mère lui avait brossé des chevaliers. « Des êtres arrogants et hautains, ma fille ! » lui avait-elle maintes fois répété.

A cet instant, elle fut tirée de ses réflexions par la voix de Hagar :

— Notre blessé doit avoir l'estomac dans les talons, ma fille. N'avons-nous rien à lui offrir ?

Confuse, Rowena tendit à Greatham le bol où elle avait versé le breuvage.

— Ce fortifiant vous aidera à retrouver vos forces, assura-t-elle. Je vous servirai ensuite un peu de civet.

— Grand merci, fit Christian, qui s'approcha d'elle pour prendre la coupe.

— Et maintenant, si vous nous racontiez un peu ce qui vous est arrivé, mon garçon ? s'enquit la vieille Hagar.

Rowena, qui s'affairait à servir le lapin dans une écuelle, suspendit son geste pour écouter la réponse du chevalier.

— Je n'en sais trop rien moi-même, malheureusement, déclara-t-il. Je parcourais à cheval le sentier de la falaise, quand une énorme vague a déferlé sur moi, terrorisant ma monture.

— Et que veniez-vous faire à Ashcroft, si ce n'est pas indiscret ?

— Je cherchais quelqu'un, répondit laconiquement Greatham.

— C'est ce que Rowena m'a dit. Mais je crains que vous ne fassiez fausse route, chevalier. Il n'y a que des gens du cru dans ce village. Les seules étrangères qui se soient installées ici étaient Rowena et sa mère, et il y a déjà quatorze ans de cela.

Pour sa plus grande confusion, Rowena sentit le regard bleu du jeune homme se fixer sur elle, étrangement insistant.

— Sa mère ? répéta-t-il d'un ton interrogateur. Où est-elle donc ?

— Elle est morte il y a trois ans, se hâta d'expliquer la jeune fille.

Christian se passa la main dans les cheveux.

— Et... où viviez-vous avant de venir ici ? s'informa-t-il d'une voix brève.

— En Angleterre. Mais je...

Rowena s'arrêta net, incapable d'avouer à cet homme qu'elle était une bâtarde et ne connaissait même pas sa propre identité.

— Excusez-moi, reprit-elle. Il m'est pénible d'en parler et je préférerais ne pas aborder ce sujet.

— Mais j'ai besoin de savoir...

La jeune fille jeta à sa compagne un regard suppliant, comme si elle l'appelait à la rescousse.

— Pardonnez-moi, mais je... je vais vous laisser entre les mains de mon amie, balbutia-t-elle. Je dois aller cueillir des simples dans la forêt.

Hagar, qui était avec Sean la seule personne à qui elle eût jamais confié l'obscurité de sa naissance, lui jeta au passage un regard de commisération. Mais Rowena ne prit même pas le temps d'enregistrer cette marque de sympathie. Sa cape hâtivement jetée sur les épaules, elle avait déjà quitté le cottage et s'enfuyait à toutes jambes vers les profondeurs du bois.

# 3.

Impatient, Christian arpentait le petit cottage en attendant le retour de Rowena, qui s'était encore éclipsée sous le fallacieux prétexte d'aller cueillir de l'oseille. Depuis la veille, elle ne cessait d'éluder ses questions, et tous les motifs lui étaient bons pour disparaître et se soustraire à ses investigations. Que n'eût-il donné cependant pour avoir quelques éclaircissements sur la vie de la jeune fille avant son arrivée à Ashcroft ! Ces précisions étaient absolument indispensables à son enquête.

Bien qu'il eût grand hâte de rentrer chez lui, il ne partirait pas avant d'avoir mené sa mission à bien, se promit-il. Et si, contre toute probabilité, Rowena et Rosalind ne faisaient qu'une ? Aussi ténu qu'il fût, c'était cet espoir qui, la veille, l'avait incité à questionner Hagar.

— Pourquoi Rowena s'est-elle sauvée ainsi ? avait-il demandé, le regard fixé sur la porte par où la guérisseuse s'était enfuie.

Hagar l'avait examiné d'un air soupçonneux avant de répliquer :

— En quoi cela vous concerne-t-il ? Ce n'est pas votre affaire, jeune homme !

Christian avait réalisé un peu tard qu'il lui fallait se montrer moins direct, s'il voulait glaner le moindre renseignement. Comment aurait-il pu en être autrement ? Coupés du reste du monde, ces gens n'étaient pas habitués à rencontrer des étrangers, et la moindre maladresse pouvait éveiller leur méfiance.

Mécontent de lui-même, il avait feint l'indifférence et haussé les épaules.

— J'aurais simplement aimé en savoir un peu plus sur la femme qui m'a sauvé la vie. J'aimerais tant m'acquitter de cette dette ! Qui sait ? Peut-être un présent lui ferait-il plaisir...

Pendant quelques secondes, il avait soutenu sans ciller le regard inquisiteur de son interlocutrice, qui avait enfin répliqué :

— Rowena n'acceptera rien en échange de ses services. C'est une jeune fille dévouée et généreuse. Elle avait tout juste quatre ans lorsque sa mère et elle sont venues s'installer parmi nous. Les villageois les ont d'abord trouvées un peu étranges avec leur accent anglais et leurs manières inhabituelles. Mais Mary, la mère, a eu tôt fait de gagner leur confiance en leur rendant de nombreux petits services. Quant à Rowena...

Elle avait jeté un coup d'œil vers la porte par où la jeune fille venait de sortir, avant de continuer avec un involontaire sourire :

— C'était un amour de petite fille, tout simplement. Notre cottage est situé tout près d'ici, et Sean, mon fils, n'a pas tardé à partager ses jeux. En grandissant, elle s'est prise de sympathie pour nous tous, et nous n'avons pas été étonnés de la voir devenir peu à peu une excellente guérisseuse, plus douée encore que sa mère ne l'avait été. Elle est si attentive aux autres, voyez-vous… C'est la compassion qu'elle éprouve pour eux qui l'a poussée dans cette voie, j'en suis certaine.

Une enfant de quatre ans venue d'Angleterre… L'âge et le lieu concordaient, s'était dit Christian avec un battement de cœur. S'agissait-il d'une simple coïncidence ?

— Et la mère ? avait-il demandé d'un ton aussi détaché que possible.

Hagar avait émis un soupir désolé.

— Elle a succombé à une douloureuse maladie, et tout le savoir de sa fille n'a pas pu la sauver.

— Et vous ne savez rien de ses origines ?

Devant cette question par trop abrupte, la vieille femme s'était fermée de nouveau.

— Je vous ai dit tout ce que je savais. Si Rowena veut vous en apprendre davantage, c'est à elle de le faire, pas à moi.

Christian en était resté là, bien que sa curiosité fût de plus en plus en éveil. Et si le hasard, aussi improbable que ce fût, l'avait mis précisément en présence de celle qu'il cherchait ? se demanda-t-il pour la millième fois. En tout cas, Hagar avait raison, c'était de Rowena seule qu'il pouvait apprendre la vérité. Mais comment vaincre les réticences de la jeune fille ? Si elle était bien Rosalind, sa mère avait dû lui apprendre très tôt que sa sécurité dépendait de sa discrétion et qu'elle ne devait révéler à personne le secret de sa naissance. Si Kelsey apprenait qu'elle avait survécu, nul doute qu'il n'essayât d'attenter à sa vie !

Parvenu à ce point de ses réflexions, Christian jeta un nouveau regard par la fenêtre. Si seulement il avait pu s'entretenir seul à seul avec la guérisseuse... Mais jusque-là, Hagar s'était toujours trouvée en tiers dans leurs conversations, et quand il arrivait à la vieille dame de s'absenter pour vaquer à ses propres affaires, Rowena quittait aussitôt le cottage, le laissant seul avec son impatience.

Tout à ses pensées, Christian arpentait nerveusement la salle depuis une bonne demi-heure, lorsque la porte du cottage s'ouvrit tout à coup derrière lui. Surpris dans sa déambulation, le chevalier se retourna et discerna la silhouette d'une très jeune femme debout sur le seuil, l'épaule lourdement appuyée au chambranle. Les mains crispées sur son ventre proéminent, elle lui jeta un coup d'œil hagard et son visage blafard se contracta littéralement de douleur.

Sans réfléchir, Christian se précipita vers elle, effrayé par sa pâleur, et la soutint au moment précis où elle se laissait glisser sur le sol.

— La... guérisseuse est-elle là ? interrogea la visiteuse d'une voix à peine audible.

— Si vous voulez parler de Rowena, elle est sortie ramasser des herbes dans la forêt.

A ces mots, la fille parut perdre le peu de sang-froid qui lui restait et un sanglot s'échappa de sa gorge.

— Mon Dieu, ce n'est pas possible..., bredouilla-t-elle. Elle était mon dernier espoir, comprenez-vous ? Le bébé arrive et je n'ai absolument personne pour m'aider.

Christian s'efforça de garder tout son calme pour répliquer posément :

— Il y a un cottage un peu plus loin, et je peux aller chercher de l'aide, pour le cas où Rowena ne reviendrait pas à temps.

En fait, il ignorait absolument quand la jeune femme serait de retour. Cela pouvait être aussi bien dans un instant que dans de longues heures, pour ce qu'il en savait ! Mais les premières maisons du village n'étaient guère qu'à dix minutes de marche, à commencer par la chaumière de Hagar. Pourquoi n'irait-il pas requérir l'aide de la vieille dame ? Elle était suffisamment expérimentée pour prendre efficacement en mains la parturiente…

Mais avant qu'il ait eu le temps de gagner la porte, la fille fit un pas vers lui et lui agrippa le bras avec une force inattendue.

— Ne me laissez pas ! supplia-t-elle. Il est trop tard pour aller chercher quelqu'un. Le bébé est presque là…

Christian la considéra un instant, encore incrédule. Dieu savait qu'il avait affronté bien des épreuves dans sa vie, mais jamais il n'avait été confronté à une situation aussi embarrassante !

— Est-ce… est-ce votre premier enfant ? s'enquit-il après avoir dégluti plusieurs fois.

La jeune fille acquiesça d'un bref hochement de tête.

— Pour ce que j'en sais, il est difficile d'évaluer la durée d'une naissance, reprit-il, jouant résolument la carte de l'optimisme. Peut-être sous-estimez vous le temps qu'il vous reste…

La fille leva vers lui ses grands yeux bleus, aux prunelles élargies par la peur.

— Je suis sûre de ne pas me tromper, fit-elle d'une voix blanche. Il y a déjà longtemps que les douleurs ont commencé, mais dans mon village, personne n'a voulu m'aider. Vous comprenez, le père de l'enfant est marié à une autre... Désespérée, je suis partie au hasard et j'ai marché pendant des heures. Sur la route, j'ai fini par rencontrer un homme qui a eu pitié de moi et m'a assuré qu'il y avait ici une guérisseuse qui accepterait de...

Sans terminer sa phrase, elle se plia en deux, vaincue par la douleur, tandis qu'un cri rauque s'échappait de ses lèvres. Devant l'urgence de la situation, Christian la souleva dans ses bras et la porta sur le lit.

— Ne... Ne partez pas ! implora la malheureuse en l'agrippant par un coin de sa tunique.

Ainsi immobilisé, le chevalier demeura penché vers elle jusqu'à ce que le spasme se fût apaisé. Mais sa perplexité n'en fut pas moindre pour autant. Que diable pouvait-il faire pour aider cette malheureuse ? Bien entendu, il savait soigner une blessure et son expérience des champs de bataille l'avait familiarisé avec les misères humaines. Mais de là à jouer les sages-femmes ! Sa vie de chevalier et les combats qu'il avait menés en Terre sainte ne l'avaient guère préparé à jouer un tel rôle. Et pourtant...

Songeur, il se souvint de ses longues randonnées d'autrefois, lorsqu'il accompagnait sa mère dans la campagne qui entourait le château familial de Bransbury. Férue d'équitation, Ellen Greatham adorait les bêtes et entraînait souvent son fils à l'écurie, où elle prêtait main-forte aux palefreniers qui soignaient les chevaux, délivrant parfois elle-même les juments lors des naissances difficiles. Admiratif, le petit Christian avait appris à l'aider dans ces tâches et c'était ainsi qu'il avait appris à vivre en symbiose avec la nature. Puis Ellen était morte des suites d'un malencontreux accident de cheval, et il avait peu à peu oublié tout ce savoir qu'elle lui avait fait partager. N'était-ce pas l'occasion ou jamais de se rappeler les rudiments d'obstétrique qu'elle lui avait autrefois enseignés ? « Si tu es assez calme, ta seule présence est réconfortante pour l'animal, et cela suffit souvent à lui faciliter le travail », avait coutume de répéter la jeune femme.

Bien qu'il ne fût pas aussi optimiste en l'occurrence, Christian prit une profonde inspiration, et ce fut d'une voix parfaitement posée qu'il remarqua :

— La première chose que je puisse faire, c'est de vérifier où en est le bébé. Il faut que je sache si j'ai le temps d'aller chercher de l'aide. Peut-être avez-vous été un peu pessimiste en évaluant le temps...

Visiblement soulagée, la fille acquiesça et retroussa sa robe pour qu'il pût juger *de visu*. Prudemment, le chevalier se pencha vers elle... puis recula d'un pas, consterné. Grands dieux, mais la tête de l'enfant était déjà visible ! La malheureuse n'avait décidément pas exagéré l'urgence de la situation... Dans ces conditions, il ne pouvait s'éloigner du cottage, ne fût-ce que pour une minute. Il n'était pas question de laisser la parturiente seule en cet instant crucial.

Perplexe, il leva la tête vers la jeune femme, dont le regard implorant était fixé sur lui, comme si c'était de son aide qu'elle attendait le salut.

— Hum... Comment vous appelez-vous ? interrogea-t-il après avoir de nouveau avalé sa salive.

— Nina.

— Enchanté, Nina. Et moi, je suis Christian.

Il la rassura d'un sourire, affichant une quiétude qu'il était bien loin d'éprouver en cet instant.

— Eh bien, nous allons voir ce que nous pouvons faire, déclara-t-il d'un ton faussement enjoué.

Le regard de la fille s'illumina, mais le répit fut de courte durée et elle ne tarda pas à se crisper de nouveau sous la douleur d'une nouvelle contraction.

— Aidez-moi, s'il vous plaît ! s'écria-t-elle d'une voix plaintive.

Comprenant qu'il n'y avait plus un instant à perdre, Christian prit une longue inspiration, sans quitter des yeux le visage anxieux de la jeune femme. Puis il retroussa ses manches et se mit résolument au travail.

Stupéfaite, Rowena s'arrêta sur le seuil de son cottage, incapable de croire au spectacle qui s'offrait à ses yeux. Debout près de la cheminée, Christian Greatham berçait un nouveau-né vagissant dans ses bras, tandis qu'une forme fluette était allongée derrière lui, au beau milieu du grand lit dont les draps tachés pendaient jusqu'à terre.

Lorsqu'il aperçut la guérisseuse, Christian s'illumina et une expression de triomphe apparut dans ses yeux.

— Regardez-le donc, Rowena ! s'écria-t-il d'un ton aussi fier que s'il eût été le père du bébé.

La jeune femme secoua la tête, confondue, et abaissa son regard vers la face rougeaude et plissée de l'enfant.

— Que s'est-il passé ? s'informa-t-elle en se tournant vers la mère.

Mais l'interpellée était manifestement trop faible pour articuler le moindre mot et ce fut le chevalier qui expliqua :

— Le bébé était presque là et je n'ai pas eu le temps d'aller chercher de l'aide. J'ai dû...

Il s'arrêta, comme submergé par ses propres émotions.

— Voulez-vous dire que vous avez délivré vous-même cette femme ? interrogea Rowena, encore incrédule.

Elle n'en examina pas moins l'enfant d'un regard expert et conclut :

— Il a l'air en parfaite santé.

Le chevalier baissa les yeux vers son minuscule fardeau.

— Oh, oui, c'est le plus bel enfant que j'aie jamais vu ! s'écria-t-il d'un ton émerveillé. Un garçon, comme vous pouvez le constater.

Rowena regarda de nouveau la mère et un frisson d'anxiété la parcourut à la voir aussi pâle et immobile sur sa couche.

— Allez regarder dans la commode, ordonna-t-elle d'une voix ferme. Vous y trouverez du linge propre pour emmailloter le petit.

Sans attendre qu'il eût obtempéré, elle s'approcha du lit, et Christian décela son inquiétude avant même qu'elle n'ait eu le temps de l'exprimer.

— Pensez-vous que..., commença-t-il.

Sans répondre, Rowena se pencha sur l'accouchée et son cœur défaillit presque d'angoisse lorsqu'elle s'aperçut que la couverture qui l'enveloppait était littéralement imbibée de sang.

— A-t-elle saigné beaucoup pendant l'accouchement ? s'enquit-elle d'une voix blanche.

— Un peu, bien sûr, mais pas autant. Je ne comprends pas ce qui...

— Veillez sur le bébé, voulez-vous, pendant que je m'occupe de la mère. Je crois qu'elle a grand besoin de soins...

— Grands dieux, pensez-vous qu'elle soit...

Rowena, qui avait collé son oreille contre la poitrine de la fille, se redressa et poussa un soupir de soulagement.

— Non, son cœur bat encore, répliqua-t-elle, mais faiblement. Etant donné la quantité de sang qu'elle a perdu, nous avons intérêt à faire vite si nous voulons la tirer d'affaire.

Elle jeta un nouveau regard à la malheureuse, puis se tourna vers le chevalier.

— A-t-elle expulsé le placenta ? interrogea-t-elle d'un ton bref.

— Je n'ai rien vu du tout. Vous êtes arrivée juste au moment où le bébé venait de pousser son premier cri et...

Rowena prit une profonde inspiration. Bien qu'elle n'eût jamais rencontré ce genre de difficulté au cours de sa brève carrière, elle n'ignorait pas que certaines femmes ne survivaient pas à l'hémorragie qui suivait l'accouchement, lorsqu'elles n'avaient pu évacuer à temps le placenta.

Consciente de l'enjeu, elle respira profondément à plusieurs reprises, et un calme soudain s'empara d'elle, comme une bénédiction des dieux. Heureusement, elle avait toujours eu ce pouvoir de se détendre et de garder son sang-froid dans les pires moments. « Une grande chance pour une guérisseuse », lui répétait souvent sa mère, qui appréciait cette qualité à sa juste mesure.

Ainsi préparée à la tâche qui l'attendait, elle se tourna vers la jeune accouchée et prit son ton le plus persuasif pour déclarer :

— Je sais que vous êtes très faible, mais il faut pourtant que vous fassiez encore un effort. Vous avez un superbe fils et vous ne voulez pas qu'il reste orphelin, n'est-ce pas ?

Galvanisée par ces propos, la nouvelle maman rouvrit péniblement les yeux et, pendant les minutes qui suivirent, elle suivit à la lettre les instructions de Rowena, poussant à la limite de ses forces jusqu'à ce qu'elle fût enfin délivrée des derniers restes de placenta. L'hémorragie cessa aussitôt après l'expulsion, et Rowena poussa un grand soupir de soulagement. Mais la partie n'était pas encore gagnée, elle le savait. La fille était désormais si faible qu'il fallait à tout prix aider la nature en lui concoctant un élixir. Consciente de l'urgence de la situation, elle se hâta de broyer des herbes et fabriqua un reconstituant, qui permettrait à l'accouchée de se refaire des forces.

Pendant tout ce temps, Greatham se tint à l'écart pour la laisser travailler en paix, et Rowena se demanda comment il s'en tirait avec l'enfant. Evidemment, ce rôle de nurse n'entrait pas dans les attributions habituelles d'un chevalier, songea-t-elle avec une pointe d'humour. Mais elle ne se permit pas de lever les yeux de sa tâche avant que la jeune femme, réconfortée par un vivifiant breuvage et recouverte d'une couverture propre, n'eût enfin sombré dans un sommeil réparateur. Soulagée,

Rowena alla s'effondrer sur le banc le plus proche et elle tâchait de détendre ses membres tremblants de fatigue lorsqu'une grande main se posa tout à coup sur son épaule. Surprise, la jeune fille tressaillit et leva les yeux vers Christian Greatham, qui l'examinait avec une visible inquiétude.

— J'ai placé le bébé dans un panier, près du feu, lui dit-il.

Il observa quelques secondes de pause, songeur, et ajouta en secouant la tête :

— Ce que vous venez de faire là demandait beaucoup d'habileté et de courage. Vous avez purement et simplement sauvé la vie à cette fille.

Touchée par la gentillesse du ton, Rowena n'en haussa pas moins les épaules.

— Je n'ai fait que mettre en application ce que l'on m'a appris, déclara-t-elle avec une sincère modestie.

Mais Christian ne se laissa pas abuser par cette humilité.

— Il n'empêche que Nina ne serait plus là si vous n'étiez pas intervenue !

Il fronça les sourcils, mécontent de lui-même.

— Je ne m'étais aperçu de rien. Tout semblait aller si bien…

Encore bouleversée par ce qu'elle venait de vivre, Rowena prit sur elle pour répliquer calmement :

— Par quel miracle est-elle venue jusqu'ici ?

Christian esquissa un geste d'ignorance.

— J'ai entendu du bruit et je l'ai découverte sur le seuil, expliqua-t-il. Elle m'a dit qu'un inconnu compatissant, sur la route, lui avait indiqué le chemin de votre cottage. Les gens de son village ne voulaient pas l'aider, car le père du bébé est un homme marié.

Etrangement, Rowena se rembrunit à ces mots et une expression indéchiffrable altéra son regard.

— Un petit bâtard ! murmura-t-elle entres ses dents.

Christian, qui avait surpris le commentaire, considéra son interlocutrice avec réprobation.

— Vous n'êtes tout de même pas en train de lui reprocher sa naissance illégitime ! protesta-t-il.

— Bien sûr que non ! se récria la jeune fille. Pour qui me prenez-vous ? Je ne suis tout de même pas aussi sotte et insensible...

Elle frissonna, submergée par sa propre émotion, et essaya tant bien que mal de se composer une attitude.

Etonné par sa véhémence, Christian la dévisagea, perplexe.

— Mais vous tremblez, observa-t-il avec inquiétude.

— Ce n'est rien, murmura-t-elle, seulement la fatigue de...

D'un mouvement brusque, le chevalier se pencha vers elle et, avant qu'elle ait pu comprendre ce qui lui arrivait, elle sentit deux bras puissants se refermer sur son buste.

— Oh, je..., commença-t-elle dans un balbutiement.

Elle se tut, la joue écrasée contre une robuste poitrine, dont la chaleur la pénétrait délicieusement à travers l'étoffe de la tunique. Le cœur battant la chamade, elle demeura un instant immobile, complètement décontenancée, tandis qu'une étrange langueur s'emparait de son corps.

— Vous êtes encore si jeune ! chuchota Christian tout près de son oreille. N'y a-t-il donc personne pour veiller sur vous ?

Ces mots rappelèrent brusquement la jeune fille à la réalité et elle prit conscience tout à coup de l'incongruité de la situation. Voyons, que faisait-elle dans les bras de cet étranger ? Aussi séduisant qu'il fût, Christian Greatham ne faisait pas partie de son univers et elle n'allait certainement pas l'encourager à lui manquer de respect !

Rouge de confusion, elle se dégagea de l'étreinte qui l'emprisonnait.

— J'agis comme bon me semble, déclara-t-elle en défiant son interlocuteur du regard. J'ai été acceptée par les villageois, qui me traitent avec affection et n'hésiteraient pas à venir à mon secours pour peu que j'aie besoin d'aide. Il est bien normal aujourd'hui que j'essaie de leur rendre dans la mesure de mes moyens tout ce qu'ils m'ont donné au fil des ans.

Christian haussa les sourcils, interloqué par cette attitude.

— Ma question n'avait rien de critique, assura-t-il. J'ai seulement pensé que…

— Vous ne savez pas de quoi vous parlez, interrompit Rowena d'un ton sec. Vous êtes un étranger ici et ne connaissez pas les mœurs d'Ashcroft. C'est un village où la solidarité et le souci des autres passent avant tout autre sentiment. Tous ces gens forment autour de moi une véritable famille.

Et comme le jeune homme se tenait coi, décontenancé par cette soudaine explosion, elle le toisa avec suspicion.

— Mais vous, Christian Greatham, qui êtes-vous vraiment ? Vous ne nous avez toujours pas dit pourquoi vous aviez fait tout ce chemin pour retrouver votre Rosalind…

Ainsi pris à partie, Christian dévisagea un instant la jeune fille sans rien dire. Puis il émit un bref soupir.

— Très bien, je crois que je peux vous faire confiance, décida-t-il enfin. Mais je vous demande votre parole de ne pas répéter à âme qui vive ce que je vais vous confier. Me le promettez-vous ?

Rowena acquiesça, sa curiosité en éveil.

— J'en fais le serment, messire chevalier.

Greatham prit une profonde inspiration.

— Tout d'abord, elle n'est pas ma Rosalind, corrigea-t-il.

La jeune fille ne put retenir la question qui lui brûlait les lèvres.

— Voulez-vous dire que vous n'êtes pas amoureux d'elle ?

— Je ne la connais même pas, si vous voulez le savoir !

Sans comprendre pourquoi, Rowena sentit une vague de soulagement déferler en elle, et ce fut d'un ton plus amène qu'elle demanda :

— Alors, pourquoi êtes-vous à sa recherche ?

Christian la regarda droit dans les yeux, tandis qu'il répliquait :

— Retrouver cette jeune fille est certainement la plus importante mission que j'aie jamais eue à accomplir.

— Vous parlez par énigmes, décidément !

— C'est vrai, admit le chevalier, mais comment faire autrement ? Je ne veux pas mettre la vie de Rosalind en danger. Si elle vit toujours, elle est certainement privée de toute protection et ignore probablement tout de sa propre identité.

Rowena émit un soupir excédé.

— Je ne comprends absolument rien à tout ce que vous dites ! s'écria-t-elle.

Christian haussa les épaules.

— Vous avez raison, admit-il, et il vaudrait mieux que je commence par le commencement.

Il s'arrêta un instant, comme pour rassembler ses idées, et la jeune fille cette fois respecta son silence.

— Il y a quinze ans, je suis entré comme pupille dans la maison d'un noble de haut lignage, le comte de Kelsey, que tous ses proches surnommaient le Dragon. Consumé par le chagrin d'avoir perdu son épouse, mon père se sentait incapable de m'éduquer, et il m'a confié à cet homme de bien, qui m'a appris tout ce que doit savoir un chevalier.

— Le Dragon, murmura pensivement Rowena. C'était donc cela…

Et comme Christian l'interrogeait du regard, étonné, elle se hâta d'expliquer :

— Dans le délire de la fièvre, vous avez parlé de dragons et d'enfants disparus…

Christian hocha la tête.

— Vous avez dû penser que j'étais fou, mais il n'en est rien, je puis vous rassurer. Voyez-vous, le Dragon a été trahi et assassiné par son propre frère. Ce félon a fait croire au roi Richard que le comte s'était allié à ses pires ennemis pour comploter contre lui. Nous étions trois pupilles à Dragonwick, Simon Warleigh, Jarrod Maxwell et moi, et l'on nous a forcés à témoigner que le Dragon avait bel et bien rencontré des hommes ouvertement hostiles au pouvoir royal. C'était exact, mais la rencontre du Dragon et de ces gens n'avait rien eu que d'innocent. C'est du moins ce que notre père adoptif affirmait, et nous savions tous trois qu'il ne pouvait pas mentir.

— Comment pouviez-vous en être sûrs ?

Un sourire de fierté étira les lèvres du chevalier.

— Si vous l'aviez connu, vous ne poseriez pas cette question, affirma-t-il. C'était l'homme le plus droit de la terre, et la franchise et le sens de l'honneur étaient les deux pierres angulaires de son caractère. C'est lui qui nous a incités, Simon, Jarrod et moi, à répondre la vérité aux juges… même si elle devait entraîner sa perte !

Rowena secoua la tête, encore incrédule. Un noble au grand cœur et aux vertus éclatantes ? Cela ne cadrait guère avec ce que sa mère lui avait appris du monde impitoyable des chevaliers.

— Qu'est-ce que tout cela a à voir avec cette Rosalind ? s'enquit-elle enfin.

Christian se passa la main sur le front d'un geste las.

— Rosalind était, ou plutôt est encore, j'ose l'espérer, la fille de mon défunt tuteur. On a toujours cru qu'elle avait été tuée au moment de la prise de Dragonwick par le frère du comte. Elle était tombée dans l'escalier, nous a-t-on dit, en voulant rejoindre son père qui combattait en bas, dans l'enceinte du château. A vous dire la vérité, j'ai vu moi-même son corps.

Surprise, Rowena haussa les sourcils.

— Alors pourquoi la recherchez-vous ?

— Parce que j'ai appris tout récemment qu'elle n'était peut-être pas morte ce jour-là et qu'elle avait été cachée par sa nourrice, qui voulait la protéger.

— Qu'est-ce qui vous fait penser qu'elle ait pu se retrouver ensuite à Ashcroft ?

— C'est ce que m'a affirmé sur son lit de mort, il y a quelques semaines à peine, un chevalier digne de foi.

— Comment pouvait-il le savoir ?

— Parce qu'il avait aidé la nourrice et l'enfant à quitter le château. La petite fille rousse que nous avons vue ce jour-là gisant au pied de l'escalier était celle de la malheureuse nourrice. Jack, mon informateur, avait vu le frère du comte la pousser du haut de l'escalier. Malgré son chagrin, la mère de la petite morte a décidé de sauver au moins Rosalind, et elle a supplié Jack, qui était alors son amant, de bien vouloir l'aider. Ce dernier était un fidèle du Dragon et il n'a pas hésité une seconde. En pleine nuit, il a aidé cette femme à prendre la fuite avec Rosalind.

Son regard bleu empreint de tristesse, Christian continua :

— La nourrice et lui ne se sont plus jamais revus, et Jack, soucieux de préserver la sécurité de l'enfant, n'a jamais révélé l'histoire à âme qui vive. C'est seulement parce qu'il se savait à l'article de la mort qu'il m'a confié ce secret. Il était conscient qu'une personne au moins devait être au courant, si l'on voulait ménager à Rosalind une chance de rentrer à Dragonwick. Bien entendu, j'ai décidé aussitôt de partir à sa recherche. Si Jack a dit la vérité, Rosalind doit retrouver la position à laquelle sa naissance lui donne droit, et je ferai tout ce qui est en mon pouvoir pour l'aider.

Saisie d'une incompréhensible agitation, Rowena se leva brusquement et alla débarrasser la table des ustensiles qui l'encombraient.

— Qu'est-ce qui vous prouve que ce Jack a dit vrai ? interrogea-t-elle, tout en s'affairant à sa tâche. Peut-être a-t-il inventé cette histoire de toutes pièces, pour venger son seigneur !

Christian haussa les épaules.

— Ce n'est pas impossible, mais la chose mérite toutefois d'être vérifiée. Ce qui est certain, c'est que j'ai tenu parole à Jack en gardant le secret de cette révélation. Je ne voulais pas mettre en danger la vie de Rosalind, à supposer qu'elle soit encore de ce monde. Et je voulais aussi éviter de donner un faux espoir à mes amis Jarrod et Simon. Nous attendons tous trois depuis si longtemps le moment où nous pourrons faire payer à ce félon de Kelsey tous les crimes qu'il a commis !

Rowena parut étonnée par cette explication.

— Ainsi, c'est une simple question de vengeance ? interrogea-t-elle. Ce n'est pas Rosalind elle-même qui vous importe…

— Bien sûr que si ! Si elle est encore vivante, il n'est que trop juste qu'elle rentre en possession de ce qui aurait dû lui revenir de droit.

— Même si elle ne souhaite pas être impliquée dans ce conflit ? Après tout, elle est peut-être très heureuse là où elle se trouve, surtout si elle ne soupçonne rien de ses origines, comme vous semblez le supposer.

Christian secoua la tête.

— Qu'importe ? Elle doit comprendre qu'il est de son devoir de…

— De rien du tout ! interrompit Rowena. Pourquoi cette fille irait-elle risquer sa vie dans une équipée hasardeuse, alors qu'elle n'est pour rien dans tout cela ?

Elle s'arrêta net, comme étonnée de sa propre véhémence, et ajouta au bout d'un instant :

— Mais qu'importe, après tout, puisque vous ne l'avez pas retrouvée ? Je ne sais pourquoi ce Jack s'est imaginé qu'elle pouvait être à Ashcroft. Il n'y a aucune jeune fille de ce nom dans les parages, et à supposer qu'elle existe vraiment, ce n'est pas ici qu'elle a trouvé refuge. C'est grand dommage pour elle, d'ailleurs, car elle y aurait retrouvé la paix et le bonheur. Je sais assez par moi-même combien les gens du cru peuvent se montrer accueillants et généreux. Croyez-moi, si elle était ici, elle n'échangerait pour rien au monde sa vie à Ashcroft contre tous les châteaux et les domaines de la terre !

Christian se rembrunit, mais à la grande surprise de Rowena, changea abruptement de sujet de conversation.

— Vous aimez les gens d'ici, à ce que je constate... Mais qu'en est-il de votre vraie famille, Rowena ? Même si vos parents sont tous deux décédés, il doit vous rester des oncles et tantes, des cousins...

Cette question inattendue décontenança la jeune fille, qui rougit légèrement. Submergée par une vague de détresse, elle ne put résister plus longtemps au besoin de se confier.

— Peut-être, répondit-elle, mais je ne sais absolument rien d'eux. Voyez-vous, sir Christian, mon père était un chevalier, et ma mère servait dans sa demeure. Il ne l'a jamais épousée, et après sa mort sa famille m'a impitoyablement rejetée.

Christian fronça les sourcils.

— Qui vous a raconté cela ?

— Ma mère elle-même ! Quelle meilleure informatrice pouvais-je avoir ?

Le chevalier, confondu par cette révélation, se passa la main dans les cheveux.

— C'est impossible, murmura-t-il. Vous seriez donc une… bâtarde ? Je ne peux décidément y croire.

— Pourquoi donc ? Je suis malheureusement certaine de ce que j'avance, assura Rowena.

Elle haussa les épaules avant d'ajouter :

— Mais pourquoi vous raconter des choses que vous ne pouvez pas comprendre ? Il me faut aller chercher Hagar, avant que Nina ne s'éveille. Je vais avoir grand besoin de son aide.

Elle se dirigea vers la porte, mais Christian l'arrêta au passage en lui saisissant le poignet.

— Je vous en prie, Rowena, écoutez-moi !

Pour toute réponse, la jeune fille dégagea son bras avec une grimace de douleur, et Christian se plaça devant elle, contrit.

— Pardonnez-moi, je ne voulais pas vous faire mal, assura-t-il. Mais je dois absolument savoir…

Sans l'écouter, Rowena ouvrit la porte et s'enfuit en courant vers les bois pour y cacher sa peine. La réaction de Christian avait été pour elle un véritable coup de poignard. Elle croyait encore entendre le son de sa voix lorsqu'il s'était écrié, incrédule : « Vous, une bâtarde ? » Oh, Dieu, pourquoi se souciait-elle à ce point de l'opinion de cet étranger qui ne faisait que traverser sa vie, et dont elle ne savait pratiquement rien de surcroît ?

Dans la quête de Christian Greatham, elle n'était rien d'autre qu'une halte, même s'il l'avait tenue quelques secondes dans ses bras, le temps de lui faire éprouver le plus fort sentiment de sécurité qu'elle eût jamais ressenti de sa vie… Une fois rétabli, il reprendrait la route, toujours à la recherche de cette Rosalind qu'il espérait retrouver afin de venger son ancien tuteur.

Le cœur déchiré, elle s'enfonça au plus épais des fourrés, comme pour étouffer la voix de la raison qui scandait impitoyablement en elle : « Et même s'il choisit de retourner chez lui, qu'est-ce que cela pourra bien changer ? Il n'y a aucune place pour toi dans son avenir, tu ferais mieux de ne pas l'oublier » !

# 4.

Par égard pour la nouvelle maman et son bébé, Christian proposa de coucher ce soir-là sur une paillasse, dans le hangar attenant au cottage. Cet arrangement convenait visiblement à Rowena, et le chevalier se retira très tôt dans son abri, avant même que Hagar n'eût regagné ses pénates.

La vieille femme ne lui avait pas ménagé les éloges et l'avait chaudement félicité d'avoir sauvé la vie de Nina. Si seulement Rowena pouvait faire preuve de la même aménité à son égard ! songea-t-il avec regret. Mais la guérisseuse se montrait toujours aussi distante envers lui et opposait des dérobades méfiantes à toutes ses tentatives pour en savoir davantage sur elle et son passé. Attitude qui ne lui facilitait pas la tâche, conclut-il avec un soupir.

Bien qu'il n'eût guère l'esprit en repos, il s'endormit presque aussitôt sur son lit de foin et ne s'éveilla qu'aux premières lueurs de l'aurore. Aussitôt, les préoccupations qui n'avaient cessé de l'assaillir la veille remontèrent en foule à sa mémoire. S'il fallait en croire les apparences, aucune des questions qu'il avait posées à Rowena n'avait éveillé en elle la moindre réminiscence, aussi ténue fût-elle. Se pouvait-il qu'il se fût réellement trompé ?

Il demeurait pourtant persuadé du contraire. Rowena et sa mère étaient arrivées à Ashcroft précisément à l'époque où, d'après Jack, la petite Rosalind et sa nourrice avaient trouvé refuge dans ce petit village isolé de la côte écossaise. La coïncidence était tout de même troublante ! Quant à l'histoire de sa naissance illégitime, elle ne le surprenait pas outre mesure. Si Rowena était vraiment la fille du Dragon, il avait bien fallu que sa compagne fournît un aliment à sa curiosité, sans lui révéler une vérité qui aurait pu mettre sa vie en danger. Sans doute était-ce une façon d'éluder les questions gênantes que la fillette aurait pu être amenée à poser…

Mais si Rowena et Rosalind n'étaient vraiment qu'une seule et même personne, pourquoi la jeune fille n'avait-elle même pas cillé lorsqu'il avait évoqué cette éventualité devant elle ? Etait-ce parce que la perspective de devoir changer brusquement d'existence ne lui souriait guère ? Elle semblait si bien intégrée à la vie d'Ashcroft, et si proche de ses habitants !

Impatient malgré tout de continuer son enquête, il regagna le cottage, où il trouva la maîtresse des lieux seule avec la jeune mère et son bébé.

— Bonjour, gentes dames ! lança-t-il depuis le seuil, avec un enjouement de commande.

Rowena lui jeta à peine un regard avant de se tourner vers l'âtre, où une marmite était suspendue au-dessus des flammes. Assise dans le lit, le dos calé par des oreillers, Nina leva les yeux du nouveau-né qu'elle berçait contre sa poitrine.

— Bonjour, messire chevalier, répondit-elle avec un lumineux sourire. Je suis heureuse de vous revoir. Je vais enfin pouvoir vous remercier de nous avoir sauvés, le petit et moi…

Christian l'arrêta d'un geste.

— C'est très gentil à vous, Nina, mais l'honnêteté m'oblige à vous dire que c'est la nature qui a tout fait, avec l'aide éclairée de Rowena.

Coupant court aux remerciements de la maman, il tendit les bras vers le nourrisson :

— Me permettez-vous ?

Avec un sourire, Nina souleva l'enfant endormi pour le lui confier.

Ravi, Christian examina le minuscule visage qui s'était défripé pendant la nuit et se réjouit de le voir si paisible.

— Vous êtes trop modeste, intervint Rowena. La plupart des hommes à votre place seraient allés chercher de l'aide au lieu d'affronter l'urgence de la situation.

Bien que le compliment eût été prononcé d'une voix sèche, il n'en restait pas moins un éloge, qui alla droit au cœur du destinataire.

Embarrassé, il émit un petit rire.

— Croyez-moi, c'est aussi ce que j'aurais fait si j'avais eu le choix ! affirma-t-il.

Sans répondre, Rowena fixa un instant sur lui ses troublantes prunelles d'émeraude avant de se détourner. Elle vaquait à ses tâches domestiques depuis un instant, sous le regard songeur de Christian, lorsqu'un léger bruit retentit devant le cottage, annonçant l'arrivée de Sean. Par la porte demeurée grande ouverte, Christian vit que le nouveau venu conduisait une petite carriole tirée par une mule.

Sans doute Rowena avait-elle requis son aide, car elle s'avança vers lui en le saluant d'un signe de tête.

— Merci d'être venu si vite, Sean, lui dit-elle. La maman et le bébé attendent à l'intérieur.

Après avoir mis pied à terre, le visiteur pénétra dans le cottage et jeta à Christian un regard aussi aimable que s'il avait eu un pestiféré devant lui.

— Nina et le bébé vont être prêts dans un instant, fit Rowena en se dirigeant vers le lit. Il ne me reste que quelques objets à emballer.

— Que dites-vous là ? Vous ne songez tout de même pas à les faire partir ? questionna Christian, stupéfait.

— Nina veut absolument rentrer chez elle, expliqua la jeune fille en évitant son regard, et Sean a accepté de la ramener dans son village. Ils doivent partir avant la marée montante, s'ils veulent que le chemin de la grève soit encore accessible.

Elle tendit les bras pour récupérer le bébé, que Christian lui laissa prendre à contrecœur.

— Mais elle est encore trop faible pour voyager, objecta-t-il.

Nina toussota avant d'intervenir.

— C'est moi qui ai insisté, messire chevalier, affirma-t-elle. Je dois… Je dois absolument montrer le petit à son père. Lorsqu'il le verra, il comprendra qu'il doit rester avec moi, j'en suis sûre.

La jeune femme semblait déterminée et Christian comprit qu'il ne servirait à rien d'essayer de la fléchir.

Rowena, qui avait dû parvenir avant lui à la même conclusion, se tourna vers Sean.

— Lorsqu'ils seront sains et saufs chez eux, essayez de vous assurer que le père du bébé accepte de prendre soin de lui avant de les laisser, voulez-vous ? Je ne voudrais pas que la mère et l'enfant se retrouvent dépourvus de tout.

Sean s'inclina en signe d'assentiment.

— Je ferai tout ce que vous voudrez, Rowena, assura-t-il avec ardeur.

Christian jugea ce ton étrange de la part d'un homme que Rowena désignait toujours comme un simple ami. Se pouvait-il qu'il y eût autre chose entre eux ? s'interrogea-t-il avec un étrange serrement de cœur. Si tel était le cas, voilà qui n'allait guère faciliter sa mission.

Satisfaite de la réponse, Rowena emmaillota le bébé, tandis que Greatham s'asseyait près de l'âtre pour observer la scène d'un regard désapprobateur.

Après l'avoir gratifié d'un coup d'œil méfiant, Sean s'avança brusquement vers lui.

— Quand pensez-vous quitter Ashcroft ? s'informa-t-il d'un ton bref.

Christian haussa les épaules, étonné lui-même de sentir sa gorge se nouer à la perspective de son futur départ.

— Bientôt, assura-t-il.

En fait, il n'était que trop conscient de cette nécessité. Pourquoi s'attarder dans les parages si son enquête décidément n'aboutissait pas ?

— A en croire ma mère, vous seriez à la recherche d'une certaine... Rosalind ? interrogea Sean en fronçant les sourcils.

— C'est exact.

— On a dû vous dire qu'il n'y avait personne ici qui réponde à ce nom.

— En effet, admit Christian, qui s'abstint de regarder Rowena. Je ne peux guère m'attarder, de toute façon, car j'ai été déjà trop longtemps absent de chez moi. Mon père et ma sœur Aislynn doivent terriblement s'inquiéter, et il est temps que je regagne Bransbury.

Il se tut, peu désireux de s'étendre sur le sujet. Puis il leva les yeux et constata que Rowena s'était interrompue dans ses tâches pour écouter sa réponse. Pendant quelques secondes, leurs yeux se rencontrèrent avec une surprenante intensité avant que la jeune fille ne murmurât d'une voix à peine audible :

— Ainsi, vous allez bientôt partir ?

— Il le faut, répliqua Christian.

Un nouveau silence suivit ces paroles, si tendu que le chevalier sentit son cœur s'emballer dans sa poitrine. Se pouvait-il que la jeune fille réalisât enfin que sa présence n'était pas sans importance pour elle ?

— Hum... Il vaudrait mieux que vous attendiez d'être complètement remis, déclara-t-elle après un instant. Mieux vaut ne pas commettre d'imprudence. Ces blessures à la tête sont parfois traîtresses.

Elle s'était exprimée d'une voix unie, et Christian ne put deviner quel sentiment dictait ses paroles. Fasciné, il la suivit des yeux, tandis qu'elle achevait de préparer un paquet de nourriture pour les voyageurs.

— Pourquoi la regardez-vous ainsi ? grogna tout à coup Sean en le fusillant du regard.

Décidément, ce blanc-bec était bel et bien amoureux de Rowena ! songea Christian avec ennui. Et dire que l'imbécile semblait voir en lui un rival ! C'était là une crainte presque comique tant elle était loin de la réalité.

— Il serait bon que les vôtres n'attendent pas trop longtemps votre retour, étranger, reprit le pêcheur, avant que son interlocuteur n'ait eu le temps de répliquer. Sans doute seront-ils aussi heureux de vous voir revenir que moi de vous savoir parti.

Christian se tut, mal à l'aise. Que dirait Sean s'il quittait Ashcroft en emmenant Rowena ? Le jeune pêcheur en aurait le cœur brisé à coup sûr. Mais aussi navré qu'il fût de nuire ainsi à son prochain, il ne pouvait de toute évidence s'arrêter à une telle considération. Si la guérisseuse était bien Rosalind, comme il continuait à le soupçonner, sa place était à Dragonwick et nulle part ailleurs.

— Sean, j'ai besoin de votre aide ! s'écria à cet instant Rowena, manifestement désireuse de couper court à cet échange.

Sans ajouter un mot, l'interpellé tourna le dos à Christian et rejoignit la jeune fille.

— Voulez-vous mettre cela dans le chariot ? Ce sont des habits de rechange pour le bébé.

Toujours silencieux, Sean prit le sac que lui tendait Rowena et sortit du cottage sans même honorer Christian d'un regard. Dès qu'il eut disparu, Rowena aida la jeune maman à se lever en lui passant un bras autour de la taille. Mais Nina était encore si faible qu'elle vacilla dès qu'elle fut sur ses pieds. D'un mouvement spontané, Christian se leva et vint la soutenir.

— Vous ne devriez pas voyager aujourd'hui, dit-il avec conviction.

A sa grande satisfaction, Rowena manifesta son approbation en opinant de la tête.

— Vous n'êtes pas en état de bouger, renchérit-elle. L'hémorragie vous a beaucoup affaiblie et il vous faudra plusieurs jours avant d'être vraiment remise.

Nina serra les lèvres, tandis que des gouttes de sueur perlaient à ses tempes.

— Je veux rentrer chez moi ! répéta-t-elle avec une moue boudeuse.

Comprenant qu'elle ne céderait pas, Christian souleva la jeune femme dans ses bras et la porta jusqu'à la carriole avant qu'elle n'ait eu le temps d'esquisser un geste de protestation.

Tandis qu'il installait Nina sur la banquette, à côté d'un Sean obstinément morose et silencieux, Rowena s'approcha à son tour de l'attelage et déposa le panier du bébé aux pieds de la maman.

— Il va dormir un bout de temps, affirma-t-elle à l'adresse de Nina. Quant à vous, n'oubliez pas de prendre les remèdes que je vous ai mis dans le sac. Ils vous aideront à reprendre des forces plus rapidement.

La fille hocha la tête et fixa sur elle un regard embué de larmes.

— Je n'oublierai jamais ce que vous avez fait, le chevalier et vous, assura-t-elle d'une voix émue.

Elle s'essuya furtivement les yeux du revers de la manche, tandis que Rowena lui donnait ses dernières instructions :

— Veillez bien sur le bébé, n'est-ce pas ? Et si vous avez besoin de quoi que ce soit…

Nina acquiesça, puis se tourna vers Sean :

— Allons, maintenant, si nous ne voulons pas être gagnés de vitesse par la marée !

Le jeune pêcheur enveloppa Rowena et Christian d'un regard nettement désapprobateur. Puis il lança d'un ton rogue :

— Je vous rendrai visite dès mon retour, Rowena.

Mais la jeune fille secoua la tête.

— Mais non, Sean, c'est inutile. Je vous ai déjà suffisamment dérangé aujourd'hui, alors que vous avez vos propres occupations.

L'attelage s'ébranla sur ces mots, et Christian le suivit d'un regard pensif. Sean était peut-être amoureux de la guérisseuse, mais de toute évidence, celle-ci ne le payait pas de retour, se dit-il avec soulagement. Rien en effet dans les propos que Rowena adressait à son compagnon d'enfance ne dénotait autre chose qu'une fraternelle affection, et il se réjouissait de cet état de chose. Si Rowena était vraiment Rosalind, elle aurait besoin d'un époux qui l'aidât à gérer Dragonwick et à le défendre contre d'éventuels agresseurs. Aussi valeureux qu'il fût, Sean n'avait pas reçu une éducation de chevalier et ne saurait pas assumer une pareille tâche. Non, ce qu'il fallait à Rosalind, s'il s'agissait bien d'elle, c'était un guerrier expérimenté comme Simon Warleigh ou Jarrod Maxwell. Le premier était déjà uni à Isabelle Kelsey, mais le second était libre comme l'air. Pourquoi pas lui, après tout ?

Car en dépit de ce que semblait penser Sean, il n'était pas question qu'il épousât lui-même l'héritière de Dragonwick, alors qu'il avait déjà tant de responsabilités à endosser. Ne l'attendait-on pas à Bransbury, le domaine familial ? Son père, sir Thomas, n'était plus assez alerte pour maintenir l'ordre sur des terres sans cesse menacées par les incursions de ses voisins gallois.

Profondément marqué par la mort prématurée de son épouse Ellen, il ne lui restait guère d'autres joies que celle d'avoir ses deux enfants auprès de lui, et c'était avec un profond soulagement qu'il avait accueilli le retour de son fils de Terre sainte. Aussi pesante que fût parfois la sollicitude paternelle, Christian ne se sentait pas le courage de décevoir sir Thomas. Après avoir accompli son devoir envers son défunt tuteur, il rentrerait tout droit à Bransbury pour y reprendre sa place de fils et d'héritier.

Dans ces conditions, il ne pouvait évidemment envisager le moindre avenir avec Rowena. Aussi délicieuse et fascinante qu'elle fût, il la laisserait derrière lui dès qu'il aurait accompli sa mission. La jeune fille appartenait à Dragonwick, comme lui à Bransbury. Après l'avoir vue agir cette nuit-là et se dépenser sans compter pour sauver Nina, il n'avait plus de doute au moins sur un point. Rowena était la plus courageuse et la plus dévouée des créatures et, si le Dragon était bien son père, il n'eût pas manqué d'être fier d'elle !

Oui, rétablir Rosalind dans ses droits était la seule façon dont il pût s'acquitter de sa propre dette à l'égard du Dragon. Après toutes ces années, il était enfin en mesure de rendre à son bienfaiteur une partie du bien qu'il lui avait prodigué !

Ce fut avec un obscur sentiment de malaise que Rowena vit disparaître au tournant la carriole emportant Sean,

Nina et le bébé. Pourquoi se sentait-elle aussi vulnérable depuis quelque temps ? s'interrogea-t-elle en réprimant un soupir.

En fait, les événements de la nuit l'avaient profondément troublée, et ce n'était pas sans malaise qu'elle se rappelait son entretien avec Christian Greatham. Comment avait-elle pu s'imaginer un seul instant que le jeune homme la méprisait pour sa naissance illégitime ? Il s'était montré si délicat et tendre à l'égard du petit bâtard de Nina qu'elle ne pouvait plus un seul instant s'imaginer pareille chose. En fait, il était exactement l'antithèse du chevalier dont sa mère lui avait jadis brossé le portrait-type. Il n'y avait qu'à le voir avec Nina, Hagar ou le bébé pour comprendre qu'il n'existait en lui pas l'ombre de morgue ni de vaniteuse arrogance.

En tout cas, un lien s'était créé entre eux au cours de cette difficile nuit, qu'elle le voulût ou non, et jamais plus elle ne poserait sur lui le même regard.

— Non, murmura-t-elle, vous n'êtes décidément pas comme je l'imaginais.

Surpris par ces paroles, Christian tressaillit et se tourna vers elle.

— Et comment diable m'imaginiez-vous, si je puis me permettre ?

Rowena s'aperçut alors qu'elle avait exprimé sa pensée à voix haute et ses joues s'empourprèrent de confusion.

— Oh, je... je ne parlais pas seulement de vous, mais des nobles en général, balbutia-t-elle. On m'avait assuré que les gens de votre sorte se croient au-dessus du commun des mortels... Or, vous vous êtes comporté avec Nina, le bébé et moi comme si vous étiez notre égal.

Christian haussa les épaules.

— Je vois… Vous n'étiez pas dépourvue de préjugés, en somme.

— La plupart des chevaliers sont-ils comme vous, ou êtes-vous l'exception qui confirme la règle ?

— Comment vous dire ? Certains sont pires, mais d'autres bien meilleurs que moi.

Peu convaincue, Rowena secoua la tête.

— Ma mère m'avait affirmé que mon père et ses semblables ne se souciaient que de leurs terres et de leurs titres de noblesse et que rien ne comptait pour eux en regard de cette préoccupation. Pour eux, assurait-elle, l'amour ne venait qu'en second. C'est pour cela…

Elle s'arrêta un instant et se raidit légèrement avant de poursuivre :

— C'est pour cela que mon père a refusé de l'épouser. Parce qu'elle n'avait ni hautes alliances ni domaine à lui apporter en dot.

Intrigué, Christian plongea les yeux dans le regard d'émeraude.

— Et vous l'avez crue ?

— Pourquoi aurais-je douté de ses dires ? Mon père l'a rejetée, après tout. C'est un fait indéniable, sans quoi nous ne serions jamais venues ici !

Christian fit un pas vers elle et la considéra un instant avant de suggérer avec feu :

— Et si elle avait eu d'autres raisons de s'enfuir avec vous ? Y avez-vous jamais pensé ?

Une expression d'inquiétude altéra le visage de Rowena, qui recula promptement. Conscient de l'avoir effrayée, Greatham reprit sa respiration et observa d'un ton plus calme :

— Peut-être ne pouvait-elle pas tout vous dire, Rowena…

— Je ne vois pas pourquoi elle m'aurait menti ! Elle était déçue et amère, c'est vrai, mais elle m'aimait. Je n'ai jamais eu le moindre doute à ce sujet, et je ne vois pas pourquoi je changerais d'avis, sous prétexte qu'une idée saugrenue vous est passée par la tête !

Christian se passa la main dans les cheveux, et la jeune fille, consciente d'avoir été un peu loin, s'empressa de lui présenter ses excuses :

— Je ne voulais pas vous faire insulte, chevalier. A vrai dire, je ne vous ai parlé en ces termes que parce que vous vous êtes montré l'obligeance et la générosité même depuis que vous êtes sous ce toit.

Emue, elle essuya furtivement une larme au coin de ses paupières et voulut se détourner, mais Christian s'empara de son poignet, qu'il enserra d'une étreinte d'acier.

— Rowena, au nom du ciel, pourquoi ne consentez-vous pas à m'écouter ? questionna-t-il avec une impatience qu'il ne parvenait plus à contrôler.

Insensible à la prière qui vibrait dans sa voix, la jeune fille se dégagea brusquement.

— Je ne veux rien entendre ! déclara-t-elle fermement. Ce serait pour moi une sorte de trahison. Ne pouvez-vous comprendre cela ?

La simple pensée que sa mère avait pu lui cacher quoi que ce fût la bouleversait, et elle ne pouvait tout bonnement pas s'y arrêter une seconde !

— Vous voudriez que je me mette à douter de celle qui a consolé tous mes chagrins d'enfant et qui a passé des nuits à mon chevet quand j'avais des cauchemars ? lança-t-elle avec passion.

Les larmes lui montèrent de nouveau aux yeux à ce souvenir. Petite, ses rêves étaient peuplés de cris et de sanglantes images, et elle voyait souvent un énorme reptile ramper vers elle dans un paysage en flammes, vision si effrayante qu'elle en avait encore gardé une peur viscérale des serpents.

— Comment pourrais-je douter d'elle alors qu'elle m'a chérie au point de tout sacrifier pour moi ? Elle en voulait à mon père, certes, mais jamais sa rancœur ne s'est étendue jusqu'à moi...

Elle reprit sa respiration avant de poursuivre d'un ton plus froid :

— Vous ne songez sans doute pas à mal en voulant défendre mon père à tout prix, mais vous ne savez rien de nous, chevalier. Cette histoire n'est pas la vôtre, après tout, et je ne comprends pas pourquoi vous vous acharnez à vouloir l'interpréter à votre manière !

A sa grande surprise, Christian ne répondit pas tout de suite, comme s'il était perdu dans ses pensées.

— Pardonnez-moi de m'être mêlé de ce qui ne me regardait pas, déclara-t-il enfin.

— N'en parlons plus, murmura Rowena, soulagée par cette conclusion.

Elle désigna de la main le sentier tortueux qui menait au village.

— Pardonnez-moi, mais on a requis mes soins à l'autre bout du bourg et je vais devoir vous laisser seul aujourd'hui. Il y a un morceau de pain et du fromage au cottage pour votre déjeuner.

Christian s'inclina poliment :

— Merci d'avoir pensé à moi, Rowena. Je vous suis reconnaissant de toutes vos attentions.

Impatiente de s'éloigner de lui, la jeune fille lui lança un bref regard et entra dans la maisonnette, où elle rassembla dans un sac tous les simples dont elle pourrait avoir besoin. Puis elle s'enveloppa dans sa cape de laine et se dirigea vers la porte. Mais Christian se tenait debout sur le seuil, les bras croisés sur sa robuste poitrine, dont les muscles saillaient sous l'étoffe mince de sa tunique.

Rowena déglutit, troublée par cet étalage de force et de virile beauté.

— Je reviendrai avant la nuit, assura-t-elle pour masquer son embarras.

— Comme vous voudrez !

Comme la jeune fille ne bougeait pas, Christian baissa les yeux vers elle et réalisa tout à coup qu'il lui barrait le passage. Avec un mot d'excuse, il s'écarta pour lui laisser la place de sortir et Rowena tourna légèrement le buste pour se glisser dehors. Mais au moment où elle passait devant Christian, leurs regards se rencontrèrent et elle rougit instantanément. Fut-ce sa confusion qui déclencha l'incident ? Mû par une impulsion incontrôlable, Christian lui saisit de nouveau le poignet et examina sa peau fraîchement meurtrie à cet endroit.

— Est-ce moi qui vous ai fait cela ? s'enquit-il en fronçant les sourcils.

La jeune fille, qui aurait voulu être à des kilomètres de là tant elle était confuse, hésita à répondre.

— Je crois... oui, balbutia-t-elle enfin. Mais c'est sans importance.

Christian grimaça, navré.

— Je suis désolé, Rowena. Il n'a jamais été dans mes intentions de vous faire du mal, de quelque façon que ce soit. Vous me croyez, n'est-ce pas ?

Comme prise au piège, Rowena déglutit sans pouvoir articuler un mot, incapable de se détourner pour échapper à ce regard intensément bleu qui fouillait le sien. La paume chaude du chevalier lui brûlait littéralement le poignet, mais ce fut bien pis lorsqu'il leva sa main jusqu'à ses lèvres et embrassa l'hématome qui bleuissait sa peau.

Comme brûlée au fer rouge, elle tressaillit et lui retira son bras en toute hâte.

— Je ne..., bredouilla-t-elle.

Comprenant qu'elle ne réussirait pas à aligner une seule phrase cohérente, elle prit son élan et s'enfuit en direction des bois, sous le regard stupéfait de Greatham, qui la suivait des yeux depuis le seuil.

Parvenue sous le couvert des arbres, elle ralentit enfin, essoufflée, et tâcha d'apaiser les battements fous de son cœur. Oh, Dieu, pourquoi s'était-elle laissé troubler ainsi par un geste somme toute si anodin ? Christian Greatham avait-il donc déjà un tel pouvoir sur elle que le moindre effleurement de sa part provoquât en elle des réactions aussi excessives ?

Mais c'était de la folie, voyons ! se réprimanda-t-elle. Le chevalier n'avait-il pas ce matin même annoncé son prochain départ ? Elle ne tenait aucune place dans la vie de cet homme, et c'était sans doute par pur badinage qu'il avait jugé bon de déposer ce baiser sur son poignet. A moins que ce ne fût là un exemple de la courtoisie particulière aux nobles ?

Mais elle eut beau calmer ainsi ses émotions en déroute, elle se sentait beaucoup moins sereine que de coutume, et ce fut d'un pas saccadé qu'elle s'engagea dans le chemin tapissé de feuilles mortes qui serpentait entre les chênes séculaires.

Dans l'espoir de surmonter son trouble, elle concentra ses pensées sur la vieille Agnès, qui souffrait de sa bronchite chronique comme chaque année aux approches de l'hiver. La malheureuse n'était plus assez alerte pour marcher jusqu'au cottage, et c'était Rowena qui se rendait chez elle deux ou trois fois par semaine. Bien que la vieille femme n'attendît pas sa visite avant le surlendemain, elle ne doutait pas d'être la bienvenue dans sa chaumière.

Et quand bien même Agnès serait surprise de la revoir si tôt, qu'importait ? Tout valait mieux que d'affronter pendant une journée entière la troublante présence de ce chevalier hors norme, dont le regard bleu avait l'étrange pouvoir de susciter en elle les réactions les plus confondantes qu'elle eût jamais éprouvées de sa vie !

# 5.

Debout sur le seuil du cottage, Christian observait d'un air dubitatif les allées et venues de Rowena, occupée à vaquer dans l'unique salle de la maisonnette. Depuis qu'elle s'était enfuie la veille du cottage, ils n'avaient pas eu l'occasion d'échanger le moindre mot.

Dieu seul savait pourquoi il avait déposé un baiser sur son poignet ! Sur le moment, il avait cru seulement éprouver de la compassion et du regret, à l'idée du bouleversement qu'il avait apporté malgré lui dans sa vie. Mais ce simple geste avait suscité en lui des réactions si sensuelles qu'il était maintenant la proie de multiples questions. Certes, la beauté de la jeune fille suffisait à expliquer un émoi que tout autre homme aurait sans doute éprouvé à sa place, mais cette considération était loin de lui suffire.

Après cet incident, Rowena n'avait regagné sa maison que fort tard dans la soirée, alors qu'il s'était déjà retiré sous le hangar pour la nuit. Seul dans l'obscurité de son abri, il était resté longtemps éveillé, à repasser dans son esprit toutes les paroles de son hôtesse.

En fait, il comprenait maintenant pourquoi la guérisseuse ne parvenait pas à établir le moindre rapport entre Rosalind et elle. Sans le vouloir, la femme qui s'était fait passer pour sa mère lui avait instillé un solide mépris pour la noblesse, et il aurait fort à faire pour la convaincre qu'elle appartenait à cette caste honnie.

Perplexe, il examina furtivement Rowena, qui s'affairait à préparer le petit déjeuner. Ce silence ne pouvait se prolonger, il le sentait bien. S'il voulait que leur relation reprît un cours normal, il devait s'excuser pour l'incident de la veille.

— Rowena, je..., commença-t-il.

Il s'arrêta, incertain, tandis que la jeune fille levait vers lui ce regard vert et profond à couper le souffle, dont l'image l'avait hanté toute la nuit.

— Oui ? fit-elle d'une voix réticente.

— Je suis désolé pour... pour ce baiser. L'idée de devoir m'excuser pour une chose qui m'a paru sur le moment aussi naturelle me déconcerte un peu, je l'avoue, mais comme vous avez semblé...

Rowena l'arrêta d'un geste de la main.

— N'en dites pas davantage, je vous en prie. Avec vous, j'ai découvert que les nobles ne se comportaient pas de la manière que j'imaginais. La courtoisie fait manifestement partie de leur mode de vie, ce dont je ne me doutais guère. C'est moi en fait qui devrais m'excuser de m'être comportée si sottement.

Christian la considéra, stupéfait. Ainsi, c'était là ce qu'elle s'imaginait ! Comment lui faire comprendre qu'elle se trompait ? Il ne pouvait tout de même pas lui avouer qu'il avait bel et bien perdu la tête pendant quelques secondes et que le baiser dont il l'avait gratifiée ne devait rien à la simple politesse...

Condamné à laisser la jeune fille dans l'erreur, il haussa les épaules.

— Je vous remercie de voir les choses sous cet angle.

— Je vous en prie, répondit Rowena d'une voix affermie. Mais il est toutefois une chose que je voudrais obtenir de vous. Vous êtes un homme loyal et bon, j'ai eu l'occasion d'en juger par moi-même, mais cessez de vouloir me persuader que tous les chevaliers vous ressemblent. Ce n'est pas ce qu'affirmait ma mère, et je respecte trop sa mémoire pour douter de ses paroles.

Christian fronça les sourcils, conscient du malentendu. En réalité, il ne cherchait pas à la convaincre que tous les nobles étaient honorables, seulement à lui faire accepter l'idée qu'elle pouvait elle-même appartenir à leur classe.

Malgré cette considération, il acquiesça en silence, conscient qu'il ne pouvait en faire plus pour l'instant. Satisfaite, Rowena se mit en devoir de servir le repas, et tous deux s'attablèrent en silence.

Le petit déjeuner à peine achevé, Rowena se leva de son siège.

— Vous m'excuserez, mais j'ai beaucoup à faire, déclara-t-elle d'un ton neutre.

Christian opina de la tête, bien qu'il la soupçonnât fort de s'affairer ainsi dans l'unique but d'éviter toute possibilité de conversation sérieuse.

— Faites donc, répondit-il seulement. Je vais débarrasser la table, puis j'irai faire une promenade. L'air de la mer me fera grand bien, je le sens.

Il la regarda marcher vers le coffre rangé au pied du lit et en soulever le couvercle. Outre divers sachets d'herbes et autres fioles médicinales, le meuble contenait une provision de parchemins vierges, comme il le constata en jetant un regard furtif par-dessus l'épaule de la jeune fille.

Aussitôt intéressé, il s'approcha sans réfléchir.

— Vous avez là des rouleaux inutilisés, à ce que je vois. Où vous les êtes-vous procurés ?

Rowena releva la tête et rougit un tantinet, troublée de le voir si près d'elle.

— Je les achète au monastère qui me fournit aussi le vin dont j'use pour mes préparations, expliqua-t-elle avec embarras. Ils me servent à étiqueter mes pots d'onguents et mes élixirs.

Christian haussa les sourcils, surpris.

— Vous savez donc écrire ?

La jeune fille parut froissée par la question.

— Assez bien pour rédiger les formules de mes remèdes, répliqua-t-elle sèchement. C'est l'un des moines qui m'a servi de maître, alors que j'étais encore une enfant.

Pensif, Greatham considéra un instant le fin profil de la jeune fille. Décidément, cette Rowena n'était pas une personne ordinaire ! Même parmi les nobles, fort peu de gens étaient capables de déchiffrer un texte, et à plus forte raison d'en composer eux-mêmes. De plus, elle évoquait son savoir avec une surprenante modestie !

— Accepteriez-vous de m'en donner une feuille ? interrogea-t-il en désignant les parchemins.

Une expression d'étonnement passa sur le visage de la jeune guérisseuse, mais elle se reprit aussitôt.

— Bien sûr, chevalier !

Elle tira un rouleau du coffre et le lui tendit sans autre question. Lorsque Christian saisit le parchemin, leurs doigts s'effleurèrent une fraction de seconde et Rowena se rejeta en arrière, comme brûlée par ce furtif contact.

— Si... Si vous voulez bien m'excuser, j'ai quelque chose à prendre dans ce coffre, déclara-t-elle en se remettant précipitamment à la tâche.

Christian fit un pas en arrière, décontenancé. Pourquoi ce recul devant le geste le plus innocent ? s'interrogea-t-il avec surprise. Rowena jusqu'ici ne s'était pas montrée aussi pudibonde ! Se pouvait-il qu'elle eût été plus choquée qu'elle ne voulait l'avouer par le baiser de la veille ? Eventualité surprenante, qui ne manquait pas de le mortifier un peu !

Mais que lui importait, après tout ? s'admonesta-t-il. La seule chose qui comptait, c'était d'inspirer à cette sauvageonne assez de confiance pour qu'elle acceptât de l'écouter.

Après avoir rassemblé quelques flacons dans un petit sac de peau, la jeune fille se redressa et marcha résolument vers la porte.

— Veuillez m'excuser, dit-elle en évitant son regard, mais j'ai une course urgente à faire. Faites comme chez vous en mon absence, cela va sans dire.

Elle disparut avant même que Christian ait eu le temps de lui demander des précisions et le jeune homme se retrouva seul au cottage, avec devant lui la perspective de longues heures solitaires. Mais Dieu merci, il connaissait un bon moyen de tromper son ennui.

Après avoir affûté un morceau de charbon, il s'assit devant la table et étala le parchemin devant lui. Dessinateur émérite, il avait toujours trouvé autour de lui, dans les scènes de la vie quotidienne, des sujets dignes de son fusain. Mais cette fois, il n'eut même pas à réfléchir pour trouver un thème. A peine eut-il posé la mine sur la feuille que le délicieux visage de Rowena apparut de lui-même sous ses doigts, avec ses yeux immenses ombrés de longs cils, sa bouche bien modelée et la courbe gracieuse de ses joues. Satisfait, il considéra un instant cette esquisse et ajouta ici une ombre, là un trait léger qui accentuèrent la ressemblance au point de réveiller en lui le troublant désir qui s'était emparé de lui la veille, lorsqu'il avait déposé ce malencontreux baiser sur le poignet du modèle…

Mû par des sentiments contradictoires, il s'adonna à sa tâche avec passion, jusqu'à ce qu'une sourde douleur dans le dos le rappelât au sens de la réalité. Bien qu'il eût presque totalement récupéré ses forces, les longues journées qu'il avait passées allongé avaient laissé derrière elles leur lot de courbatures et il sentait toujours une certaine raideur dans ses muscles. Déposant son charbon, il s'étira longuement et considéra son œuvre d'un regard critique.

Oui, il avait bien rendu l'expression de Rowena, ce mélange de candeur et de fierté hautaine qui composait son charme propre et la rendait si irrésistiblement attirante… Quant à ses lèvres, il les avait faites si pulpeuses qu'elles semblaient appeler le baiser.

Dans un coin du parchemin, comme dans le portrait qu'il avait tracé de Jack quelques semaines plus tôt, il dessina la forme d'un dragon. Cet emblème, qui figurait sur les trois broches que son ami Jarrod avait fait graver par un joaillier, devait perpétuer pour les trois jeunes gens le souvenir cher entre tous de leur père adoptif, Wallace Kelsey, surnommé le Dragon.

Il posait la dernière touche à ce croquis, lorsqu'une voix masculine résonna tout à coup dans son dos, lui arrachant un tressaillement de surprise. Sean ! songea-t-il en se retournant d'un mouvement preste. Absorbé dans sa tâche, il n'avait même pas entendu le jeune homme franchir le seuil du cottage et s'approcher de lui à pas muets.

— Qu'est-ce que ce dessin ? interrogea abruptement le pêcheur.

Christian haussa les épaules.

— Si vous ne le voyez pas vous-même, c'est que j'ai complètement manqué la ressemblance, déclara-t-il avec une nonchalance étudiée.

— Je ne suis pas aveugle au point de ne pas voir de qui il s'agit, grommela Sean sans la moindre aménité. Ce que je vous demande, c'est pourquoi vous avez jugé bon de faire ce portrait !

Christian lui jeta un regard oblique et refoula l'impatience qui montait en lui.

— Rowena m'a fait cadeau de ce parchemin et j'ai eu envie de dessiner. Cela a toujours été mon occupation favorite, même lorsque je guerroyais en Terre sainte avec les croisés du roi Richard.

— Est-ce elle qui vous a autorisé à faire son portrait, chevalier ?

— Je n'ai pas songé à lui demander la permission, je l'avoue.

Le visage de Sean se rembrunit.

— Et où est-elle à présent ? s'enquit-il d'un ton rogue.

Christian désigna la porte.

— Sortie, déclara-t-il brièvement. Elle avait quelque chose à faire je ne sais où.

Sean fronça les sourcils et considéra son interlocuteur avec une évidente méfiance.

— Et vous, interrogea-t-il enfin avec brusquerie, que faites-vous là ? Ne m'avez-vous pas dit ce matin que vous comptiez partir bientôt ?

— Hum... Je n'ai plus ni cheval ni bourse, ce qui ne me facilite guère les choses.

— L'étalon s'est peut-être noyé, mais il faudrait tout de même que je procède à une enquête dans les environs. Peut-être erre-t-il dans la campagne, après tout... Un bel animal, sans doute ?

— Assez exceptionnel, admit Christian avec un hochement de tête. Si vous arriviez à le retrouver, je vous en serais vraiment reconnaissant. Il m'a accompagné dans toutes mes campagnes et je tiens à lui comme à un ami.

Mais Sean ne parut pas amadoué pour si peu, et ce fut d'un air toujours aussi revêche qu'il interrogea sans ambages :

— Partirez-vous enfin, si je remets la main sur votre monture ?

Greatham eut une imperceptible hésitation.

— Peut-être, répliqua-t-il évasivement.

Le jeune pêcheur lui lança un regard flamboyant.

— Soyons clairs, chevalier, dit-il abruptement. Vous convoitez ma Rowena, mais vous ne l'aurez pas, je vous en donne ma parole ! Pas tant que je serai vivant, comprenez-vous ?

Sa Rowena ! se répéta Christian, qui se retint de hausser les épaules. Si la jeune femme était vraiment la fille du Dragon, elle n'appartiendrait jamais à quelqu'un comme Sean ! Mais d'un autre côté, elle n'était pas non plus pour lui, malgré ce que pouvait imaginer le jeune pêcheur... A cette pensée, il comprit le dépit de son interlocuteur et éprouva pour lui un furtif sentiment de compassion.

— Je ne sais ce que vous êtes allé vous imaginer, mais vous vous méprenez sur mes intentions, déclara-t-il aussi calmement que possible.

Mais Sean secoua la tête, incrédule.

— En ce cas, pourquoi ne partez-vous pas, puisqu'on vous a dit que la fille que vous cherchiez n'était pas ici ? Quoi que vous en disiez, je sais bien, moi, pourquoi vous vous incrustez céans ! J'ai vu de quelle façon vous regardiez Rowena, et je sais ce que vous mourez d'envie de faire.

— Vous ne savez rien du tout, rétorqua Christian d'un ton sec, et vous feriez mieux de ne pas vous monter la tête à ce sujet.

Sean jeta au dessin un regard de convoitise.

— Alors, si elle vous est indifférente, donnez-moi son portrait !

Voilà ce que Christian n'avait pas la moindre intention de faire, pas même pour tranquilliser son ombrageux compagnon !

— Impossible, je ne donne jamais mes dessins, déclara-t-il fermement. Ils forment une sorte de journal de bord et me rappellent les lieux où j'ai séjourné et les êtres que j'ai connus.

— Prenez-vous pour modèles toutes les femmes que vous rencontrez ?

— Non, seulement celles dont le visage a quelque trait marquant, expliqua-t-il.

En fait, il avait commencé à dessiner après la mort de sa mère, poussé par le douloureux besoin de garder le visage de la disparue toujours présent dans sa mémoire. Il avait acquis ainsi une indéniable dextérité, dont il avait continué à user chaque fois qu'il souhaitait conserver le souvenir d'un endroit ou d'une personne. L'avant-dernier portrait qu'il avait tracé était celui de Jack, ce preux chevalier qui s'était éteint en prononçant le nom vénéré du Dragon…

— S'il en est ainsi, gardez votre chef-d'œuvre ! fit Sean avec dépit. Je ne veux rien de vous, de toute façon. Mais mettez-vous bien dans la tête que vous ne parviendrez pas à vos fins. Rowena m'appartient depuis toujours, et je vais la mettre en garde contre vous. Bien qu'elle se soit montrée aimable envers vous, comme envers tant d'autres, elle n'a confiance qu'en moi et je saurai trouver les mots pour lui expliquer le danger qu'elle court. Vous en serez pour vos manigances, chevalier !

C'était là une déclaration de guerre ou il ne s'y connaissait pas, se dit Christian avec un haussement d'épaules.

— Puisqu'il n'y a pas moyen de vous convaincre, faites comme bon vous semble ! lança-t-il négligemment.

Il se leva sur ces mots, tandis que Sean grognait d'un ton résolu :

— Faites-moi confiance, chevalier. D'ici demain, vous aurez bel et bien vidé les lieux !

— Eh bien, nous verrons, murmura simplement Christian.

Cette menace n'entamait en rien sa résolution. Il partirait, certes, car il avait grand hâte de regagner ses pénates, mais il ne désespérait toujours pas de convaincre Rowena de l'accompagner en Angleterre. Ce qu'il ignorait encore, par contre, c'était de quelle façon il allait bien pouvoir s'y prendre ! Il improviserait, voilà tout, décida-t-il résolument. Chaque chose en son temps... L'essentiel, c'était qu'il eût un entretien avec la jeune fille avant que Sean n'ait eu le temps de mettre sa menace à exécution. Malheureusement, il n'avait aucune idée de l'heure où Rowena reviendrait au cottage.

Epuisé par sa nuit sans sommeil, Christian s'allongea dès que Sean se fut éclipsé, et ne tarda pas à sombrer dans un sommeil peuplé de rêves et d'étranges visions.

Lorsqu'il s'éveilla, alerté par un léger bruit, il eut la surprise de constater que le cottage était déjà sombre. Etonné d'avoir pu dormir si longtemps, il étira ses muscles douloureux et s'assit dans le lit, juste à temps pour voir la silhouette de Rowena se glisser silencieusement vers la porte ouverte.

— S'il vous plaît, ne partez pas ! s'écria-t-il en levant la main.

Elle se retourna et lui jeta un regard d'excuse.

— Je ne voulais pas vous réveiller, assura-t-elle. Recouchez-vous, je vous en prie ! Je vais passer un moment avec Hagar.

Christian se souvint qu'il devait absolument lui parler avant que Sean n'intervienne et se leva promptement.

— Non, attendez un instant, voulez-vous ? Il y a... quelque chose que je dois absolument vous dire. A vrai dire, j'aurais déjà dû le faire depuis longtemps. C'est d'une importance capitale.

Il avait au moins réussi à éveiller la curiosité de Rowena, qui le dévisagea d'un air interrogateur.

— Important, vraiment ?

Il acquiesça fermement.

— C'est absolument vital, et je n'ai déjà que trop attendu.

Il lui désigna le banc disposé contre le mur.

— Tout ce que je vous demande, c'est de m'accorder un instant d'attention !

Les sourcils froncés, Rowena s'assit enfin, le plus loin possible de son interlocuteur.

— Que voulez-vous me dire ? s'enquit-elle d'un ton peu encourageant.

Christian prit une profonde inspiration, décidé à aller de l'avant.

— Je ne suis pas venu à Ashcroft par hasard, Rowena, vous le savez déjà.

La jeune fille lui lança un coup d'œil oblique et haussa les épaules.

— Vous êtes à la recherche de votre Rosalind, déclara-t-elle avec une pointe d'agacement dans la voix. Mais on vous a suffisamment dit qu'il n'y avait personne de ce nom au village !

— C'est vrai, mais ce n'est pas pour cela qu'elle ne se trouve pas à Ashcroft.

Il observa une courte pause et soutint le regard étonné de Rowena.

— Voulez-vous connaître le fond de ma pensée ? Je suis persuadé que Rosalind et vous ne sont qu'une seule et même personne, articula-t-il nettement.

La guérisseuse ouvrit de grands yeux à cette étrange déclaration.

— Que dites-vous là, chevalier ? C'est absurde, voyons !

Christian s'assit près d'elle et s'empara de sa main.

— J'ai de sérieuses raisons de croire, Rowena, que votre vrai nom est lady Rosalind Kelsey, fille du comte Wallace Kelsey, avant-dernier de ce nom et maître de Dragonwick.

Rowena libéra sa main d'une secousse et la posa sur le front de Christian.

— Votre température a dû remonter, dit-elle d'une voix inquiète.

Mais comme la peau du jeune homme lui semblait fraîche sous sa paume, elle le considéra avec suspicion.

— A moins que vous ne soyez tout bonnement devenu fou, ajouta-t-elle.

Christian s'empara de nouveau de sa main et secoua la tête.

— Je ne suis pas malade et je n'ai pas perdu l'esprit, assura-t-il. Croyez bien que je regrette de devoir vous bouleverser ainsi, mais il y a déjà plusieurs jours que j'essaie de vous faire admettre la vérité en douceur, sans que vous fassiez mine d'entendre.

Rowena réalisa tout à coup que le jeune homme ne plaisantait pas le moins du monde et croyait réellement ce qu'il venait d'affirmer. Ainsi, c'était pour cela qu'il l'avait assaillie de questions sur son passé et sa parentèle ! songea-t-elle avec stupéfaction. Le malheureux avait bâti un véritable roman dans sa tête et il était urgent de le ramener au sens de la réalité.

D'un geste brusque, elle lui retira sa main et l'enfouit dans son giron.

— Je ne peux pas vous laisser croire cela, s'écria-t-elle. C'est pure folie !

— Ecoutez-moi d'abord, Rowena, et vous jugerez ensuite !

La guérisseuse secoua la tête.

— Ne comprenez-vous pas que cette supposition équivaut à dire que ma mère m'a menti ? Jamais elle n'aurait fait une chose pareille, et je ne peux pas vous laisser insinuer cela.

— Et si elle avait tout bonnement cherché à vous protéger, en vous cachant une vérité qui pouvait se révéler dangereuse pour vous ?

Rowena secoua la tête, toujours incrédule.

— Me protéger de quoi, grands dieux ? Je n'ai jamais été menacée par qui que ce soit.

— Je vous ai déjà raconté comment avait succombé le père de Rosalind. Sa fille est censée avoir péri lors de cette bataille, des suites d'une malencontreuse chute dans l'escalier. Mais j'ai de sérieuses raisons de croire qu'il n'en est rien.

Rowena se leva, comme pour couper court à l'entretien.

— Pourquoi ma mère m'aurait-elle caché cela ? Elle m'a toujours dit que j'étais une bâtarde, et je puis vous assurer que sa rancune contre mon père n'était pas feinte !

Christian quitta le banc à son tour et fit face à la jeune fille.

— Cette rancœur est bien facile à expliquer ! N'oubliez pas que, selon Jack, c'est la fille de la nourrice qui a été tuée à la place de Rosalind. Elle avait quelque raison d'en vouloir au Dragon, qui s'était farouchement battu pour ne pas laisser son château tomber aux mains de son frère. S'il avait livré les lieux sans combat, l'enfant n'aurait pas succombé, c'était là le raisonnement qu'elle devait tenir.

— C'est impossible, voyons ! Vous êtes si anxieux de retrouver cette fille que vous êtes prêt à croire n'importe quoi. Mais je n'ai rien de commun avec cette Rosalind, que vous le vouliez ou non !

Christian ne se laissa pas désarçonner par cette affirmation.

— Tout d'abord, vous êtes du même âge qu'elle, énuméra-t-il. Ensuite, vous ne savez rien de votre père, en dehors de cette douteuse histoire de naissance illégitime. Enfin, vous êtes arrivée à Ashcroft quelques mois à peine après la prise de Dragonwick par le comte félon. Et vous veniez d'Angleterre, selon votre propre aveu ! Ne trouvez-vous pas que cela fait beaucoup de coïncidences ?

Désemparée, Rowena bondit sur ses pieds et se couvrit les oreilles de ses mains.

— C'est impossible ! s'exclama-t-elle. Comment pourrais-je croire une chose pareille ?

La souffrance qu'il lut dans ses yeux bouleversa Christian, mais il n'en renonça pas pour autant à la persuader. Ne pouvait-elle comprendre qu'il n'agissait que pour son bien ? Il se leva à son tour et, d'un geste doux mais ferme, écarta ses paumes pour l'obliger à écouter.

— Voyons, Rowena, n'avez-vous jamais remarqué que vous ne parliez pas comme les gens du cru ? Vous n'avez ni leur accent, ni leurs tournures de phrase, il faudrait être sourd pour ne pas le remarquer !

— C'est ma mère qui m'a appris à m'exprimer.

— Vous parlez comme moi, et comme tous les nobles anglais. Si votre mère les haïssait, comme elle le prétendait, pourquoi vous aurait-elle inculqué leurs manières ?

Rowena se dégagea et recula d'un pas.

— Je... Je ne sais pas, balbutia-t-elle pour toute réponse.

Christian prit une profonde inspiration.

— Je suis désolé de troubler ainsi votre vie, mais je me dois de le faire. Comprenez-vous ?

— Mais par tous les saints, pourquoi voulez-vous que je sois cette...

— Rosalind Kelsey, dame de Dragonwick, compléta Christian, devant la réticence de la jeune fille à prononcer ce nom.

Rowena secoua farouchement la tête.

— Je n'y crois pas un seul instant !

— Très bien, supposons que vous ayez raison. Mais laissez-moi du moins vous parler d'elle et vous exposer mes arguments, voulez-vous ? Je ne voudrais pas que vous restiez sur l'impression que j'ai tout bonnement perdu la raison !

Le visage de Rowena se contracta.

— Que vous importe ce que je pense de vous ?

— La raison en est bien simple, Rowena. Je vous connais depuis peu, mais j'ai eu le temps de me rendre compte que vous étiez une femme d'honneur et de courage. Votre estime m'est précieuse, et je ne voudrais pas que vous pensiez mal de moi.

Ces paroles émurent la jeune fille malgré elle.

— Très bien, je vous écoute. Mais n'allez pas vous imaginer que j'aie changé d'avis pour autant !

Heureux de cet assentiment, Christian prit une profonde inspiration avant de commencer :

— L'actuel comte de Kelsey, le félon qui a autrefois occis son propre frère, a été récemment obligé de relâcher Simon Warleigh, qu'il détenait à Dragonwick. Kelsey, voyez-vous, avait intercepté une lettre de Simon, où celui-ci faisait allusion à notre dessein de nous venger du traître, et il a persuadé le roi Jean que c'était à sa royale personne que nous en avions. Pour neutraliser Simon, le roi n'a rien trouvé de mieux que de l'obliger à épouser Isabelle, la fille de Kelsey, avant de faire de lui le prisonnier de son beau-père.

Il observa une courte pause, comme pour laisser à ses paroles le temps de se frayer un chemin dans l'esprit de son interlocutrice. Puis il poursuivit :

— C'est pendant ce séjour forcé à Dragonwick que Simon a persuadé le chevalier Jack de son innocence. Gagné à sa cause, ce dernier a aidé le captif à prendre le large avec Isabelle, sa toute récente épouse. Blessé pendant l'évasion, le pauvre Jack a succombé quelque temps plus tard, non sans m'avoir révélé le secret de la prétendue disparition de Rosalind. A dire vrai, je n'ai jamais mis en doute la crédibilité de son récit. Comment aurais-je pu douter de sa parole, après tout ce qu'il avait risqué pour aider mon ami Simon ?

Christian se tut de nouveau, le temps de reprendre son souffle, et poursuivit :

— Jack m'a fait jurer de ne révéler cette histoire à personne avant d'avoir assuré la sécurité de Rosalind. Lié par ma promesse, j'ai quitté Bransbury dans le plus grand secret, sans même en informer mon père, qui doit se faire un sang d'encre à mon sujet. Songez un peu, il a attendu treize longues années mon retour de Terre sainte, où je combattais avec mes amis Simon et Jarrod sous la bannière des croisés. Et voilà qu'à peine revenu, je me suis volatilisé de nouveau...

Il poussa un lourd soupir avant de continuer :

— Décevoir mon père était un crève-cœur pour moi, mais je ne pouvais laisser passer cette chance de retrouver Rosalind. Mes amis et moi n'avons vécu que pour le moment où nous pourrions enfin venger la mémoire de notre ancien tuteur !

Rowena entendit vibrer dans la voix du narrateur une note de souffrance, mais elle était trop bouleversée par ses propos pour compatir à ses épreuves. En fait, elle n'arrivait pas à comprendre comment le jeune homme avait pu établir un rapport entre elle et les dramatiques événements qu'il venait d'évoquer.

— J'ai tout abandonné pour me mettre en quête de Rosalind, reprit Christian après quelques secondes de pause. Bien que vous refusiez de l'admettre, il existe tant de similitudes entre son histoire et la vôtre que vous devriez consentir au moins à examiner la question !

Malgré toute la sympathie qu'elle éprouvait pour Greatham, Rowena ne pouvait décidément abonder dans son sens.

— Ce Jack se trompait peut-être, déclara-t-elle en secouant la tête d'un air de doute. A moins qu'il n'ait eu l'esprit déjà troublé par l'approche de sa fin... Qu'est-ce qui vous prouve que l'enfant qui gisait au pied de l'escalier n'était pas vraiment Rosalind ?

— Comment, en ce cas, aurait-il entendu parler d'Ashcroft ? Peu de personnes en Angleterre connaissent le nom de ce petit village, perdu sur les lointaines côtes d'Ecosse.

— Simple coïncidence, qui ne saurait constituer l'ombre d'une preuve.

Etonné par cet acharnement, Christian scruta le visage de son interlocutrice.

— Par tous les saints, comment pouvez-vous dire cela ? s'insurgea-t-il.

— Parce que c'est ce qui me semble le plus probable ! Pendant toutes ces années où nous avons vécu côte à côte, ma mère n'a pas évoqué une seule fois devant moi un château du nom de Dragonwick. Ne m'avez-vous pas dit en outre que Jack et la nourrice étaient amants ? Si tel était le cas, comment aurait-elle pu fuir loin de lui et le bannir de sa vie au point de ne plus jamais prononcer son nom ?

— La raison en est toute simple, elle cherchait à vous protéger à tout prix ! Sa petite fille avait déjà trouvé la mort, et elle ne voulait pas vous perdre de surcroît. N'oubliez pas qu'elle vous avait nourrie de son sein lorsque vous n'étiez qu'un bébé.

Rowena se passa la main sur le front, perplexe.

— Reconnaissez enfin que toutes ces prétendues coïncidences sont tout de même bien étranges, insista Christian.

La jeune fille secoua lentement la tête. Voyons, comment était-ce possible ? Sa mère aurait-elle eu le cran de vivre cette interminable épreuve, dans le seul but de la sauver du destin qui la menaçait ? Mais à peine eut-elle mentalement formulé cette question que la réponse lui parvint, fulgurante. Oui, sa mère l'avait assez aimée pour s'imposer à elle-même ce douloureux sacrifice. Dans toutes les circonstances de la vie, n'avait-elle pas fait passer le bien-être de son enfant avant le sien ? Et même si elle n'avait été que sa nourrice, qu'importait après tout ? Dans son cœur, celle qui avait si tendrement veillé sur son enfance resterait toujours la seule mère qu'elle eût jamais connue.

— Mais pourquoi m'aurait-elle raconté que mon père... ne voulait pas de moi ? murmura-t-elle d'une voix étranglée.

Christian, qui comprenait son désarroi, tâcha de trouver l'explication la plus plausible.

— Peut-être était-ce une façon indirecte de lui reprocher la mort de sa fille à elle, et votre existence de fugitive.

Rowena poussa un long soupir.

— Même si j'arrivais à admettre que tout cela est vrai, en quoi cela changerait-il ma vie, après toutes ces années ?

Greatham comprit que le moment était venu d'exposer ses projets.

— Vous m'accompagneriez en Angleterre, répliqua-t-il sans hésiter. Mes amis et moi ferions tout ce qui est en notre pouvoir pour que vous retrouviez la place qui vous est due à Dragonwick.

Rowena le regarda, effarée.

— Quitter Ashcroft ? Mais je ne pourrai jamais faire cela, voyons ! On a besoin de moi, ici. En outre, ce lord Kelsey ne renoncera pas à sa position de bonne grâce, j'imagine.

Christian ne tenta même pas de réfuter ce dernier argument, dont il reconnaissait le bien-fondé.

— Là-bas aussi, on a besoin de vous, répliqua-t-il simplement. Les gens de Dragonwick souffrent terriblement de la domination de Kelsey, qui est un maître cruel et arrogant. Ils seront prêts à risquer leur vie pour vous rétablir dans vos droits.

Abasourdie par ce qu'elle venait d'entendre, Rowena tenta désespérément de reprendre son souffle et vacilla légèrement sur ses jambes. Prise d'un léger vertige, elle esquissa un geste pour se retenir... et rencontra la robuste poitrine de Greatham, qui s'était précipité vers elle pour lui prêter l'appui de ses bras. Troublée par cette soudaine proximité, elle respira éperdument le parfum viril qui émanait de ce corps soudain si proche du sien, et son cœur se mit à battre à coups sourds dans sa poitrine. « Cesse de te conduire comme une sotte ! intervint aussitôt en elle la voix de la raison. Cet homme ne s'intéresse à toi que parce que tu es, croit-il, l'héritière de Dragonwick et l'instrument de sa vengeance. Ses attentions n'ont rien de personnel, malgré ce que tu as pu croire... »

Rouge de confusion, elle murmura dans un souffle :

— Je ne peux pas... Comment pourrais-je même me résoudre à...

Elle ferma un instant les yeux et une larme longtemps combattue roula sur sa joue.

— Quelque chose en moi ne demande pas mieux que de croire à cette invraisemblable histoire, reprit-elle enfin. Ce serait si merveilleux de penser que j'ai eu comme tout le monde un père qui m'a chérie et n'a jamais commis la bassesse de me renier ! Mais je ne veux pas me laisser aller à des rêves insensés, car la chute n'en serait que plus brutale. Je suis une bâtarde, messire chevalier, une enfant illégitime que la famille de mon père a rejetée sans pitié. Telle est la réalité qu'il me faut affronter.

— Ne vous laissez pas aveugler par l'amertume, Rowena ! Votre rancœur ne doit pas vous cacher la vérité.

La jeune fille leva vers lui son regard vert tout embué de larmes.

— Jamais ma mère n'aurait pu me mentir ainsi, je ne puis le croire.

— Pas même pour vous protéger ?

Sans mot dire, Rowena laissa retomber sa tête sur la poitrine de Christian, qui l'étreignit de ses bras puissants. Il était si réel, si intensément présent, songea-t-elle avec une soudaine langueur. Et sa mère, aussi profondément qu'elle l'eût aimée, n'était plus rien d'autre qu'une ombre du passé...

Après un instant de silence, elle releva les yeux et chuchota d'une voix à peine audible :

— Je ne sais que penser... Vous avez l'art de m'embrouiller les idées et de me faire souhaiter...

Elle s'interrompit, incapable de préciser ce qu'elle souhaitait vraiment, tant tout en cet instant lui paraissait confus dans son esprit. De quoi avait-elle envie, en vérité, sinon de rester en sécurité dans ces bras musclés qui la protégeaient du reste du monde ?

Soudain, ses yeux rencontrèrent le regard bleu de Christian intensément fixé sur elle, et quelque chose en elle vacilla, comme le matin où Nina et Sean avaient quitté le cottage. Avant qu'elle ait eu le temps de comprendre ce qui lui arrivait, Christian pencha la tête vers elle et ses lèvres s'emparèrent des siennes.

Prise d'un étrange vertige, Rowena voulut résister, mais ses membres alanguis lui refusèrent tout service. Eperdue, elle s'appuya un peu plus contre le torse de son compagnon, qui referma étroitement les bras autour d'elle, prévenant ainsi toute tentative de fuite.

Mais avait-elle envie de fuir ? C'était là une question qu'elle n'osait même plus se poser !

Comme si son corps avait compris plus vite qu'elle ce qui était en train de survenir, elle enlaça la nuque de Christian Greatham et lui offrit sa bouche pour communier avec lui dans le plus grisant des baisers.

# 6.

— Rowena, pour l'amour du ciel !

Ce cri furieux tira brutalement la jeune femme du délicieux vertige où elle était plongée. Stupéfaite, elle jeta un coup d'œil par-dessus l'épaule de Christian et rencontra le regard fulgurant de Sean, qui la fixait avec horreur.

— Oh, comment avez-vous pu ?

Il y avait tant d'indignation et de souffrance dans cette question que Rowena sentit une vague de culpabilité fondre instantanément sur elle. Cramoisie de honte, elle tendit la main vers son ami d'enfance, mais Sean ne lui laissa pas le loisir de se justifier. Tournant les talons, il s'enfuit en courant du cottage, comme s'il avait une armée de diables à ses trousses.

— Rowena ? chuchota Christian tout près de son oreille. Allez-vous bien ?

Comment aurait-elle pu répondre par l'affirmative, alors qu'elle ne comprenait pas elle-même ce qui venait de se passer, et ne savait tout bonnement plus où elle en était ?

Il y avait un tel désarroi dans son regard que le chevalier laissa retomber ses mains et fit un pas en arrière.

— Pardonnez-moi, tout ceci est de ma faute. Je n'aurais jamais dû vous toucher. Je ne suis pas ici pour vivre ce genre de chose avec vous, Dieu sait…

Cette affirmation fut le coup de grâce pour Rowena, qui déglutit spasmodiquement. Mais n'aurait-elle pas dû s'y attendre ? lui chuchota aussitôt la voix de raison. Elle savait bien que Christian Greatham n'était pas venu à Ashcroft pour ses beaux yeux…

— Rowena, m'entendez-vous ? reprit le jeune homme avec insistance.

Elle prit une inspiration, consciente de ce qu'il attendait d'elle en cet instant. Ce qu'il exigeait, en somme, c'était un choix radical. D'un côté, il y avait ce qu'il représentait lui-même, tout ce monde des nobles pour lequel elle n'éprouvait au mieux qu'aversion et défiance. Et de l'autre, Ashcroft avec tous les souvenirs qui se rattachaient à ce lieu, l'amitié de Sean, de Hagar, et de tous les villageois auxquels elle prodiguait ses soins…

Lentement, elle secoua la tête dans un geste de tranquille refus et le beau visage de son interlocuteur s'assombrit instantanément. Incapable pour l'instant d'affronter sa déception, elle quitta le cottage en courant et s'en fut à la recherche de Sean. Tout ce qu'elle savait en cette minute, c'était qu'il lui fallait le retrouver et s'expliquer avec lui. Pourquoi avait-il été si choqué de la trouver dans les bras du chevalier ? Elle n'aurait jamais cru que son frère adoptif eût à ce point le sens des convenances ! A moins qu'il ne craignît tout simplement pour elle ?

L'esprit troublé par ces questions, elle fouilla un instant les alentours et finit par découvrir Sean debout sur la falaise qui surplombait la mer. Silhouette noire profilée sur le gris du ciel, il regardait fixement le lointain, les cheveux fouettés par le vent.

— Sean ?

Il se retourna brusquement et Rowena s'aperçut alors qu'il avait les yeux pleins de larmes. Grands dieux, pourquoi cela ? Stupéfaite, elle s'approcha de lui et balbutia :

— Sean... Je vous ai blessé, je le vois, et j'en suis désolée. Mais je ne comprends pas pourquoi...

— Vous ne comprenez pas, vraiment ? répéta Sean d'un ton sarcastique. Etes-vous donc stupide ? Oh, Rowena, j'avais une telle confiance en vous... Comment avez-vous pu permettre à cet homme de vous toucher ?

Complètement décontenancée par cette explosion, la jeune fille secoua la tête.

— Je... Je ne sais pas, Sean. Il était en train de me réconforter et... Oh, mon Dieu, je ne sais même pas comment c'est arrivé...

Elle fit un pas de plus vers Sean, dont le visage était demeuré figé.

— Ce que je ne comprends pas, c'est pourquoi vous êtes si furieux contre moi. Evidemment, ce n'était pas bien de le laisser m'embrasser, mais...

Les yeux de Sean lancèrent des éclairs.

— Bien entendu, vous n'aviez pas remarqué qu'il faisait tout pour vous séduire ? lança-t-il avec une amère ironie. Il y a un moment que je voyais cela venir et j'avais l'intention de vous avertir avant qu'il ne soit trop tard. Comprenez-vous maintenant pourquoi je vous conseillais de ne pas rester seule avec lui ? Mais bien entendu, vous n'en avez fait qu'à votre tête et vous voilà prise dans ses filets...

— Absolument pas, se rebiffa la jeune fille. C'était une erreur, j'en conviens, mais rien de plus…

— Il ne restera pas ici, vous le savez. Tout ce qui vous attend, c'est le destin de votre mère ! Est-ce cela que vous voulez ?

Blessée par la remarque, Rowena faillit répliquer vertement, mais elle se souvint à temps que Sean ignorait tout des vraies raisons pour lesquelles Christian s'intéressait à elle.

— Il ne cherche pas à me séduire, vous vous trompez, déclara-t-elle avec un calme délibéré. Il s'agit de tout autre chose.

Et comme Sean fronçait les sourcils, incrédule, elle ajouta pour sa gouverne :

— Vous savez qu'il est à la recherche d'une certaine Rosalind ?

Sean balaya l'air d'un geste impatient.

— Qu'est-ce que cela a à voir avec le problème, je vous le demande ?

— Il croit que cette fille et moi ne sommes qu'une seule et même personne.

Abasourdi, Sean fit un pas vers elle et resta silencieux quelques secondes, incapable d'articuler un son. Mais il eut tôt fait de se reprendre.

— Encore un mensonge qu'il vous a raconté pour mieux vous prendre au piège ! Vous ne pensez tout de même pas que…

Rowena l'interrompit avec une soudaine impatience.

— Non, Sean, ce n'est pas un mensonge. Il était sincère en affirmant cela.

Elle était si sérieuse que Sean la considéra un instant, perplexe.

— Eh bien, admettons..., bougonna-t-il. Mais qu'est-ce qui a pu l'amener à imaginer une chose pareille ?

En quelques mots, Rowena lui résuma sa conversation avec Christian et souligna l'étrange parallèle qu'il avait relevé entre le destin de Rosalind Kelsey et le sien.

Lorsqu'elle eut achevé, Sean secoua la tête et proféra avec mépris :

— Cet homme est fou, ma parole ! J'avais bien raison de me méfier de lui.

Mais une ombre de doute teintait son regard et Rowena comprit que son récit l'avait ébranlé.

— Pour ma part, je suis persuadée qu'il fait erreur, déclara-t-elle posément. Mais je dois avouer qu'il a réussi à semer le doute dans mon esprit pendant quelques instants.

Sean la dévisagea, le visage de nouveau durci.

— Vous êtes peut-être capable de vous laisser convaincre, mais pas moi ! Tout cela entre probablement dans son plan de séduction. Il essaie de vous tromper pour pouvoir coucher avec vous, voilà la vraie raison de toute cette histoire. Le diable l'emporte !

Rowena s'empourpra devant la crudité de l'accusation.

— Sortez-vous donc cette idée de la tête, Sean ! Christian Greatham n'a aucune intention de me séduire, je peux vous l'affirmer. Il me l'a assuré lui-même.

— Il a une étrange façon de vous le prouver, en tout cas ! Oubliez-vous que je vous ai trouvée dans ses bras ? Et vous vous laissiez faire, inutile de le nier...

Comment se justifier quand elle ne comprenait pas elle-même les raisons de sa propre attitude ? Rowena exhala un lourd soupir avant de tenter d'expliquer :

— Je... Je lui parlais de mon enfance sans père et...

Elle leva vers le jeune pêcheur un regard embué de larmes.

— Vous n'ignorez pas combien j'ai souffert de ma situation, Sean !

Mais son interlocuteur ne parut pas s'attendrir et elle se reprit aussitôt, ralliant sa fierté. Le menton levé, elle interrogea d'un ton altier :

— En quoi cette histoire de baiser vous concerne-t-elle, Sean ? Jusqu'à nouvel ordre, je suis responsable de moi-même et vous n'avez pas à vous en mêler !

Sean écarta les bras, comme si la question le laissait pantois.

— Vous osez le demander ? se récria-t-il. Voyons, Rowena, vous n'êtes tout de même pas aveugle à ce point ! Allez-vous prétendre que vous ignorez à quel point je vous aime et vous désire ?

La jeune fille eut l'impression que le monde se mettait à tourner autour d'elle.

— Amour ? Désir ? répéta-t-elle d'une voix incrédule. Mais, Sean, ce n'est pas possible ! Vous avez toujours été comme un frère pour moi.

Le regard de son compagnon s'assombrit, tandis qu'un spasme de souffrance lui déformait la bouche.

— C'est vrai, admit-il, mais je suis aussi amoureux de vous, et je pensais que vous le saviez.

Rowena secoua la tête, bouleversée par cette révélation.

— C'est impossible, voyons ! Nous nous aimons, c'est vrai, mais pas de cet amour-là.

— Et moi, c'est précisément de cet amour-là que je vous aime depuis des années ! répliqua Sean avec obstination. Je pensais que nous finirions par nous marier et fonder un foyer…

Sa voix se brisa sur ces mots et Rowena le considéra sans mot dire, abasourdie.

— Mais, Sean, vous avez une amie au village, cette Berta dont vous m'avez souvent rebattu les oreilles, articula-t-elle enfin. Je pensais que…

— Berta n'a jamais compté pour moi. Si je vous parlais d'elle, c'était pour que vous vous aperceviez enfin que j'étais devenu un homme. Je pensais que vous me regarderiez différemment après cela.

Rowena ferma les yeux, atterrée.

— Vous avez raison, murmura-t-elle. Comment ai-je pu être aveugle à ce point ?

— Je pensais que vous aviez besoin de temps, voilà tout. Mais vous n'avez jamais posé sur moi les yeux que j'espérais. Au lieu de cela, vous vous êtes laissé embrasser par ce…

Il s'interrompit net, fit un pas vers elle et, avant que Rowena n'ait eu le temps d'esquisser le moindre geste, il s'empara de sa bouche et força le passage de ses lèvres avec une ardeur punitive qui n'éveilla pas la moindre réponse chez sa partenaire. Brutal et maladroit, ce baiser ne pouvait pas être plus différent de celui qu'elle avait échangé avec le chevalier quelques minutes plus tôt ! De toute évidence, Christian Greatham était autrement expérimenté que le malheureux Sean, et il ne fallait pas s'étonner qu'elle eût réagi avec tant de passion à ses voluptueuses approches.

Aussi abruptement qu'il l'avait enlacée, Sean la relâcha et lui tourna le dos, non sans s'être essuyé la bouche d'un geste dégoûté. Désolée de lui causer tant de souffrance, Rowena l'examina d'un regard navré, tandis qu'il scrutait l'océan démonté et le ciel chargé de lourds nuages noirs, annonciateurs d'orage. Dieu savait pourtant quelle tendresse elle éprouvait pour lui, songea-t-elle. Malheureusement pour lui, ce n'était pas cet amour-là qu'il attendait d'elle !

— Je suis vraiment désolée, Sean. Vous ne pouvez savoir à quel point !

Le jeune pêcheur se tourna vers elle, une moue de mépris aux lèvres.

— Gardez votre pitié, Rowena. Ce n'est pas de cela que j'ai besoin.

Sans ajouter un mot, il s'en fut par le chemin qui longeait la falaise, et Rowena le laissa partir, consciente qu'elle ne ferait qu'aggraver les choses en se lançant à sa poursuite. A quoi bon lui prodiguer de vaines consolations ? Dans le fond de son cœur, elle n'ignorait pas qu'elle ne pourrait jamais le payer de retour, et toute parole lénifiante n'aurait été qu'un pieux mensonge. Quel dommage, vraiment ! Les choses auraient été tellement plus faciles si elle avait pu l'aimer comme il souhaitait l'être…

Mais elle avait beau n'avoir aucune expérience en la matière, elle savait d'instinct que l'amour ne se commande pas. Il existait ou non, voilà tout, et même la tendre pitié qu'elle éprouvait pour Sean n'avait pas le pouvoir de le faire naître. Dieu savait pourtant quelle compassion elle avait éprouvée devant son visage ravagé de larmes !

Mal à l'aise, elle revit Christian Greatham penché vers elle, et crut sentir encore la ferme douceur de ses lèvres, au moment où il s'était emparé de sa bouche. Le chevalier avait-il jamais pleuré pour une femme, comme venait de le faire le malheureux Sean ? En vérité, voilà ce qu'elle était incapable d'imaginer. Greatham semblait si sûr de lui, si parfaitement maître de ses émotions ! Avec quelle pondération ne s'était-il pas excusé après la scène du cottage, alors qu'elle était elle-même si…

Oh, Dieu, comment avait-elle pu se conduire ainsi ? gémit-elle à voix haute, incapable d'aller jusqu'au bout de ces réminiscences par trop mortifiantes. Si seulement les choses pouvaient redevenir ce qu'elles étaient avant l'arrivée du chevalier ! Sean n'aurait sans doute pas été poussé à lui avouer son amour, si Greatham n'avait suscité sa jalousie, et il aurait peut-être fini par épouser Berta avec la bénédiction de tous !

Songeuse, la jeune fille prit à son tour le chemin de la falaise, les yeux fixés sur le ciel plombé de nuages. Les propos qu'elle avait échangés un peu plus tôt avec Christian Greatham résonnaient encore à son oreille et, avec le recul, force lui était de s'avouer que les arguments du chevalier étaient loin de manquer de poids. Pourquoi un homme mourant se serait-il donné la peine de forger un mensonge de cette envergure ? Pourquoi surtout aurait-il désigné à l'attention de Christian ce coin reculé de l'Ecosse, plutôt que tout autre endroit de la terre ? Greatham avait raison, c'était là un étrange faisceau de coïncidences !

Et pourtant, elle ne pouvait admettre de gaîté de cœur que Rosalind et elle ne fussent qu'une même personne. Depuis son enfance, on lui avait inculqué un solide mépris pour les nobles et leur avidité de titres et de richesses. Même s'il s'avérait en fin de compte que le chevalier avait raison, elle n'accepterait jamais de reprendre sa place parmi des gens de cet acabit, surtout si cette reconquête devait coûter la moindre vie humaine, comme il était à prévoir.

Parvenue à ce point de ses pensées, elle secoua énergiquement la tête. Allons, elle n'allait tout de même pas donner dans cette fable ! Comment osait-elle un seul instant s'imaginer qu'elle pût vraiment être la fille du défunt comte de Kelsey ? C'était son besoin désespéré d'un père qui l'inclinait à la crédulité, mais elle ne devait pas céder à cette aberration.

Elle était chez elle à Ashcroft, dont tous les habitants l'aimaient et la respectaient. Allait-elle gâcher tout cela pour un rêve aussi vain et inconsistant que les nuages poussés par le vent ?

Pourtant, une question l'habitait encore, plus lancinante que jamais. Si elle n'était pas la fille de Wallace Kelsey, qui était-elle donc ? Depuis son enfance, elle était taraudée par le désir de percer à jour le mystère de sa propre identité.

Or, à Ashcroft, elle n'avait aucun moyen de résoudre cette énigme. De plus, les habitants du cru étaient tous des êtres fort simples, et aucun d'eux ne pouvait lui donner même une vague idée de ce qu'avait pu être son père.

Quand elle était enfant, elle l'avait imaginé un temps sous les traits du forgeron, qui lui avait toujours manifesté beaucoup de gentillesse et d'affection. Mais le peu que sa mère lui avait révélé de son passé avait eu tôt fait de dissiper cette illusion. Son père avait vécu dans un monde totalement différent du sien, aussi éloigné de la réalité d'Ashcroft que pouvaient l'être la lune et les lointaines étoiles. Que de fois Sean et elle s'étaient-ils demandé ce que pouvait être la vie d'un chevalier ?

Ce souvenir ramena à son esprit le visage tourmenté de son ami d'enfance et elle réprima un soupir. Dieu savait quelle tendresse elle éprouvait pour son frère d'adoption ! Tout ce qu'elle souhaitait, c'était qu'il revînt à la raison et se montrât de nouveau le fidèle compagnon dont l'affection l'avait soutenue depuis son arrivée à Ashcroft.

Etait-ce impossible, après tout ? songea-t-elle en jetant un mélancolique regard sur l'océan blanchi par l'écume des lames. Il suffirait qu'elle s'absentât un temps pour que les choses rentrent dans l'ordre. Calmé par son absence, Sean pourrait réfléchir à ses propres sentiments et comprendrait tout ce que son désir avait d'absurde et d'impossible. Revenus à des sentiments fraternels, ils pourraient tous deux prendre ensuite un nouveau départ…

Mais Christian Greatham consentirait-il à la ramener à Ashcroft après quelques mois, si elle acceptait de l'accompagner en Angleterre ? Le meilleur moyen de le savoir, c'était tout bonnement de le lui demander ! Mais aurait-elle ce courage ?

« Pourquoi pas, après tout ? songea-t-elle en aspirant l'air du large. Le pis qui puisse m'arriver est d'essuyer un pur et simple refus ! »

Forte de cette pensée, elle quitta le sentier de la falaise pour reprendre la direction du cottage. Mais à peine eut-elle fait quelques pas sur le chemin qu'elle hésita de nouveau, tandis qu'une brûlante rougeur lui envahissait les joues. Comment aborder Greatham après la scène ô combien déconcertante du baiser ? Aurait-elle la hardiesse d'affronter son regard à la lumière de ce sulfureux souvenir ?

Parvenue à ce point de ses interrogations, elle haussa les épaules. Comment pouvait-elle se monter ainsi la tête pour un épisode aussi insignifiant ? Christian Greatham avait simplement voulu la réconforter et les choses étaient allées un peu plus loin qu'il ne l'aurait souhaité, voilà tout. N'avait-il pas été le premier à s'en excuser ?

Malgré les insinuations de Sean, elle était persuadée que le chevalier n'avait jamais eu pour dessein de la séduire. Peut-être avait-il pensé, tout au plus, qu'un baiser ne gâterait rien à l'affaire et qu'elle se laisserait plus facilement convaincre après ces instants d'intimité. Eh bien, si tel était le cas, il n'aurait plus besoin d'user de cet argument ! S'il lui promettait de ne pas la retenir en Angleterre plus longtemps que de raison, elle était prête à tenter l'aventure qu'il lui proposait.

Cette décision prise, elle hâta le pas et ce fut d'une main ferme qu'elle poussa la porte du cottage.

Occupé à tisonner le feu, Christian se retourna à son entrée et l'enveloppa d'un regard interrogateur. Aussitôt, Rowena sentit son cœur s'emballer dans sa poitrine et elle déglutit plusieurs fois, la gorge sèche. Maintenant que le moment de parler était venu, elle se rendait compte que les choses n'allaient peut-être pas être aussi faciles qu'elle le pensait.

— Pouvez-vous me parler un peu plus de… de Rosalind et de son père, le Dragon ? interrogea-t-elle d'une voix légèrement tremblante.

Christian acquiesça et lui désigna le banc. Lorsqu'elle se fut installée, il chercha ses mots pendant quelques secondes avant de commencer :

— Cette histoire remonte à plus de quatorze ans. A cette époque-là, j'étais sous la protection de Wallace Kelsey, mon tuteur, et je vivais dans sa demeure. Le comte avait une fille unique, Rosalind, et il veillait sur elle en même temps que sur sa nièce Isabelle, son épouse ayant succombé quatre ans plus tôt des suites de son accouchement.

Christian fixa un instant le feu en silence, puis son visage se durcit, tandis qu'il reprenait :

— Le demi-frère du comte, un personnage cupide et arrogant, était non seulement jaloux du titre et des possessions de son frère, mais également du respect que lui vouait son entourage. Il connaissait suffisamment le prince Jean, qui agissait alors au nom du roi Richard, pour savoir qu'il trouverait auprès de lui une oreille complaisante. Aussi alla-t-il lui raconter que le Dragon avait fomenté un complot contre le souverain. Comme il l'avait escompté, Jean accorda foi à ses paroles et lui donna l'autorisation de s'emparer de Dragonwick, pour la sécurité de la couronne. Pendant le combat, le jeune Kelsey assassina son frère, et aussi, à ce que nous avons tous cru alors, la petite Rosalind âgée de quatre ans.

Rowena frémit à ces paroles.

— Assassinée ? Vous voulez dire qu'elle n'est pas tombée accidentellement ?

Elle semblait si bouleversée que Christian fut tenté de la reprendre dans ses bras. Mais ce besoin de la protéger l'avait mené si loin quelques instants plus tôt qu'il préféra s'abstenir de toute manifestation de ce genre.

— Oui, acquiesça-t-il après avoir repris sa respiration. Ce félon de Kelsey est capable de n'importe quelle vilenie, pourvu qu'il en tire un quelconque profit. Ce n'est pas le meurtre d'une enfant innocente qui l'aurait fait reculer. Voilà pourquoi Jack et la nourrice ont multiplié les précautions pour qu'il ne retrouve jamais les traces de la petite fille.

Un instant de silence suivit ces paroles, et Christian mesura tout ce que cette révélation pouvait avoir de choquant pour une jeune fille qui n'avait jamais été confrontée aux turpitudes humaines.

— Rowena..., appela-t-il doucement. Regardez-moi un instant, voulez-vous ?

Elle leva vers lui ses grands yeux verts à l'expression profondément troublée, et une étrange émotion s'empara de lui à cette vue.

— Je comprends que vous soyez bouleversée. Il n'est pas facile d'apprendre...

— D'apprendre que tout ce en quoi j'ai cru jusqu'ici n'était peut-être qu'un mensonge ? compléta la jeune fille d'un ton âpre.

Christian ignora résolument l'interruption.

— Après ce sanglant épisode, il était bien entendu impossible de laisser Rosalind à Dragonwick. Il importait de la cacher en un endroit où son oncle ne pourrait remettre la main sur elle. En tant que fille du comte et de la comtesse Kelsey, elle était l'héritière directe des immenses domaines de sa mère. Le félon n'eût pas hésité à l'occire pour s'emparer de ces terres. C'était du reste ce qu'il avait cru faire, en ce funeste jour de la prise de Dragonwick. Pour la nourrice et pour Jack, mentir est devenu une nécessité absolue, puisqu'il en allait de la vie de l'enfant qui leur était si chère. Il fallait forger à Rosalind une identité nouvelle, qui la mît à l'abri des poursuites de son oncle. Elle n'était qu'une enfant après tout, et elle aurait pu se trahir sans le vouloir. Aussi était-il indispensable de lui cacher la vérité sur ses origines. A quatre ans, elle ne tarderait guère à oublier ses souvenirs et croirait en toute bonne foi ce que sa nourrice jugerait bon de lui raconter.

Rowena jeta à son interlocuteur un regard flamboyant de colère.

— Et vous justifiez cela ! s'écria-t-elle. Vous n'imaginez pas ce que c'est que de se croire une bâtarde ! Pendant des années, j'ai caché à tous cette triste réalité, dans la crainte qu'on ne se détourne de moi.

Christian haussa les épaules.

— Je n'ai pas vécu cela, admit-il, mais l'un de mes amis les plus chers est né hors des liens du mariage, et je puis vous assurer que cela n'a jamais altéré la profonde affection que je lui porte.

Bien entendu, cette assertion n'avait rien de consolant pour Rowena, il l'admettait. Mais ces histoires de naissance illégitime ne comptaient pas pour lui le moins du monde, et il tenait à ce qu'elle le sût. Même s'il s'avérait en fin de compte qu'elle n'était pas la fille du Dragon, elle serait toujours la même pour lui et il ne poserait pas sur elle un regard différent.

Après un instant de silence, Rowena leva les yeux de nouveau et le scruta d'un air interrogateur.

— Qui donc était ce Dragon, pour que vous ayez fait tant de chemin dans le seul but de retrouver sa fille ?

En dépit de la peine qui lui tenaillait le cœur chaque fois qu'il entendait prononcer le nom de son tuteur, Christian ne put retenir un sourire ému.

— C'était le meilleur homme de la terre, répliqua-t-il avec conviction. Il parlait peu, mais le moindre de ses actes était un vivant exemple d'honnêteté et de droiture. De plus, il était un guerrier émérite, et je ne l'ai vu mordre la poussière qu'une fois, lors d'un entraînement. Il affrontait un simple garçon de ferme que la nature avait doué d'une force et d'une habileté exceptionnelles. Terrorisé d'avoir eu le dessus sur son maître, ce jeune valet tremblait de peur, mais le Dragon s'est relevé d'un bond, l'a étreint amicalement et lui a proposé un poste de sentinelle au château. Il lui a assuré qu'il serait ravi de savoir sa famille aussi bien gardée.

Christian secoua la tête, son regard bleu perdu dans le lointain.

— C'était un homme d'honneur dans le plein sens du terme, profondément respectueux des autres. Et en fin de compte, c'est cette qualité même qui a été sa perte. Loyal comme il l'était, il ne pouvait arriver à croire que son frère fût un si vil personnage et il s'est obstiné à lui faire confiance jusqu'au bout.

— Je vois..., soupira Rowena. En somme, il aurait pu être le père dont j'ai toujours rêvé. Si seulement vos suppositions pouvaient être fondées ! Mais je ne puis me laisser aller à y croire, sous le seul prétexte que j'ai toujours soupiré après une famille et un véritable nom...

— Rowena, je suis persuadé que le Dragon était votre père, affirma Christian d'un ton convaincu.

Emue par cette affirmation, la jeune fille l'interrogea d'un regard presque suppliant.

— Le croyez-vous vraiment ?

— Sans l'ombre d'une hésitation.

Rowena émit un long soupir.

— En ce cas, il m'est venu une idée. Je pourrais peut-être...

— Oui ? questionna le chevalier, palpitant d'espoir.

Son interlocutrice haussa les épaules.

— Je ne sais pourquoi je vous dis cela. C'est pure folie, et je doute que vous acceptiez mes conditions.

— Exprimez-les toujours, je vous en prie. Nous verrons bien ensuite...

Rowena lui fit face et plongea son vertigineux regard vert dans ses yeux.

— Sean et moi venons de nous disputer sur la falaise.

— Comment s'en étonner ? Il est amoureux fou de vous, affirma Christian, péremptoire.

Cette assertion stupéfia la guérisseuse.

— Comment ai-je pu être aveugle au point de ne pas remarquer ce qui crevait les yeux d'un étranger ?

— Tout simplement parce que vous ne vouliez pas voir. Et la raison de ce refus, c'est que vous ne le payez pas de retour !

La jeune fille accueillit cette observation d'un court silence.

— Ce n'est pas de cela que je veux vous parler, reprit-elle enfin. En fait, je voulais poser des conditions à mon éventuel départ.

— Voulez-vous dire que vous envisagez de m'accompagner en Angleterre ?

Rowena le fit taire d'un geste.

— Ecoutez-moi d'abord, voulez-vous ? Je suis à peu près sûre que vous ne serez pas d'accord…

— Nous verrons bien ! Exprimez vos exigences, je vous en prie…

— Cet étrange faisceau de coïncidences a fini par me troubler et je… j'aimerais en savoir davantage sur le monde où a vécu celui qui était peut-être mon père. C'est que je n'ai aucun souvenir qui puisse m'aider à débrouiller l'énigme de mon passé.

— Quoi de surprenant à cela ? Vous étiez si jeune au moment des faits…

— C'est vrai, admit Rowena, qui s'empressa cependant d'ajouter : Mais je mets une condition *sine qua non* à mon départ…

— Laquelle ?

La jeune fille respira profondément avant de se jeter à l'eau.

— Je veux que vous me promettiez de me ramener à Ashcroft dès que j'en exprimerai le souhait, et que vous ne fassiez rien pour m'obliger à rester en Angleterre.

— Mais…

Rowena secoua fermement la tête.

— Je ne partirai pas si vous n'acceptez pas ma requête. C'est très important pour moi, chevalier, car ce sera une façon de rester maîtresse de ma propre vie. Songez comme je serai isolée là-bas, après avoir quitté tous mes amis et le seul foyer que j'aie jamais connu !

— Vous ne serez pas seule, Rowena. Simon, Jarrod et moi vous tiendrons lieu de famille, promit Christian d'un ton solennel.

— S'il vous plaît, jurez-moi de faire ce que je vous demande !

Greatham n'hésita que quelques secondes. La demande de Rowena résultait d'une crainte bien naturelle, dont il ne pouvait méconnaître la légitimité. Ployant le genou devant elle, il engagea sa parole de chevalier.

— Je vous en fais le serment, articula-t-il, et Dieu me damne si je renie ma promesse.

Rowena le dévisagea, stupéfaite, tandis qu'il se redressait d'un mouvement souple.

— Est-ce à dire que… cela ne vous pose pas le moindre problème ?

— Je n'irai pas jusqu'à affirmer cela, mais vous avez tout de même ma parole. En échange, rappelez-vous à quoi vous venez de vous engager.

Le regard de Rowena s'assombrit d'une indicible angoisse.

— Qu'ai-je donc promis ? interrogea-t-elle dans un murmure.

— Mais de me suivre en Angleterre, lady Rosalind !

— Ainsi, vous allez partir avec lui ?

La voix de Sean vibrait encore de colère contenue, et Rowena réprima un soupir à cette constatation. S'exhortant à la patience, elle se redressa et abandonna un instant les vêtements qu'elle s'affairait à plier. En fait, son bagage se limitait à fort peu de chose, car elle souhaitait pouvoir s'en charger elle-même, sans avoir recours à l'aide du chevalier.

En début d'après-midi, Christian était allé au village s'enquérir de son cheval et en avait profité pour informer Hagar de leur prochain départ. Selon toute apparence, la vieille femme avait transmis le message à son fils.

Sean s'avança vers elle, une expression suppliante dans les yeux.

— S'il vous plaît, ne faites pas cela !

— Je le dois, Sean, soupira la jeune fille en évitant son regard. Il faut que j'en apprenne un peu plus sur mon passé et sur l'homme qu'était mon père.

Sean secoua la tête, partagé entre la fureur et le désespoir.

— Cet individu se sert tout bonnement de vous ! fit-il d'une voix rauque.

Sans qu'il eût besoin de le nommer, Rowena comprit tout de suite à qui il faisait allusion.

— C'est plutôt moi qui me sers de lui, corrigea-t-elle calmement.

— Rowena, vous n'allez pas le croire, n'est-ce pas ? s'écria Sean d'une voix brisée.

Profondément remuée par sa souffrance, Rowena déglutit péniblement. Mais que pouvait-elle faire pour lui épargner ce tourment ? Calmé par son absence, il reviendrait peut-être à la raison, et à son retour d'Angleterre, elle retrouverait le Sean chaleureux et fraternel dont elle avait tant apprécié l'affection. C'était du moins ce qu'elle espérait. Sean était si jeune encore ! Il avait tout simplement besoin de temps pour réfléchir.

— Une petite séparation ne nous fera pas de mal, déclara-t-elle d'un air aussi convaincu que possible.

Vous savez aussi bien que moi à quel point elle est nécessaire.

— Restez, Rowena ! Je vous promets que je ne ferai plus jamais allusion à mes sentiments pour vous, si cela peut vous rassurer. Pourquoi ne reprendrions-nous pas notre bonne vieille relation d'antan ?

Mais la jeune fille secoua tristement la tête.

— C'est impossible, Sean. Il y a entre nous des paroles que seul le temps peut effacer. Les choses seront différentes à mon retour, vous verrez.

— Dans ce cas, c'est à moi de m'éloigner pour quelque temps. Vous n'avez pas besoin de quitter Ashcroft à cause de moi !

Rowena poussa un long soupir. Pourquoi son frère d'adoption prenait-il ainsi à cœur de lui compliquer les choses ?

— Il est trop tard, Sean. J'ai donné ma parole et je la tiendrai. Du reste, il est essentiel pour moi de savoir qui était exactement mon père. Vous qui me connaissez bien, vous n'ignorez pas à quel point cela compte pour moi...

Le jeune homme la dévisagea, incrédule.

— Vous ne croyez tout de même pas que vous êtes cette Rosalind ?

— N... on, bien sûr. Mais je dois tout de même découvrir la vérité.

A cet instant, la silhouette de Hagar apparut sur le seuil du cottage.

— Sean ! appela-t-elle d'une voix impérieuse.

Les deux jeunes gens se retournèrent d'un même mouvement.

— Mon fils ne vous a donc pas dit qu'on avait retrouvé le cheval de lord Greatham, Rowena ? Rien ne vous empêchera de partir demain matin à l'aube. Si vous voulez mon avis, c'était la meilleure décision à prendre, et je prie le ciel de vous protéger durant votre voyage.

Heureuse d'être enfin comprise et approuvée, Rowena adressa à la villageoise un sourire reconnaissant.

— Merci, Hagar !

— Mère, vous n'approuvez tout de même pas cette folie ? protesta Sean.

— Ce n'est pas à moi d'approuver ni de désapprouver, Sean. Sir Christian nous a demandé à tous de garder le secret sur son séjour à Ashcroft, ainsi que sur son départ avec Rowena, et nous avons tous promis de nous taire. Voilà la seule chose qui nous concerne vraiment. Le reste n'est pas de notre ressort.

— Mais, m'man…

— Vous devez la laisser partir, mon garçon ! Si le chevalier dit vrai à propos des origines de Rowena, nous n'avons aucun droit de la retenir ici. Son destin l'appelle ailleurs, nous n'y pouvons rien.

Rowena enlaça la vieille femme et la serra tendrement dans ses bras.

— Qu'importe ? lui dit-elle. Que cette histoire soit vraie ou fausse, je reviendrai ici, car ma vie est à Ashcroft et nulle part ailleurs. Où serais-je plus utile qu'ici, je vous le demande ?

Hagar embrassa la jeune fille, mais n'émit pas la moindre réponse.

Désespéré, Sean se tourna vers le mur, qu'il frappa de son poing fermé. Puis, d'un geste prompt, il s'empara d'un objet posé sur la table, avant de s'enfuir du cottage sans un regard en arrière.

# 7.

Lorsque Christian et Rowena prirent la route le lendemain matin, il faisait juste assez clair pour discerner les contours du sentier qui descendait à la plage. A plusieurs reprises, le chevalier se retourna pour vérifier si sa compagne le suivait sans encombre, mais il eut le tact de ne pas lui adresser la parole, ce dont elle lui fut reconnaissante. Le cœur étreint d'une indicible tristesse, elle évitait pour sa part de regarder en arrière et se sentait incapable d'articuler le moindre son tant elle avait la gorge serrée. N'était-ce pas toute son enfance heureuse qu'elle laissait derrière elle en cet instant ?

A Ashcroft, elle avait mené une existence industrieuse et utile à autrui. Tout ce qu'elle espérait maintenant, c'était revenir apaisée de son périple, après avoir enfin démêlé le mystère qui avait tant pesé sur sa vie. Même s'il s'avérait qu'elle était bien Rosalind Kelsey, elle n'entendait pas trahir pour autant son passé, et regagnerait Ashcroft contre vents et marées.

Sans perdre de vue les larges épaules de son compagnon, qui la précédait sur le sentier rocailleux, elle revécut avec un serrement de cœur les dernières heures de son séjour au village. Quel crève-cœur de faire ses adieux à tous les amis qui l'avaient entourée et choyée depuis le jour lointain de son arrivée en Ecosse ! Emue aux larmes, elle était rentrée à la nuit tombée au cottage, où Christian Greatham l'attendait près du feu, les sourcils froncés. Il semblait si contrarié qu'elle s'était demandé ce qu'il avait bien pu lui advenir de si désagréable en son absence.

— Savez-vous ce qu'est devenu le parchemin que j'avais laissé sur la table ?

Rowena s'était souvenue du geste furtif de Sean, qui avait dissimulé quelque chose sous sa chemise avant de s'enfuir. Mais par solidarité avec son ami d'enfance, elle n'avait pipé mot de ses soupçons.

— Je ne sais pas, messire, avait-elle simplement répliqué. Je n'ai pas vu ce dont vous parlez. S'agissait-il d'une lettre par hasard ?

Christian lui avait lancé un regard de doute, mais n'avait risqué aucun commentaire. Tandis que la jeune fille achevait ses préparatifs de départ, il avait abordé un autre sujet.

— Auriez-vous un peu d'argent, Rowena ? Nous pouvons nous en passer jusqu'à Avington, mais nous voyagerions tout de même plus confortablement si nous avions un petit pécule pour assurer nos frais de route.

Heureuse de cette diversion, la jeune fille avait acquiescé en hâte.

— Bien sûr, où avais-je la tête ? J'avais oublié que vous aviez perdu tout ce que vous possédiez dans l'accident !

Sans perdre un instant, elle avait tiré de la commode un petit sac de velours cramoisi, qu'elle avait tendu à Christian.

Surpris par le poids de la bourse, le chevalier en avait extrait une poignée de pièces d'or et d'argent, qu'il avait fait miroiter à la lueur des flammes.

— Grands dieux, Rowena, mais c'est une vraie petite fortune ! Où avez-vous eu cela ?

— C'est ma mère me les a données le jour de mes treize ans. Mon père les lui avait confiées pour qu'elle pût subvenir à mes besoins. Voilà qui va vous conforter dans l'idée que je suis bien Rosalind, n'est-ce pas ? Mais gardez-vous d'en tirer des conclusions par trop hâtives, car cela ne prouve rien, après tout. Mon père a fort bien pu la pourvoir généreusement sans être pour autant le comte Wallace Kelsey !

Renonçant à discuter, Christian s'était contenté de hausser les épaules.

— Je tiendrai un compte exact de nos dépenses et veillerai à vous rembourser jusqu'au dernier centime. A Avington, mon ami Simon m'avancera la somme de grand cœur.

Rowena, qui n'avait jamais douté de son honnêteté, avait acquiescé d'un hochement de tête, non sans couler un regard oblique à son trop séduisant compagnon. En somme, ce n'était pas de Greatham qu'elle se méfiait, mais de ses propres réactions !

Toute à ces réminiscences, elle fit un faux pas sur la roche humide et serait bel et bien tombée sans le bras secourable de Christian, qui s'était précipité pour la retenir. Comme brûlée par ce contact, elle se dégagea promptement.

— Tout va bien, Rowena ?

— Mais oui, assura la jeune fille en toute hâte.

— Donnez-moi au moins cela, ordonna le chevalier, qui tendit la main vers le ballot qu'elle portait à la main.

Rowena hésita une fraction de seconde puis, comprenant qu'il ne servirait à rien de résister, elle céda de mauvaise grâce.

— Et maintenant, prenez garde, reprit Christian. Ce sentier est extrêmement glissant.

— Ne vous inquiétez pas, je le connais dans les moindres détails. Depuis tant d'années que je vis ici, ces lieux n'ont plus de secrets pour moi.

Christian fronça les sourcils mais s'abstint de tout commentaire. Quelques instants plus tard, les deux jeunes gens débouchèrent enfin sur la plage, où un homme les attendait, tenant par la bride un immense étalon noir. Greatham aussitôt s'approcha de l'animal, dont il flatta tendrement l'encolure.

— Vous voilà enfin, mon grand ! Je suis heureux de vous revoir, savez-vous ?

L'animal s'ébroua en réponse et nicha son museau dans l'épaule de son maître, sous le regard stupéfait de l'inconnu.

— Le voilà plus docile avec vous qu'avec moi, commenta-t-il. Un bel animal, pour sûr, mais plutôt ombrageux ! J'ai eu le malheur de lui ôter sa selle, et il ne m'a pas laissé la lui remettre.

Christian jeta un coup d'œil vers l'objet, qui gisait sur le sable à deux pas de là.

— Ainsi, vous l'avez retrouvée ! s'exclama-t-il, agréablement surpris.

— Oui, messire. Il y avait aussi des sacs accrochés aux lanières. Ils sont toujours là, voyez. J'ai veillé à ce que personne n'y touche.

Avec une exclamation de joie, Greatham se précipita pour examiner les fontes, dont il tira successivement une cape de velours bleu sombre, et une fibule qu'il montra aussitôt à Rowena.

— Voyez-vous cela ? C'est la broche que Jarrod Maxwell a fait graver pour moi après la disparition du Dragon. Un fier emblème, n'est-ce pas ?

La jeune fille s'approcha pour examiner le bijou, qui portait sur l'une de ses faces un dragon orgueilleusement dressé sur ses pattes arrière. C'était une fort belle pièce et, vu sa valeur symbolique, il n'était pas étonnant que Christian éprouvât une telle joie à la retrouver.

— Cette broche doit signifier beaucoup pour vous, observa-t-elle.

— Plus encore que vous ne pensez ! s'exclama le chevalier, visiblement aux anges.

Il se tourna vers l'homme pour demander :

— Comment vous appelez-vous, mon ami ?

— Dougal de Langton, pour vous servir, messire.

Christian fouilla dans la bourse que lui avait confiée Rowena et en tira une pièce d'or.

— Prenez ceci, je vous en prie. Vous m'avez rendu un si grand service que je ne saurais trop vous remercier.

Mais Dougal secoua la tête.

— En toute conscience, je ne peux pas accepter, milord. La somme est trop importante pour le peu que j'ai fait. J'ai retrouvé le cheval errant sur la plage et je l'ai recueilli. Sans doute l'aurais-je gardé si personne ne l'avait réclamé, mais j'ai appris hier qu'un chevalier étranger était à sa recherche, et je suis trop heureux de pouvoir vous rendre votre bien.

— Votre modestie et votre honnêteté vous honorent, Dougal, mais je tiens à vous récompenser. Gédéon est mon meilleur compagnon et cette fibule représente pour moi un précieux souvenir. Tous deux ont une valeur inestimable à mes yeux et une piécette d'or n'est rien en comparaison, je vous en donne ma parole.

Enfin convaincu, l'homme empocha l'argent, puis souleva respectueusement son chapeau.

— Si vous le permettez, messire, il est temps que je retourne à mon travail.

Le paysan s'en fut après un échange de saluts, et Christian ne perdit pas un instant pour s'envelopper dans la cape, qu'il agrafa sur l'épaule avec la fibule. Puis il sella l'étalon, et plaça le baluchon de Rowena dans l'une des fontes.

Immobile à quelques pas de là, la jeune fille observait ces préparatifs avec un croissant embarras. Greatham avait-il l'intention de la hisser sur son cheval ? se demanda-t-elle avec appréhension. Le cœur battant, elle jeta un coup d'œil sur la selle, dont l'exiguïté éveilla en elle les pires craintes. Seigneur, comment pourrait-elle supporter une pareille intimité avec un homme dont un seul baiser avait suffi à lui tourner la tête ? C'était tout bonnement impossible à imaginer !

Mécontente d'elle-même, elle se mordit nerveusement les lèvres. Pourquoi n'avait-elle pas prévu cela, au nom du ciel ? Il aurait dû être évident pour elle qu'elle ne pouvait pas gagner l'Angleterre à pied, et que la question se poserait à un moment ou à un autre !

Ses arrangements terminés, Christian se mit prestement en selle avant de tendre la main à sa compagne.

— Posez votre pied sur le mien, ordonna-t-il. Je vais vous hisser derrière moi.

Et comme Rowena hésitait visiblement, il ajouta d'une voix rassurante :

— N'ayez pas peur, Gédéon ne vous fera pas le moindre mal.

Bien qu'il se méprît sur les raisons de ses réticences, Rowena serait morte plutôt que de le détromper. Surmontant sa gêne, elle releva la tête et plaça son pied sur la botte de Christian. Puis elle se sentit soulevée dans les airs et, en moins de temps qu'il n'en fallait pour le dire, elle se retrouva en croupe derrière le chevalier, qui éperonna sa monture sans autre forme de procès.

Effrayée par la vitesse de la course et la hauteur où elle était perchée, Rowena s'accrocha à la cape de son compagnon, les yeux à demi fermés et la poitrine oppressée. Mais après les tout premiers kilomètres, elle s'accoutuma progressivement à l'exercice et son attention se focalisa sur l'homme dont elle sentait la chaleur à travers l'étoffe de ses vêtements. Le corps de Christian n'était pas moins musclé de dos que de face, et ses larges épaules bougeaient en cadence, au rythme du galop de son cheval. Troublée par cette vue, Rowena rougit malgré la fraîcheur du petit matin, et s'appliqua à examiner la végétation qui bordait le chemin. Dieu savait à quel point le voyage menaçait d'être long ! songea-t-elle dans un surcroît d'appréhension.

Tant qu'il resta une lueur dans le ciel, Christian ne ralentit pas l'allure, et il faisait déjà complètement nuit lorsqu'il fit enfin halte sur la rive d'un cours d'eau. Sans la nécessité de ménager Gédéon, il eût continué d'une traite jusqu'à Avington, mais il ne voulait pas courir le risque de voir l'étalon trébucher dans une ornière.

— Nous allons nous reposer un peu, annonça-t-il à sa passagère, qui était demeurée silencieuse pendant tout le trajet.

La réponse de Rowena prit la forme d'un vague gémissement, et il réalisa tout à coup à quel point la malheureuse devait être courbaturée par ces longues heures de chevauchée. Dans son impatience de gagner Avington, il avait un peu négligé le confort de sa compagne, s'avoua-t-il avec remords. Non pas qu'il l'eût oubliée un seul instant, du reste ! La douce tiédeur qui émanait de son corps n'avait cessé de le troubler depuis leur départ d'Ashcroft, et il n'avait que trop conscience de sa grisante présence. Mais dans sa hâte à retrouver ses amis, il avait certainement surestimé la résistance de Rowena, qui montait sans doute pour la première fois de sa vie.

Désolé de s'être montré si peu attentif, il sauta à terre avec une souplesse quasi féline et s'empressa d'offrir la main à Rowena. Après un instant d'hésitation, elle accepta l'aide offerte. Mais à la grande surprise de Christian, elle n'esquissa pas le moindre geste pour descendre.

— Que se passe-t-il, Rowena ?

Un long soupir émana de la jeune fille.

— Je... Je suis désolée, mais j'ai bien l'impression que mes jambes me refusent tout service. Elles sont littéralement paralysées !

Au comble du remords, Christian n'hésita pas une seconde. D'un mouvement preste, il souleva la jeune fille dans ses bras et la déposa sur le sol avec d'infinies précautions. Puis il la soutint d'une poigne ferme pour l'empêcher de glisser à terre. A la lueur bleutée de la lune, qui brillait maintenant au-dessus des arbres, le visage de Rowena lui parut si exsangue qu'il se confondit en excuses.

— Pardonnez-moi, je vous en prie. J'aurais dû me douter que vous n'étiez pas une cavalière expérimentée.

Mais Rowena secoua la tête, contrite.

— C'est tout autant ma faute que la vôtre, chevalier. J'aurais dû vous avouer que j'étais littéralement à bout de forces...

Cette déclaration ne fit qu'accroître le sentiment de culpabilité qui étreignait Christian.

— Pourrez-vous faire quelques pas, si vous vous appuyez sur moi ?

La jeune fille acquiesça et se cramponna à lui, tandis qu'il tirait des fontes la fourrure qu'il avait pris soin de joindre à ses bagages. Puis il conduisit lentement sa compagne vers un endroit sec et l'installa sur la couverture. Ce court trajet n'alla pas sans susciter son émoi, conscient comme il l'était de la proximité de Rowena, dont les formes voluptueuses se pressaient contre lui. Mais la malheureuse paraissait si souffrante qu'il s'en voulut de nourrir des pensées aussi futiles. Plus troublé néanmoins qu'il ne voulait en convenir, il fut soulagé de pouvoir s'éloigner, sous le prétexte de ramasser du menu bois pour allumer le feu.

« Décidément, tu es en dessous de tout, se morigéna-t-il avec une franche irritation. Non seulement tu as amené cette pauvre fille à outrepasser ses forces, mais tu n'es même pas capable de contrôler le désir insensé qu'elle suscite en toi ! »

Comme il était prévisible, Rowena allait encore plus mal le lendemain matin, et ses courbatures lui arrachèrent un gémissement, lorsqu'elle tenta de se redresser sur sa couche. Quant à l'intérieur de ses cuisses, il était littéralement à vif, et elle ne pouvait supporter le moindre contact depuis les genoux jusqu'à l'aine, tant sa peau était douloureuse.

Occupé à ranimer le feu de camp, dont les braises rougeoyaient encore, Christian se redressa et s'approcha d'elle, une expression inquiète sur le visage.

— Cela ne va pas, n'est-ce pas ? interrogea-t-il en s'agenouillant près d'elle. Les courbatures sont toujours pires le lendemain !

Rowena aurait voulu le rassurer, mais il lui était impossible de dissimuler plus longtemps la vérité.

— Je vis un petit supplice, avoua-t-elle, et serais bien en peine de reprendre la route dans cet état. Je suis désolée, vraiment... Cela va retarder notre voyage...

Christian balaya l'air de sa main.

— Ne vous inquiétez pas de cela pour le moment. Il ne servirait à rien de nier la réalité, de toute façon.

Il hésita un instant avant d'ajouter :

— Le mieux serait que je jette un coup d'œil pour juger de votre état. Peut-être avez-vous besoin d'un médecin.

Rowena se raidit aussitôt.

— Pas le moins du monde !

— Excusez-moi d'insister, mais je me sens responsable de cet état de chose et je ne peux pas ignorer le problème. Après tout, c'est moi qui vous ai convaincue de me suivre et il est normal que je veille à votre bien-être. Je n'ai déjà été que trop négligent…

La jeune fille émit un léger soupir.

— Je sais exactement ce qu'il faudrait pour me soulager, mais je ne suis pas en état d'aller chercher moi-même les ingrédients voulus.

Christian se releva, visiblement soulagé.

— Mais bien sûr, s'exclama-t-il. J'avais oublié quelle guérisseuse émérite vous êtes ! Si quelqu'un sait ce dont vous avez besoin, c'est bien vous-même. Dites-moi ce qu'il faut, et je vous ramènerai tout cela.

— Mais il va falloir cueillir des plantes dans les bois. Pensez-vous que vous saurez les reconnaître ?

— Décrivez-les-moi, et je ferai de mon mieux. Si je me trompe, je retournerai en chercher d'autres, jusqu'à ce que je mette la main sur les bonnes.

Convaincue, Rowena se laissa retomber sur son coussin de mousse.

— Essayons, agréa-t-elle. Nous n'avons pas le choix, je dois l'admettre, car si je ne me soigne pas, je doute d'être en mesure de repartir avant plusieurs jours.

Et comme Christian hochait la tête d'un air désolé, elle ajouta sans perdre un instant :

— Tout d'abord, je voudrais de l'origan sauvage, qui doit croître au fond de ces bois. Il faudrait ensuite une bonne quantité de pétales de roses, que vous trouverez peut-être dans le jardin d'une ferme, s'il s'en trouve une aux alentours. Par la même occasion, vous pourrez demander aux paysans s'ils peuvent vous vendre du saindoux, car une certaine quantité de graisse est indispensable à la fabrication de l'onguent.

— Combien en voulez-vous ?

— Une bonne demi-livre, car je vais devoir m'enduire tout l'intérieur des jambes.

Greatham changea littéralement de couleur.

— Mon Dieu, est-ce donc à ce point ?

Rowena acquiesça à regret, ce qui accrut la détermination de Christian.

— Je serai bientôt de retour, promit-il.

Rowena le regarda se mettre en selle, puis retomba sur sa couverture avec un léger cri de douleur. Devant son compagnon, elle s'était efforcée de masquer sa souffrance, afin de ne pas accroître son sentiment de culpabilité. Mais en réalité, elle se sentait fort mal en point, et le remède qu'elle projetait de concocter ne serait pas un luxe inutile, loin s'en fallait.

Après un laps de temps assez court en réalité, mais qui lui parut durer une éternité, Christian revint avec une brassée de marjolaine et tous les autres ingrédients qu'elle avait demandés.

— Et maintenant, que dois-je en faire ? demanda-t-il avec zèle.

Pressée de pouvoir enfin se soigner, Rowena lui donna des instructions précises, que le jeune homme suivit scrupuleusement. Une heure plus tard, la pâte onctueuse qu'il avait obtenue refroidissait dans un bol de bois, enfin prête à l'emploi. Mais lorsque Rowena s'empara du récipient, ce fut pour constater que ses mains tremblantes lui refusaient tout service. Christian fronça les sourcils à cette vue.

— Vous ne pourrez jamais vous enduire vous-même, constata-t-il.

— Oh, je... je vais y arriver, il le faudra bien.

Mais le chevalier secoua la tête.

— Soyez raisonnable, Rowena. Vous allez tout renverser, c'est le seul résultat prévisible. Laissez-moi, faire, voulez-vous ?

La jeune fille s'empourpra à la seule image des mains de Greatham effleurant sa peau nue.

— Vous... vous ne pouvez pas..., balbutia-t-elle, au comble de la gêne.

Sourd à ses objections, Christian s'empara du bol sans autre forme de procès.

— Je ne vous ferai pas mal, promit-il, comme si le problème résidait là.

Bien entendu, sa proposition était sans la moindre équivoque, songea Rowena, honteuse de ses propres pensées. C'était elle qui se trouvait incapable de contrôler ses propres réactions, dès que cet homme avait le malheur de l'approcher !

— Il est vrai qu'un tel spectacle n'a rien pour vous émotionner, commenta-t-elle en s'efforçant de prendre un ton dégagé. Je ne serai sans doute pas la première femme que vous voyez les jambes nues !

Christian haussa les épaules.

— L'occasion ne m'en a pas été donnée aussi souvent que vous semblez le penser.

— Allons donc ! Me prenez-vous pour une nigaude ? Vous vous moquez de moi, bien entendu !

Mais le chevalier secoua la tête, imperturbablement sérieux.

— Je dois être moins irrésistible que vous ne l'imaginez, demoiselle !

Pour une raison inconnue, cette affirmation ne fut pas sans causer un certain plaisir à Rowena.

Avec une ferme douceur, Christian l'obligea à s'allonger de nouveau sur la couverture et remonta précautionneusement ses jupes, pour la plus grande confusion de la patiente. Le seul homme à avoir jamais contemplé ses jambes, se rappela-t-elle, c'était Sean, et ils n'avaient alors pas plus de douze ans l'un et l'autre !

Le cœur cognant déraisonnablement dans sa poitrine, elle vit le regard de Greatham parcourir le bas de son corps, et l'exclamation horrifiée qu'il émit à cette vue acheva de la mortifier.

— Et dire que c'est de ma faute ! s'exclama-t-il. Me pardonnerez-vous jamais ?

Rowena déglutit, décidément confuse.

— Il n'y a rien à pardonner, messire, je vous assure !

Christian puisa un peu d'onguent dans le bol.

— Je vais essayer de ne pas vous faire mal, promit-il d'une voix rassurante.

— Je ne suis pas si douillette, chevalier, assura Rowena, vexée par ce luxe de précautions. Allez-y franchement… si du moins le courage ne vous fait pas défaut !

Greatham haussa les épaules et un muscle se contracta dans sa joue.

— Ne vous inquiétez pas de cela !

Après avoir pris une profonde inspiration, il posa la main sur la cuisse de Rowena et enduisit délicatement la peau enflammée.

Délicieusement rafraîchie par le contact de la pommade, Rowena poussa un soupir de satisfaction et laissa retomber sa tête en arrière. Mais cet état de quiétude ne dura guère, et une sensation pour le moins troublante s'empara d'elle au contact de ces longues mains expertes qui lui effleuraient la chair. Gênée, elle jeta un coup d'œil furtif à son infirmier improvisé, qui semblait tout à son affaire et à mille lieues de soupçonner l'émoi qu'il éveillait en elle.

Prise d'une étrange langueur, elle ferma les yeux et le laissa procéder à l'opération sans broncher, attentive au moindre de ses gestes. Après avoir soigneusement massé l'intérieur de ses genoux, Christian remonta lentement vers ses hanches et la jeune fille fut parcourue d'un violent frisson en sentant les doigts tièdes de Greatham se poser à la jonction de ses cuisses. Alarmé par sa réaction, Christian s'arrêta net et l'interrogea du regard.

— Vous aurais-je fait mal ? demanda-t-il d'une voix rauque.

Rowena rouvrit les paupières, éperdue.

— Oh... non..., chuchota-t-elle, plus troublée qu'elle ne l'eût souhaité. Mais je... Je crois que c'est assez maintenant. J'ai déjà beaucoup moins mal.

Christian déglutit et jeta un regard au fond du bol.

— Très bien. Il en reste juste assez pour renouveler l'application.

La jeune fille s'efforça de sourire.

— Merci beaucoup, murmura-t-elle. Je crois... je crois que je ferais aussi bien de me reposer maintenant.

Le chevalier se releva promptement.

— Vous avez raison, bien entendu. Pendant ce temps, je... hum... je vais m'occuper de mon cheval.

A grandes enjambées, il se dirigea vers l'arbre où il avait attaché Gédéon et dénoua les rênes d'une main fébrile. Puis il s'arrêta net et parut seulement se rendre compte qu'il tenait toujours le bol où se trouvait le résidu de pommade. Pourquoi cette soudaine agitation ? s'interrogea Rowena, qui suivait ses moindres gestes des yeux. S'était-il laissé troubler, lui aussi, par la petite scène qu'ils venaient de vivre ? Mais non, c'était tout bonnement impossible !

A cet instant, Greatham revint vers elle et lui tendit le reste de l'onguent.

— Je vais faire boire Gédéon, déclara-t-il. Vous pouvez utiliser le fond du bol sans inquiétude. J'irai chercher d'autres ingrédients, si besoin est.

Rowena émit un soupir découragé.

— Je n'aurais jamais dû vous écouter, chevalier. Ce voyage est une erreur. Je vous fais perdre votre temps, et je gaspille également le mien.

Christian la dévisagea avec inquiétude.

— Vous n'êtes tout de même pas en train de me dire que vous voulez déjà retourner à Ashcroft ! s'exclama-t-il.

La jeune fille releva fièrement le menton.

— Une promesse est une promesse, répliqua-t-elle, et je ne trahirai pas ma parole. Mais les choses sont plus difficiles que nous n'avions escompté, et si vous aviez le moindre bon sens, c'est vous qui me proposeriez de me ramener à Ashcroft.

— Admettons que je ne sois pas encore assez raisonnable pour cela, rétorqua sèchement Greatham.

Il s'éloigna sans ajouter un mot et se mit en devoir de conduire son étalon au ruisseau. Pensive, Rowena le regarda disparaître entre les arbres. En somme, il avait beau être sincèrement désolé de la voir dans cet état, il regrettait surtout que leur voyage en fût retardé !

Le cœur serré, elle se laissa retomber sur son oreiller de mousse. Que Christian Greatham vît avant tout en elle une occasion de s'acquitter de sa dette envers le Dragon n'était que fort naturel, après tout. Pourquoi donc cette pensée avait-elle le pouvoir de lui déchirer le cœur ?

Les voyageurs firent halte deux jours au bord du ruisseau, le temps que Rowena se remît un peu de ses courbatures. Mais pendant ce laps de temps, Christian ne lui proposa pas une seule fois d'enduire de nouveau ses meurtrissures. Profondément troublé par la promiscuité qui était résultée de cette scène, il avait eu le plus grand mal à garder son self-control, et se gardait bien de renouveler l'expérience. Non seulement il avait failli ce jour-là perdre la tête, mais, ce qui était encore pis, Rowena semblait avoir bel et bien partagé son émoi. Comme elle avait rougi et tressailli, lorsqu'il avait effleuré la tendre peau de ses cuisses !

Ce souvenir avait le pouvoir de le perturber, bien qu'il doutât d'avoir correctement interprété les réactions de la jeune fille. N'avait-il pas tout simplement pris ses désirs pour la réalité ? Grisé comme il l'était par le spectacle qui s'offrait à lui, il n'y aurait eu rien d'étonnant à cela ! A sa décharge, quel homme eût résisté à une telle vue ? Les jambes de Rowena avaient beau être éraflées jusqu'au sang, elles n'en demeuraient pas moins longues et magnifiquement galbées, ce qu'il n'avait pu s'empêcher de noter au premier regard.

Quoi qu'il fît, cette vision persistait dans sa mémoire, bien plus dérangeante que le souvenir du baiser échangé à Ashcroft. A cette occasion, il n'avait guère eu de mal à se persuader qu'il avait simplement voulu réconforter la pauvre fille. Mais cette fois, les choses étaient nettement plus sérieuses, et il ne pouvait plus écarter la réalité d'un simple haussement d'épaules.

Au matin du troisième jour, il se leva dès l'aube et jeta un long regard à la jeune fille encore endormie près du feu. Puis il haussa les épaules, mécontent de ses propres réactions, et gagna le ruisseau pour procéder à ses ablutions. Ce séjour forcé dans la campagne anglaise ne lui valait décidément rien, songea-t-il en s'aspergeant énergiquement le torse et le visage. Dieu savait quelle hâte il avait de regagner Avington, où il pourrait enfin se concerter avec ses amis Simon et Jarrod.

Quant à l'émoi sensuel que suscitait en lui la proximité de Rowena, voilà qui n'avait tout simplement pas lieu d'être. Son objectif était de prouver que la guérisseuse d'Ashcroft était bien lady Rosalind, non d'avoir avec elle la moindre relation d'ordre sentimental. Sa mission accomplie, il retournerait à Bransbury, où son père devait attendre son retour avec impatience. Revenu au bercail, il ne reverrait jamais la sylphide aux cheveux de flamme qui détenait le pouvoir de le troubler au-delà de toute raison…

Revigoré par l'eau fraîche, il revint vers le camp d'un pas décidé, et eut la surprise de trouver Rowena non seulement éveillée, mais debout près du feu, occupée à rouler la couverture qui lui avait servi de lit pendant ces deux jours.

— Que diable faites-vous ? s'enquit-il avec étonnement.

— Je prépare notre départ, tout simplement. Qu'y a-t-il d'autre à faire ?

— Mais c'est absurde, voyons ! Vous n'êtes pas encore en état de...

Le regard du chevalier rencontra les prunelles vertes de Rowena, où il put lire une tranquille détermination.

— Je suis assez bien pour voyager et ne pas vous imposer un retard supplémentaire, au risque d'accroître votre impatience.

L'argument était imparable et Christian ne protesta pas davantage.

— La seule chose que je ne pourrai faire, c'est monter à califourchon, reprit Rowena.

C'était là une exigence plus que raisonnable et le chevalier opina aussitôt :

— Je vous mettrai devant moi sur la selle, afin de pouvoir vous tenir.

Il ne put ignorer le geste quasi horrifié dont la jeune fille accueillit sa proposition.

— Oh, non, je serai fort bien derrière !

— Pas si vous êtes assise en amazone ! Vous risqueriez de glisser.

— Je me tiendrai ferme, assura Rowena d'un ton sans réplique.

Christian réprima un soupir. La jeune femme lui semblait déterminée, et il ne se sentait guère d'humeur à parlementer pour la convaincre.

Décidément contrarié, il tourna les talons et se mit en devoir de rassembler ses affaires. Puis il partagea avec Rowena un frugal petit déjeuner, et après avoir sellé le cheval, se tourna vers sa compagne.

— Etes-vous prête, demoiselle ? Si nous devons vraiment nous mettre en route, mieux vaut ne plus tarder.

La jeune fille secoua les miettes qui s'étaient accrochées à sa jupe et acquiesça de la tête. Confondu par le calme dont elle faisait preuve, Christian serra les mâchoires et se mit en selle. Puis il tendit la main à Rowena, qui prit appui sur sa botte pour se hisser en croupe.

— Un instant, voulez-vous ? murmura-t-elle. Je vais tâcher de trouver une position confortable.

Elle se déplaça légèrement pour trouver son assise et, après un instant d'hésitation, passa un bras autour de la taille de Christian. Un sourcil ironiquement levé, le chevalier attendit patiemment qu'elle fût prête.

— Voilà, nous pouvons y aller maintenant, dit enfin Rowena.

Obéissant à l'injonction, Greatham enfonça légèrement ses éperons dans les flancs de sa monture, qui se mit en route au petit trot. Ce n'était évidemment pas l'allure qu'il eût adoptée s'il avait été seul, songea Christian, mais il aurait été malvenu de s'en plaindre. Aussi lentement que ce fût, ils avançaient tout de même, ce qui était mieux que rien après ces deux jours d'inaction forcée.

En somme, il aurait eu toutes les raisons de se réjouir… si seulement il n'avait pas senti dans son dos la pénétrante chaleur de Rowena ni la pression de ses formes voluptueuses. En toute objectivité, la sensation était si enivrante qu'elle aurait bien fait perdre la tête à tous les saints du paradis !

# 8.

Rowena vécut les jours suivants dans une sorte de brouillard. Les meurtrissures de ses jambes allaient beaucoup mieux, mais ses courbatures continuaient à la tourmenter sans relâche. Les membres moulus, elle tombait chaque soir sur sa couche, sans même avoir la force de goûter à la nourriture que lui présentait son compagnon.

Si cet état n'avait rien d'agréable en soi, il présentait au moins un avantage. Trop épuisée pour penser, elle oubliait pendant quelques instants bénis tous les soucis qui la taraudaient. Quant à son sommeil, il était si profond que l'image de Christian Greatham avait enfin cessé de hanter ses rêves !

Pourtant, après trois jours de voyage, elle commença à mieux endurer les fatigues de la chevauchée quotidienne et se sentit assez dispose pour sentir des sensations troublantes se frayer un chemin jusqu'à sa conscience. La taille de Christian lui parut tout à coup étrangement ferme sous ses mains, et elle se surprit à aspirer avec délice l'odeur qui émanait de lui, mélange de grand air, de végétation et de cuir, dont le dosage avait quelque chose de tout bonnement grisant. Décidément, la promiscuité du voyage n'était guère favorable à sa tranquillité d'esprit. Etrangement alanguie, elle se prenait même à souhaiter que la scène du baiser se reproduisît !

Dieu merci, Christian ne semblait guère partager son émoi. Certes, il se montrait courtois à son égard et s'enquérait tous les matins de son état de santé, mais sous cette politesse de commande, elle sentait percer sa croissante impatience. De toute évidence, il avait hâte d'atteindre le but de leur périple. Ne le sentait-elle pas se raidir chaque fois qu'épuisée par cette rude chevauchée, elle se cramponnait plus étroitement à sa taille pour ne pas glisser sur le sol ?

Cette irritation latente devint encore plus sensible l'après-midi du quatrième jour. Comme ils s'engageaient sur une route pavée, bordée d'arbres centenaires, Christian jeta un bref regard alentour avant d'ordonner d'un ton sec :

— Relevez votre capuchon, voulez-vous ? Nous arrivons dans un bourg et la grand-rue doit grouiller de monde à cette heure-ci.

Cette déclaration surprit au plus haut point Rowena. Jusque-là, Greatham avait soigneusement évité de traverser la moindre agglomération, afin de ne pas compromettre la sécurité de leur voyage.

— Pourquoi passez-vous par là, si vous craignez un incident ? s'enquit-elle.

Le chevalier haussa ses larges épaules.

— J'ai besoin de renouveler nos provisions, et l'endroit où je compte établir notre camp est trop loin d'ici pour que je fasse l'aller-retour. En tout cas, ne vous inquiétez pas outre mesure. Je suis sûr que tout se passera sans encombre, mais je préfère prendre des précautions. C'est bien naturel lorsqu'on voyage avec une jeune femme comme vous.

Rowena ouvrit de grands yeux à cette remarque.

— Que voulez-vous dire, chevalier ?

Christian lui jeta un bref regard par-dessus l'épaule.

— Ce que j'entends par là, c'est que vous êtes de loin la plus ravissante créature que j'aie jamais vue, Rowena. Il ne manque pas d'hommes qui n'hésiteraient pas à m'attaquer pour vos beaux yeux, je vous en réponds. Autant ne pas tenter le diable !

Bien qu'il se fût exprimé du ton le plus tranquille du monde, Rowena n'en croyait pas ses oreilles. Christian Greatham, subjugué par sa beauté ? Allons donc, c'était tout bonnement impossible ! Elle avait dû entendre de travers...

— C'est pourquoi il est préférable que vous ne montriez pas trop votre visage, poursuivait cependant Greatham. Me promettez-vous d'être prudente ? Il serait dommage de compromettre la fin de notre voyage...

— Oh, je... Oui, bien sûr, acquiesça Rowena, décidément confondue.

Ainsi, elle avait bien entendu, après tout, songea-t-elle en abaissant son capuchon sur ses yeux. Christian la trouvait suffisamment attrayante pour attirer le regard de tous les hommes ! Mais cette admiration avait beau lui réchauffer le cœur, elle devait se garder d'en tirer des conclusions trop hâtives. Les mots qu'elle avait entendus de sa bouche après la malencontreuse scène du baiser résonnaient encore à son oreille. Ne lui avait-il pas affirmé qu'il n'éprouvait pour elle aucun intérêt d'ordre sentimental ? C'était là une réalité qu'elle ferait bien de ne pas oublier !

Mais elle eut beau se morigéner ainsi, elle n'en était pas moins encore fort troublée lorsque, leurs courses achevées, ils firent enfin halte pour la nuit. Moins épuisée que les soirs précédents, ce fut avec quelque remords qu'elle vit Christian s'affairer à préparer leur camp.

— Oh, je peux le faire moi-même ! s'écria-t-elle, quand le chevalier se mit en devoir de dérouler la couverture de fourrure où elle s'étendait chaque soir.

Comme tiré de ses pensées, Christian leva les yeux vers elle.

— Laissez donc, ce n'est rien, assura-t-il poliment.

— Pas pour moi, je vous assure ! Je suis habituée à m'assumer seule, et il m'est désagréable d'abuser ainsi de votre sollicitude.

Christian haussa les sourcils, visiblement étonné. Mais il n'insista pas et alla déballer les provisions de bouche, la laissant achever son lit comme elle l'entendait. Rowena, qui suivait ses gestes du coin de l'œil, eut la désagréable impression de l'avoir blessé. Aussi, pourquoi avait-elle réagi avec tant de véhémence ? se reprocha-t-elle *in petto*. Après tout, il avait agi ainsi pour lui rendre service, et ce n'était pas de sa faute si elle se sentait troublée par l'inévitable promiscuité qui résultait de leur situation.

Toujours taciturne, Christian ne fit aucun commentaire lorsqu'elle alla ramasser du bois, et il utilisa le fagot pour alimenter le feu.

Leur frugal repas achevé, Rowena passa la main dans ses cheveux ternis par la poussière du voyage.

Puis elle jeta un coup d'œil à Christian, assis de l'autre côté du foyer.

— Et maintenant, j'aimerais bien me laver, avoua-t-elle après un instant d'hésitation.

Le chevalier releva aussitôt la tête.

— Pardonnez-moi, j'aurais dû y penser !

— Cessez de vous culpabiliser, voulez-vous ? Vous n'êtes pas responsable de moi, rétorqua Rowena avec un haussement d'épaules.

Et comme Greatham la considérait en silence, son beau visage éclairé par le reflet des flammes, elle ajouta après avoir dégluti :

— Où avez-vous fait boire le cheval ?

Christian se leva aussitôt.

— Venez, je vais vous montrer.

— Attendez un instant, voulez-vous ?

D'un mouvement prompt, Rowena ouvrit son sac et en tira du savon, ainsi que les sous-vêtements de rechange dont elle s'était munie. Puis elle emboîta le pas à Christian, qui la conduisit à un petit étang situé à quelques dizaines de mètres de là. Il faisait déjà trop sombre pour bien juger de la configuration du lieu, mais le bouquet d'arbres qui entourait la nappe d'eau devait préserver au moins une certaine intimité, estima la jeune fille.

— Je vous remercie, dit-elle en se tournant vers Christian. J'en ai seulement pour quelques instants et vous rejoindrai tout de suite après.

— Soyez prudente, n'est-ce pas ?

— Ne craignez rien, je sais parfaitement nager. Du reste, si j'avais le moindre problème, vous êtes à portée de voix, n'est-ce pas ?

Christian acquiesça de la tête avant de retourner vers le campement à grandes enjambées.

Après s'être assurée qu'il avait disparu, Rowena délaça le corselet de sa robe et jeta un regard alentour. Enhardie par la solitude de l'endroit, elle ôta ses vêtements et se plongea dans l'eau fraîche avec une véritable sensation de délice. Quel plaisir, vraiment, de détendre enfin ses membres engourdis et de se délasser de toute la fatigue du voyage !

Après s'être soigneusement lavée, elle dénoua ses cheveux emmêlés et dilua un peu de savon qu'elle fit mousser au creux de sa main. Mais elle dut recommencer plusieurs fois l'opération pour obtenir un résultat satisfaisant, tant ses mèches étaient collées par la poussière de la route. Puis elle se rinça la tête abondamment, et elle était occupée à tordre sa longue chevelure, lorsqu'elle sentit quelque chose de souple et de furtif lui frôler brusquement la jambe droite. Un serpent ! songea-t-elle en un éclair.

Un cri perçant s'échappa de sa gorge et elle se mit à courir frénétiquement vers la rive, dans une gerbe d'éclaboussures. Mais l'étang était encombré de longues herbes qui s'accrochaient à ses jambes, et elle ne put avancer qu'en trébuchant, frissonnante de terreur.

Elle n'avait pas encore atteint le bord, lorsqu'elle vit Greatham dévaler la pente de la colline et se ruer vers l'étang. Sans hésiter, il entra dans l'eau tout habillé et la rejoignit à quelques mètres de la rive.

— Dieux du ciel, que se passe-t-il ? Avez-vous été attaquée ?

Sous l'empire de la frayeur, Rowena laissa échapper un sanglot.

— Un... un..., bredouilla-t-elle, incapable de prononcer le mot effrayant.

Dans toute la nature, les serpents étaient les seuls êtres vivants qui eussent le pouvoir de la terroriser, et aujourd'hui encore, elle ne se souvenait pas sans effroi de l'énorme reptile qui avait hanté ses cauchemars d'enfant.

Au comble de l'anxiété, Christian lui posa les mains sur les épaules.

— Mais enfin, expliquez-vous !

Mue par une impulsion irrésistible, Rowena s'accrocha à lui comme à une planche de salut et l'étreignit de ses bras tremblants.

— Un ser... un serpent !

Le soulagement et la stupéfaction se peignirent ensemble sur le visage de Christian, qui s'exclama d'une voix incrédule :

— Comment, ce n'est que cela ? Vous n'allez tout de même pas me dire que vous avez peur d'une malheureuse couleuvre?

Que cela ! Profondément vexée par cette réaction, Rowena demeura quelques secondes hors d'état de parler. Puis avant même de comprendre ce qu'elle était en train de faire, elle leva sa main droite et l'abattit vigoureusement sur la joue de son interlocuteur. Une sensation de brûlure dans le creux de la paume la rappela au sens de la réalité. Horrifiée par ce qu'elle venait de faire, elle vit les yeux de Christian s'arrondir de stupéfaction et se couvrit la bouche d'un geste désolé.

— Oh, mon Dieu, je ne voulais pas..., balbutia-t-elle. Je n'aurais pas dû...

— Vous n'auriez pas dû, en effet, répliqua Greatham d'une voix lente.

Rowena fronça les sourcils, partagée entre le regret et l'irritation.

— C'est un peu de votre faute, assura-t-elle. Pourquoi vous moquer ainsi de moi ? J'ai toujours eu une peur affreuse des serpents...

Le souvenir du reptile qui avait frôlé sa jambe lui arracha un long frisson. Bouleversée, elle croisa les bras instinctivement sur sa poitrine... et poussa une exclamation d'effroi. Grands dieux, ses seins ! Comment avait-elle pu oublier une seule seconde qu'elle était complètement nue ?

Les prunelles élargies de confusion, elle regarda Christian, qui parut s'apercevoir en même temps qu'elle de l'incongruité de sa tenue. Gêné, il détourna le regard une seconde avant de le ramener irrésistiblement sur elle. Eperdus, les yeux des deux jeunes gens se rencontrèrent et ils sombrèrent tous deux dans un délicieux vertige, tandis que le monde semblait disparaître autour d'eux.

— Je suis désolé, murmura Christian après quelques secondes de silence. Je ne voulais pas vous mettre dans l'embarras.

Désolé de quoi ? se demanda Rowena, qui n'était pas certaine de comprendre. De s'être gaussé d'elle... ou de la contempler en costume d'Eve ? Non, de cela il ne pouvait être désolé, si elle en jugeait par l'expression éblouie de son visage.

D'un regard émerveillé, Christian enveloppa la silhouette gracile et frissonnante, depuis le long cou de cygne jusqu'aux hanches voluptueuses, en passant par les seins au galbe épanoui, dont les mamelons pointaient entre les doigts frémissants de la jeune fille. Dieu qu'elle était belle dans sa gracieuse nudité, avec sa peau satinée dont les méplats luisaient dans la lumière déclinante du crépuscule... Ses muscles se contractèrent instinctivement à cette vue et il brûla d'explorer ce corps dont les lignes parfaites appelaient irrésistiblement la caresse.

— Me trouvez-vous toujours... aussi belle ?

Greatham fut si surpris par la question qu'il douta d'avoir bien entendu. Mais les yeux de Rowena demeuraient désespérément fixés sur les siens, et il comprit qu'elle attendait une réponse.

Comment aurait-il pu songer un seul instant à lui dissimuler la vérité ?

— Je n'ai jamais vu femme aussi divinement jolie, assura-t-il en toute franchise.

Le regard de Rowena vacilla, mais ce n'était plus la peur qui habitait leurs profondeurs océanes. Alanguie, elle posa les yeux sur les lèvres de Christian, avant de replonger dans ses prunelles bleues et de s'y perdre corps et âme.

Grisé par l'irrésistible puissance de cet appel, Christian laissa ses mains descendre le long du dos souple de la naïade et s'immobiliser un instant sur ses hanches. Rowena frissonna à ce contact et sa respiration s'accéléra, tandis qu'une insidieuse brûlure courait dans ses veines, aussi impérieuse qu'une onde de feu. Pantelante, elle entrouvrit les lèvres comme pour reprendre son souffle, et Christian, fasciné par ce spectacle, émit un léger gémissement.

Se pouvait-il qu'il réagît aussi fortement à la seule vue de sa bouche ? s'interrogea Rowena avec ivresse. Mais en ce cas... elle avait donc un réel pouvoir sur cet homme ? Quelle pensée enivrante, vraiment ! Jamais de sa vie elle ne s'était sentie aussi féminine qu'en cet instant, aussi intensément palpitante et vivante...

Heureuse de cette constatation, elle fixa elle-même les yeux sur les lèvres de son compagnon, et s'enhardit jusqu'à tracer du doigt leurs contours fermes et sensuels à la fois. Emportée par le vertige de l'instant, elle se haussa sur la pointe des pieds et leva le visage vers lui dans un geste d'offrande.

La première fois, à Ashcroft, Christian l'avait embrassée presque malgrté lui, avec un étrange mélange de colère, de compassion et de désir. Mais cette fois, s'il s'empara de ses lèvres avec l'ardeur d'un homme mourant de soif qui découvre une source d'eau pure... C'était tout simplement parce qu'il ne pouvait plus faire autrement ! Comment aurait-il résisté à la douceur de ces lèvres qui s'offraient d'elles-mêmes au baiser ?

A travers l'étoffe mince de sa tunique, il sentait les seins de Rowena s'écraser contre sa poitrine. Au diable le tissu qui faisait écran entre leurs deux épidermes ! D'une main fébrile, il saisit le vêtement pour s'en défaire. Mais le contact de l'eau le rappela brusquement à la réalité, et il s'arracha aux délices de l'étreinte.

— Pas ici, Rowena..., exhala-t-il dans un chuchotement rauque.

La jeune fille leva vers lui des yeux éperdus de désir. Emportée par un irrésistible élan de passion, elle avait manifestement brisé les dernières réticences de la pudeur.

— Où, alors ?

Christian déglutit, lui-même incapable de refréner plus longtemps son ardeur.

Les yeux rivés au regard d'émeraude de sa compagne, il la souleva dans ses bras et la porta jusqu'au camp, où il la déposa près du feu, sur la couverture de fourrure. A la lueur dansante des flammes, la peau de la jeune femme se nimba d'une chaude teinte dorée, tandis que sa chevelure s'illuminait de reflets ardents. D'un geste passionné, elle enlaça Christian, enfermant son torse dans le cercle magique de ses bras.

Lentement, il pencha la tête vers la généreuse poitrine aux seins fièrement dressés et prit dans sa bouche un mamelon palpitant, qui se durcit au contact de ses lèvres. Rowena gémit et ses hanches se tendirent vers lui. En réponse à cet appel, Christian laissa glisser sa main plus bas, épousant de la paume les rotondités de son buste, puis les fermes méplats de son ventre, dont la peau douce comme soie frémit à ce contact. Mais lorsqu'il s'aventura plus bas, plongeant les doigts au cœur même de sa féminité, la jeune femme eut un tressaillement et une protestation affolée jaillit de ses lèvres :

— Mais que... que faites-vous ?

— Laissez-moi vous donner du plaisir, Rowena..., chuchota Christian à son oreille.

Apaisée par la douceur de sa voix, elle s'abandonna dans ses bras, tandis qu'il continuait sa voluptueuse approche. Rien d'autre ne comptait pour lui en cet instant que la joie de Rowena, dont il suivait les étapes avec une indicible satisfaction. Enfin, il la sentit tressaillir contre lui dans un spasme de volupté, tandis qu'un cri de joie s'échappait de ses lèvres... Comme elle demeurait ensuite tremblante dans ses bras, il la serra contre lui pour la protéger du froid, tout en murmurant contre sa tempe :

— Quand nous serons à Avington, nous aurons un lit convenable, ainsi qu'il sied à la fille du Dragon.

— Mais... si je n'étais pas Rosalind Kelsey, en fin de compte ?

— Je suis certain du contraire, Rowena. Depuis le premier instant où je vous ai vue, j'ai senti qui vous étiez... et j'ai éprouvé pour vous le plus violent des désirs !

Joignant le geste à la parole, il laissa tomber sur le cou et les épaules de Rowena une ardente pluie de baisers passionnés.

— Ce n'est que le début, ma chérie. Vous verrez comme notre plaisir grandira avec le temps... Quand vous aurez repris votre place légitime à Dragonwick, je viendrai vous voir aussi souvent que je le pourrai et nous...

A sa grande surprise, il sentit le corps de la jeune fille, si réceptif un instant plus tôt, se raidir entre ses bras. Le changement fut si brutal qu'il mit quelques secondes à réaliser qu'elle le repoussait des deux mains.

— Bas les pattes, malotru ! s'écria-t-elle d'une voix courroucée.

Abasourdi, Greatham la considéra un instant sans comprendre.

— Que dites-vous ?

— Je vous ai demandé d'ôter vos mains, et plus vite que cela ! Je ne suis pas une fille de joie pour que vous vous serviez ainsi de moi.

Christian secoua la tête, ahuri.

— Mais c'est insensé ! De quoi parlez-vous, pour l'amour du ciel ?

— Sean avait raison depuis le début ! Pour parvenir à vos fins, vous n'hésitez pas à user de toutes les armes, y compris la séduction.

Greatham s'éloigna d'elle, stupéfait.

— Mais c'est faux, voyons ! Pouvez-vous imaginer un seul instant que ce qui vient de se passer soit le fruit d'un calcul de ma part ?

— Que voulez-vous que je pense d'autre ? De toute évidence, coucher avec moi n'a pas d'autre signification pour vous.

— Mais je n'ai pas...

Rowena leva le menton et toisa son compagnon avec défi.

— Allez-vous prétendre que j'ai mal compris ? Ce que vous me proposez, ce n'est pas le mariage, n'est-ce pas ?

Christian blêmit à cette question directe.

— Je... Non, en effet, admit-il à contrecœur.

Rowena ramena sur elle les pans de la couverture, avec une dignité qui ne fut pas sans émouvoir Christian. Dieu savait qu'il l'admirait et la désirait. Mais le mariage ? Il ne pouvait tout simplement en être question ! Son avenir à lui était auprès de son père désormais vieillissant. Jamais il ne pourrait gérer de front Bransbury et Dragonwick. Mais d'un autre côté, il ne voulait pas que Rowena pût croire une seule seconde qu'il l'avait utilisée pour servir ses desseins.

— Vous ne comprenez pas, dit-il en tendant la main vers elle.

Rowena lui lança un regard flamboyant.

— Je comprends mieux que vous ne le pensez !

Christian se tut, conscient qu'il ne servait à rien de s'expliquer. Il devait retourner chez lui, auprès de sa propre famille. Qu'y avait-il à comprendre là-dedans ? Après tout, mieux valait que Rowena fût en colère. Son ressentiment mettrait une barrière entre eux, ce qui était la meilleure chose qui pût arriver. Car malgré cette querelle, il continuait à désirer ardemment la jeune fille, avec d'autant plus de force qu'il savait désormais quelle brûlante réponse ses approches avaient le pouvoir de susciter en elle…

Ce ne fut pas sans émotion que Rowena vit se profiler contre le ciel l'imposante masse du château d'Avington. La vue de ces hauts remparts crénelés éveilla aussitôt en elle un souvenir confus, qui la ramenait à un très lointain passé. De toute évidence, ce n'était pas la première fois qu'elle contemplait une bâtisse de ce genre. Mais elle se garda bien de faire part de cette impression à Christian, qui se tenait en selle devant elle, raide et silencieux. Retranchés dans une froideur de commande, tous deux n'avaient pas échangé une seule parole depuis la malencontreuse scène de la veille.

Humiliée par ce souvenir, la jeune fille ferma un instant les yeux, incapable d'accepter l'idée que Greatham l'eût ainsi manipulée pour parvenir à ses fins. Mais sa propre conduite n'avait pas été moins répréhensible, il lui fallait bien le reconnaître. Quelle victime idéale elle avait été, vraiment ! Et le pire, c'était qu'elle désirât encore ce goujat, après l'outrage qu'il lui avait infligé.

Afin d'éviter toute promiscuité, elle avait ce matin-là décidé de monter à califourchon, au risque de se meurtrir de nouveau les cuisses. Mais elle avait beau se reculer autant que possible sur la selle, le simple fait d'effleurer la cape de Christian lui brûlait littéralement la peau.

Décidément, cet homme avait eu le don d'éveiller en elle une passion dont la profondeur la laissait pantoise. Evidemment, il avait tout fait pour cela, songea-t-elle avec acrimonie. Eprise de lui, elle ne songerait plus à regagner Ashcroft, c'était là du moins ce qu'il avait escompté. Eh bien, elle allait lui prouver à quel point il avait tort ! Elle ne se ferait pas le jouet de cet énergumène, sous le seul prétexte qu'il souhaitait venger son défunt tuteur. La quête de Christian Greatham avait peut-être d'honorables motifs, mais elle ne voyait pas pourquoi elle lui servirait d'instrument.

En somme, sa mère ne s'était pas trompée en la mettant en garde contre l'égoïsme invétéré des nobles. Les paroles de la défunte résonnaient encore à son oreille. « Tout ce qu'ils veulent, c'est protéger leurs terres et leurs châteaux. Pour eux, le reste demeure à jamais au second plan. »

Accablée par ce souvenir, elle réprima un long soupir. Pourquoi, au nom du ciel, avait-elle accepté d'accompagner Greatham en Angleterre ? Elle en savait si peu sur lui, et encore moins sur les gens chez qui il la conduisait ! Quel bien pouvait-il sortir de tout cela ?

Découragée, elle jeta un nouveau regard aux imposants remparts d'Avington et se demanda avec angoisse ce qu'elle allait trouver derrière ces hautes murailles. A cet instant, Christian tira sur les rênes de Gédéon.

— Rowena ? interrogea-t-il en tournant à demi la tête vers elle.

Peu soucieuse de lui laisser deviner ses craintes, l'interpellée releva fièrement le menton.

— Que se passe-t-il ? Hésiteriez-vous par hasard ?

Le chevalier haussa ses larges épaules.

— Je voulais seulement vous dire que... Simon et Isabelle sont des gens merveilleux, vous savez. Ne vous montrez pas désagréable à leur égard, sous prétexte que vous êtes en colère contre moi.

Rowena esquissa une moue de dédain et toisa son interlocuteur.

— Vous vous accordez trop d'importance, messire. Je ne connais pas ces personnes, et je ne sais pas quel accueil elles vont me faire, mais je ferai preuve pour ma part de la plus grande courtoisie.

— Oh, ne vous inquiétez pas de cela ! Les maîtres d'Avington vous recevront à bras ouverts, assura le chevalier avec une parfaite insouciance.

— Qu'en savez-vous ? Vous ne pouvez présumer de leurs réactions. D'après ce que vous m'avez confié vous-même, ils ignorent tout de votre voyage en Ecosse et des raisons qui vous ont poussé à l'entreprendre. De plus, rien ne vous dit qu'ils partageront votre conviction que je suis bien lady Rosalind.

— C'est vrai, mais ils écouteront mes arguments et ne vous rejetteront pas *a priori*.

Où Christian puisait-il donc cette certitude ? se demanda la jeune fille, étonnée. Etait-il donc si intimement lié avec les maîtres d'Avington ?

— Comment pouvez-vous en être si sûr ?

— Je le sais, voilà tout, affirma Christian avec une tranquille conviction.

Il éperonna son étalon, qui, sentant l'écurie, s'élança vers Avington au galop. Silencieuse derrière son compagnon, Rowena repassait en esprit les dernières phrases de leur entretien. En fait, elle ne se sentait pas aussi tranquille qu'elle voulait bien le dire.

Comment les amis de Christian allaient-ils réagir en la voyant ? Tandis qu'ils approchaient du château, un étrange sentiment d'irréalité s'empara d'elle, qui ne fit que s'accroître lorsqu'ils passèrent sous une porte voûtée et pénétrèrent dans une cour entourée de hauts bâtiments. Une multitude de gens s'y affairaient, plus qu'elle n'en avait jamais vu rassemblés en un seul lieu.

Impressionnée par ce spectacle, elle accepta machinalement la main de Christian, lorsqu'il l'aida à descendre au pied de l'énorme donjon. Puis elle lui emboîta le pas, tandis qu'il grimpait l'escalier jusqu'à une gigantesque porte de chêne massif, surmontée d'un écusson gravé dans la pierre. Quelques instants plus tard, les nouveaux venus pénétraient dans une vaste salle ornée de tapisseries, où des serviteurs étaient occupés à disposer le couvert sur de longues tables dressées sur des tréteaux. De toute évidence, l'heure du dîner approchait.

En familier des lieux, Christian s'avança vers l'autre bout de la pièce et aborda une matrone en robe de laine, dont la taille était ceinte d'un ample tablier blanc.

— Bonjour, Béatrice. Pouvez-vous me dire où se trouve lord Simon ?

Les yeux de la femme s'illuminèrent à la vue du nouveau venu, et elle plongea aussitôt dans une respectueuse révérence.

— Bienvenue à Avington, lord Christian. C'est un tel plaisir de vous revoir ! Milord et sa dame sont dans le solarium.

Greatham jeta un bref coup d'œil à Rowena, et lui désigna une étroite volée de marches, qui s'élevaient dans la pénombre du mur opposé.

— Venez ! intima-t-il d'un ton bref.

Et comme la jeune fille hésitait, il répéta d'une voix adoucie :

— Je vous en prie, donnez-vous la peine…

Cette fois, Rowena obtempéra, et après avoir gravi l'escalier, Christian et elle enfilèrent un long couloir, qui les mena à une large porte de bois sombre. D'une main ferme, le chevalier toqua au panneau et attendit.

— Entrez ! fit une voix masculine au timbre profond.

Obéissant à l'injonction, Christian pénétra dans la pièce, suivi d'une Rowena intimidée qui s'arrêta sur le seuil pour jeter un coup d'œil autour d'elle. De dimensions plus modestes que le grand hall, la pièce où Greatham venait de l'introduire n'en avait pas moins fière allure, avec ses murs tendus de tapisseries multicolores et ses meubles d'ébène richement sculptés. Un homme de noble stature et une jeune femme brune étaient assis face à face devant un échiquier, de chaque côté d'une cheminée où crépitait un grand feu.

Dès qu'il eut reconnu le visiteur, le maître des lieux se leva avec empressement et le gratifia d'une chaleureuse accolade.

— Christian, enfin ! s'écria-t-il. Par Dieu, d'où venez-vous donc ?

— J'arrive tout droit d'Ecosse, répliqua l'interpellé avec un large sourire.

— Vous rendez-vous compte que nous étions morts d'inquiétude à votre sujet ? Quant à votre famille, elle ne savait plus à quel saint se vouer pour avoir enfin de vos nouvelles. Votre sœur nous a écrit et...

— Aislynn s'est adressée à vous ?

— Mais oui, en désespoir de cause ! Vous lui aviez promis que votre absence ne durerait qu'une quinzaine, et elle se fait un sang d'encre de ne pas vous voir revenir. Elle a pensé que vous étiez peut-être ici, à Avington, et voulait savoir si Jarrod ou moi avions une idée de ce qui avait pu vous arriver.

Christian s'épanouit en entendant nommer son ami de longue date, le chevalier Jarrod Maxwell.

— Jarrod est-il ici ? s'enquit-il.

— Pas en ce moment. Dès réception de la lettre, il a pris le chemin de Bransbury pour y mener des recherches et tâcher de vous retrouver !

Navré d'apprendre cette nouvelle, Christian se frotta le front d'une main lasse.

— J'ai causé tout un imbroglio, à ce que je vois ! soupira-t-il.

— Il serait difficile de le nier, rétorqua Simon Warleigh en esquissant un sourire. J'espère au moins que vous aviez de bonnes raisons de nous plonger tous dans une pareille inquiétude !

— D'excellentes, assura Greatham.

Il se tourna vers Rowena, et les maîtres de maison, étonnés, dévisagèrent la jeune fille. Un ange passa dans la pièce et Rowena jeta un regard embarrassé à Simon avant d'examiner furtivement son épouse. Ainsi, c'était là Isabelle Warleigh, la nièce du Dragon... Quelle adorable créature, vraiment ! se dit-elle avec admiration. Incroyablement fine et jolie, la maîtresse d'Avington avait de superbes yeux couleur d'améthyste, et son bonnet de velours couleur d'écarlate mettait remarquablement en valeur sa chevelure d'ébène.

Gênant pour tout le monde, le silence se prolongea quelques instants, jusqu'à ce que Christian s'avançât vers Rowena et lui prît la main.

— Approchez-vous, je vous en prie, dit-il en la conduisant vers ses amis. Je voudrais vous présenter mes très chers amis, Simon Warleigh et son épouse, Isabelle.

Profondément gênée, Rowena s'avança à pas lents vers le couple, tandis que Christian continuait à l'adresse d'Isabelle :

— J'espère que vous voudrez bien m'excuser pour tout le tracas que je vous ai causé. Vous n'allez pas tarder à comprendre les raisons de mon comportement, et peut-être me pardonnerez-vous la désinvolture avec laquelle j'ai dû vous traiter.

— Tout ce qui compte, c'est que vous soyez sain et sauf, Christian, répliqua la dame avec un aimable sourire. Mais je vous avoue que je suis très curieuse d'apprendre ce qui vous a retenu si longtemps loin de nous. Simon et moi ignorions que vous étiez en compagnie d'une aussi charmante jeune fille.

Rowena rougit sous le compliment et Christian lui lança un indéfinissable regard.

— Permettez-moi de vous présenter Rowena, milady.

La visiteuse ne put s'empêcher de remarquer le ton particulièrement courtois dont Christian s'adressait à lady Isabelle. Quelle différence avec les façons qu'il adoptait avec elle, Rowena ! Evidemment, elle se moquait bien de ne pas être traitée en gente dame, après tout ce que sa mère lui avait raconté sur la condition des femmes dans la noblesse. « De simples objets d'échange, ma fille, soupirait-elle. On ne les épouse que pour les terres et les titres qu'elle apportent en dot, et non pour elles-mêmes. »

La voix de Simon Warleigh la tira brusquement de ses réflexions.

— Et par quel hasard cette demoiselle se trouve-t-elle avec vous, Christian ? interrogea-t-il avec une curiosité qu'il ne parvenait plus à refréner.

Greatham eut un petit rire.

— Vous souvenez-vous de sir Jack ? s'enquit-il, une nuance de tristesse dans la voix.

Simon hocha la tête, soudain rembruni.

— Comment aurais-je pu l'oublier ? C'était un homme de grand mérite.

Il plaça un bras protecteur autour des épaules d'Isabelle.

— Ma femme et moi lui devons en partie notre bonheur. Ne nous a-t-il pas aidés à fuir Dragonwick ? C'est là une dette dont je serai toujours redevable à sa mémoire.

A ces mots, les yeux de lady Warleigh s'embuèrent de larmes, et elle hocha doucement la tête.

— La nuit de sa mort, sir Jack m'a révélé un important secret, reprit Christian d'une voix émue.

— Qu'a-t-il bien pu…

— Il m'a assuré que Rosalind, la fille du Dragon, était encore en vie.

Simon se laissa tomber sur la première chaise venue.

— Mais voyons, c'est impossible ! s'exclama-t-il.

Il dévisagea son ami avec stupéfaction.

— Pourquoi ne nous avoir rien dit plus tôt, pour l'amour du ciel ? Nous aurions pu vous aider dans votre quête.

— J'avais juré à Jack de ne rien révéler avant d'avoir assuré la sécurité de l'héritière.

— En ce cas, je ne comprends décidément plus. Pourquoi ne pas continuer à vous taire ?

Christian jeta à son ami un regard lourd de signification.

— Après la confession de Jack, j'ai pensé que si cette jeune fille existait vraiment, le seul moyen de préserver sa vie était de la mettre sous votre protection, celle de Jarrod ou la mienne.

— Bien pensé, approuva Simon. Nous sacrifierions tous les trois notre vie pour la fille du Dragon.

Christian désigna Rowena, qui se tenait coite, toute tremblante d'émotion.

— Eh bien, je l'ai retrouvée ! annonça-t-il d'un ton de triomphe.

Les époux Warleigh laissèrent échapper une exclamation de surprise.

— Dieux du ciel ! s'exclama Isabelle, en ouvrant tout grands ses yeux d'améthyste. Seriez-vous en train de nous dire que…

Christian hocha vigoureusement la tête.

— Je suis sûr que Rowena et lady Rosalind Kelsey sont une seule et même personne.

D'un mouvement spontané, Isabelle se tourna vers la jeune fille avant d'exhaler dans un souffle :

— Rosalind... Ma sœur !

Seigneur, que disait-elle là ? Rowena douta d'abord d'avoir bien entendu, et un étrange sentiment d'irréalité s'empara d'elle. La seule pensée qu'elle pouvait être liée par le sang à cette belle jeune femme, si élégante et si parfaite, était décidément plus qu'elle ne pouvait en supporter !

Le monde lui parut basculer autour d'elle, et elle tendit instinctivement les bras, dans une tentative désespérée pour retrouver son équilibre. Mais le tournoiement ne fit que s'intensifier, et après avoir bégayé un ou deux sons confus, elle sombra dans l'inconscience.

# 9.

La déclaration d'Isabelle avait laissé Christian abasourdi, et il lui fallut quelques secondes pour réaliser pleinement ce qu'il venait d'entendre. Mais la vue de Rowena qui vacillait sur ses pieds le rappela sur-le-champ à la réalité. D'un geste spontané, il se précipita vers la jeune fille et la recueillit dans ses bras au moment où elle allait glisser sur le sol.

— Mon Dieu, elle s'est évanouie ! s'exclama Isabelle d'une voix blanche. Portez-la dans ma chambre, Christian, voulez-vous ?

Obéissant à l'injonction, Greatham emboîta le pas à Isabelle, qui lui ouvrait une large porte à deux battants. Puis il traversa la pièce voisine et déposa Rowena sur l'immense lit à courtines, dont les draps étaient déjà retournés en prévision du coucher des maîtres de maison.

— La surprise, sans doute... Je n'aurais jamais dû lui apprendre cela aussi brutalement ! se lamenta la maîtresse de maison, désolée. Mais j'étais moi-même si bouleversée...

Simon, qui avait suivi sa femme, lui entoura les épaules de son bras.

— Vous n'y êtes pour rien, ma chérie, assura-t-il d'un ton consolant. Cette jeune fille était sans doute épuisée par son voyage, sans quoi elle n'aurait pas réagi ainsi !

— C'est vrai, elle a l'air exsangue, admit Isabelle, qui caressa la joue pâle de Rowena.

La visiteuse gémit doucement à ce contact, mais sans revenir complètement à elle.

— Laissons-la se reposer et retournons dans le solarium, proposa la maîtresse de maison. Dieu sait que nous avons des choses à nous dire…

Les trois jeunes gens regagnèrent la pièce contiguë et prirent place sur les banquettes disposées près de la cheminée.

— Simon a raison. Je pense aussi que vous n'êtes pas responsable de la faiblesse de Rowena, commença Christian avec un sourire affectueux à l'adresse d'Isabelle. Mais je dois avouer que j'ai moi-même été sidéré par vos propos. Comment la fille du Dragon et vous pourriez être…

Isabelle l'interrompit d'un haussement d'épaules.

— Oh, je vais tout vous raconter. Je ne tiens pas à cacher plus longtemps la vérité, du reste. Il est plutôt agréable pour moi de savoir que je ne suis pas la fille de Kelsey, même si c'est lui qui m'a élevée.

Elle poussa un soupir avant de poursuivre :

— Il y a peu de temps que j'ai appris la vérité sur ma naissance. Kelsey était si furieux contre moi, après que j'eus pris le parti de Simon, qu'il m'a jeté brutalement la vérité à la face. Bien qu'il eût pris la peine de m'élever, je n'étais pas vraiment sa fille, me révéla-t-il. Ma mère était enceinte lorsqu'il l'a épousée, et le père de l'enfant, du propre aveu de la malheureuse, était Wallace Kelsey, le Dragon. Ainsi, l'homme que j'avais aimé et respecté entre tous n'était pas mon oncle, comme je l'avais cru, mais quelqu'un de bien plus proche encore. Je m'en réjouis du fond du cœur, inutile de vous le préciser.

Une note de fierté vibrait dans sa voix, et Christian ne put s'empêcher de comparer sa réaction à celle de Rowena, si tourmentée par l'idée de sa prétendue bâtardise. Si seulement elle pouvait réagir comme Isabelle ! Mais Simon ne lui laissa pas le temps de s'appesantir sur ce regret.

— Parlez-nous un peu de cette jeune femme, Christian, et dites-nous comment vous l'avez retrouvée. Cette histoire m'intrigue au plus haut point.

Christian conta à ses amis les diverses péripéties de sa quête, depuis la mort de Jack jusqu'à leur arrivée à Avington. Son exposé des faits fut exhaustif, et il ne passa sous silence que la scène du baiser à Ashcroft, ainsi que le regrettable incident de la veille au soir. C'était là épisodes trop intimes pour qu'il les évoquât, même devant ses proches !

— Tout cela me paraît bien incroyable, soupira Simon, lorsque Christian eut achevé son récit. Et pourtant, Dieu sait si Isabelle et moi ne demandons qu'à y ajouter foi !

Lady Warleigh opina de la tête, et ses prunelles mauves se voilèrent de larmes.

— Pensez un peu, cela voudrait dire qu'il me resterait quelqu'un à chérir, murmura-t-elle. Il y a si longtemps que je soupire après une vraie famille !

— En ce cas, votre vœu est comblé. Rowena fait partie de la vôtre, j'en suis sûr, affirma Christian avec la plus totale conviction.

— Mais vous dites vous-même qu'elle n'en est pas certaine, objecta Simon.

— C'est exact, déclara tout à coup la voix de la principale intéressée, qui apparut au même instant sur le seuil de la pièce.

Christian se tourna vers elle et son cœur se serra à la voir encore si pâle et vacillante. Mais la jeune fille, consciente de son regard, se redressa aussitôt et carra fièrement les épaules.

— Excusez-moi de m'être évanouie aussi sottement, reprit-elle. C'est bien la première fois qu'il m'arrive une chose pareille.

Simon se leva et lui désigna le siège qu'il venait dc quittcr.

— Asseyez-vous, mademoiselle, je vous en prie ! Vous n'êtes pas encore très bien, à ce qu'il semble.

Bien qu'elle ne voulût rien laisser voir de sa faiblesse, Rowena accepta l'offre avec reconnaissance.

— Je suis entièrement d'accord avec vos objections, milord, dit-elle à Simon, dès qu'elle fut installée. Rien ne me prouve que je suis celle que Christian recherche. Bien que certaines coïncidences soient troublantes, je ne suis tout de même pas entièrement convaincue.

— Pourquoi diable ne cessez-vous de me contredire ? s'écria Christian, avec plus d'acrimonie qu'il n'en avait l'intention.

Il regretta aussitôt ses paroles, en voyant Rowena se raidir. Un silence gêné suivit sa sortie, jusqu'à ce qu'Isabelle remarquât avec un sourire affable :

— Si vous voulez mon avis, les réticences de Rowena sont fort bon signe. A sa place, beaucoup de jeunes femmes auraient sauté sur une pareille occasion, et sa prudence, alliée à une rigoureuse franchise, est le signe d'une grande noblesse de caractère. De plus, elle ressemble à mon père naturel, c'est indéniable. Voyez la couleur de ses cheveux ! Le Dragon était du même blond ardent, vous souvenez-vous ?

Rowena émit un léger soupir.

— Je suppose que cela vous ferait plaisir à tous d'apprendre que je suis bien sa fille... Mais comment tirer de conclusions d'un fait si anodin ? Beaucoup de gens ont les cheveux roux, surtout dans la contrée d'où je viens ! Nous ne pouvons bâtir un roman sur des présomptions aussi légères.

— Je suis d'accord avec Rowena, déclara posément Simon, qui tourna vers son ami un regard de reproche. Cela ne vous ressemble guère d'être aussi irréfléchi, Christian. Dieu sait pourtant que j'aimerais voir Rosalind de retour, afin de déloger ce félon de Kelsey de la position qu'il occupe indûment ! Mais si nous voulons faire valoir les droits de votre protégée, il nous faudra des preuves incontestables de son identité. Vous n'ignorez pas quel pouvoir détient Kelsey auprès du roi Jean, encore aujourd'hui. Il ne sera que trop heureux d'exploiter la moindre faille dans nos affirmations.

Christian se tut un instant, troublé par l'objection. Il était vrai qu'il était enclin à brusquer les choses depuis qu'il connaissait Rowena, mais les circonstances ne justifiaient-elles pas son impétuosité ? La voix de la jeune fille le tira de ses réflexions.

— Christian m'a un peu parlé de vos démêlés avec la couronne anglaise, observa-t-elle.

Simon expliqua en termes concis comment Isabelle et lui avaient été contraints de se marier par ordre royal, après que Kelsey eut faussement informé le souverain que le jeune homme complotait contre le trône. Par la suite, une nouvelle accusation avait été portée par le félon, et Simon avait dû comparaître devant un tribunal.

— Sans Christian, qui a incité deux hommes puissants à témoigner en ma faveur, Isabelle aujourd'hui serait veuve, et l'enfant qu'elle attend, orphelin, conclut-il d'une voix émue.

Il posa une main sur l'épaule d'Isabelle, qui lui pressa tendrement les doigts.

— Je n'aurais jamais laissé faire cela, mon chéri, affirma la jeune femme, et j'aurais bien trouvé un moyen de vous faire évader.

A voir l'entente et le profond amour qui unissait ces deux-là, Rowena sentit un étrange regret s'immiscer dans son cœur. Si seulement elle pouvait partager un jour avec un homme cette tendre harmonie…

Confuse du tour que prenaient ses pensées, elle se secoua brusquement.

— Je ne voudrais pas mettre qui que ce soit en danger à cause de moi, assura-t-elle.

Christian se contenta de hausser les épaules, et ce fut Simon qui répondit :

— Si vous êtes la fille du Dragon, je me battrai volontiers pour votre cause. Seulement nous devons être aussi sûrs que possible de ce que nous avançons. Après tout, votre absence totale de souvenirs n'est pas forcément un argument défavorable. Rosalind avait à peine quatre ans lorsque… lorsqu'elle a été prétendument tuée. Si vous êtes vraiment l'héritière de notre ancien tuteur, nous ferons tout pour vous rétablir dans vos droits. Et dans le cas où Kelsey réussirait à vous débouter devant le tribunal, vous trouveriez toujours un asile avec nous à Avington.

Rowena se tourna vers Christian, une expression de reproche dans les yeux.

— Vous ne leur avez donc pas dit ?

Greatham eut un soupir excédé.

— Je n'en ai pas eu le temps, argua-t-il.

Il se tourna vers ses amis pour expliquer :

— La femme qui a élevé Rowena et qui était, je présume, son ancienne nourrice lui a inculqué un solide mépris pour les nobles. Ils n'étaient bons qu'à se battre pour leurs terres, assurait-elle, et les affections familiales comptaient pour rien devant cette préoccupation. Aussi Rowena n'a-t-elle aucun désir de vivre parmi nous. Elle veut seulement apprendre qui était son père, avant de s'en retourner dans son petit village d'Ashcroft.

— Quelle étrange vision de notre milieu ! se récria Simon. Elle ne correspond à rien de réel, je vous assure.

Isabelle intervint de sa voix pondérée.

— A quoi bon discuter ? Le mieux est de laisser à Rowena le temps de nous connaître. Lorsqu'elle nous aura un peu cotoyés, elle se rendra compte elle-même que cette opinion n'a rien à voir avec la réalité.

Rowena haussa les épaules.

— Pardonnez-moi si je n'ai pas bien compris, mais vos motivations ne me paraissent pas si claires. Il me semble que vous vous seriez évité bien des épreuves si vous n'aviez nourri un tel désir de vengeance contre ce Kelsey…

Simon fronça les sourcils.

— C'est-à-dire que…

Mais sa femme l'interrompit d'une pression de la main, et ce fut elle qui expliqua avec douceur :

— Simon n'était pas poussé par un intérêt personnel. Il a simplement tenté de redresser un tort, par amour et respect envers la mémoire de son défunt tuteur. Pour ma part, je ne peux que m'en réjouir, car s'il n'avait pas agi ainsi, nous ne nous serions jamais rencontrés.

Brusquement songeuse, elle se tut quelques secondes avant d'ajouter :

— Le sort nous conduit parfois sur d'étranges chemins. Ne croyez-vous pas, Rowena, qu'il nous faut accepter d'être les instruments du destin ?

Mais la jeune fille secoua la tête, peu convaincue.

— Je ne crois pas à la fatalité, assura-t-elle, et je tiens à rester maîtresse de mes propres choix.

— En ce cas, nous ferons de notre mieux pour vous aider. Mais si vous le permettez, je vais maintenant vous conduire dans l'une de nos chambres d'amis. Vous êtes encore si pâle et tremblante ! Le plus urgent pour vous, c'est de vous reposer un peu.

Touchée par cette sollicitude, Rowena emboîta le pas à sa compagne, qui ouvrit une porte donnant sur un long corridor. Bien qu'elle sentît les yeux de Christian fixés sur elle, elle sortit de la pièce sans lui accorder un regard. Qu'avait-elle encore à voir avec lui ? Peut-être, s'il avait répondu différemment lorsqu'elle l'avait mis au défi…

Mais à quoi bon s'appesantir sur cet épisode ? La seule chose qu'elle souhaitât désormais, c'était retourner à Ashcroft dès que les circonstances le permettraient. Sa vie était là-bas, dans le petit village écossais. Aussi charmants que fussent Simon et Isabelle, elle ne souhaitait pas rester à Avington, où elle ne se sentirait jamais chez elle. En somme, elle était une femme simple, qui souhaitait mener une existence aussi modeste que possible, loin des fastes de la vie de château. La seule chose qui la retînt de partir sur-le-champ, c'était le désir passionné d'en apprendre un peu plus sur l'homme qui avait été son père...

Stupéfaite, Rowena jeta un regard émerveillé sur les robes chatoyantes disposées sur son lit.

— Mais je ne peux pas..., commença-t-elle, les yeux arrondis de convoitise.

— Bien sûr que si ! interrompit fermement Isabelle. J'ai une quantité de toilettes dans ma garde-robe, alors que vous n'avez pas la moindre tenue de rechange.

— Comment pourrais-je accepter, voyons ?

— Vous le pouvez et vous le devez ! Du temps où je vivais à Dragonwick, mon... hum, mon père, qui tenait à ce que je lui fasse honneur, m'a commandé plus de robes que je ne pourrai jamais en porter. C'est me rendre service que de ne pas les laisser moisir dans un coffre.

Tentée malgré elle, Rowena laissa son regard errer sur les étoffes multicolores et s'arrêta sur un velours d'un vert si profond qu'il évoquait les riches nuances d'un sous-bois au cœur de l'été.

— Voyons, insista Isabelle, vous avez besoin de vous changer, n'est-ce pas ? Si vous n'acceptez pas de porter ces robes, il va falloir demander à ma couturière de vous en confectionner d'autres. Autant prendre celles-ci, ne croyez-vous pas ?

Rowena baissa les yeux sur sa robe de laine verte et réprima un soupir. Non seulement le vêtement aurait eu grand besoin d'un nettoyage, mais la qualité de l'étoffe ne pouvait soutenir une seconde la comparaison avec les superbes toilettes que lui proposait Isabelle.

— Eh bien, je... Merci beaucoup, vraiment. Vous êtes si généreuse, milady.

— Isabelle, corrigea la maîtresse des lieux avec un sourire. Et maintenant, je vous laisse vous habiller. Nous sommes à peu près de la même taille et je suis sûre que ces robes vous iront sans retouches.

— Je le pense aussi.

— Je vais vous envoyer Martha, ma servante, qui se fera un plaisir de vous aider.

— Oh, non, je vous en prie. Je ne veux ennuyer personne...

Isabelle haussa les sourcils.

— Comment ferez-vous pour vous lacer ? Martha sera trop heureuse de vous rendre ce service. A Avington, les serviteurs accomplissent leurs tâches avec joie.

Rowena, qui n'avait plus d'argument à opposer à sa compagne, hocha la tête à contrecœur, tandis qu'Isabelle se dirigeait vers la porte.

Parvenue sur le seuil, la jeune femme se retourna, et ce fut avec un regard mouillé de larmes qu'elle déclara :

— Comme je suis heureuse que vous soyez venue, Rowena ! Vous ne savez pas ce que votre présence représente pour moi...

1, 2, 3...
Soleil
Des livres gratuits
+2 superbes cadeaux

## Recevez aussi un superbe CADEAU

**Un cadeau en plus des romans gratuits ?**
**Il suffit de découvrir la bonne combinaison**
**et cette poupée en porcelaine**
**vous sera offerte GRATUITEMENT !**

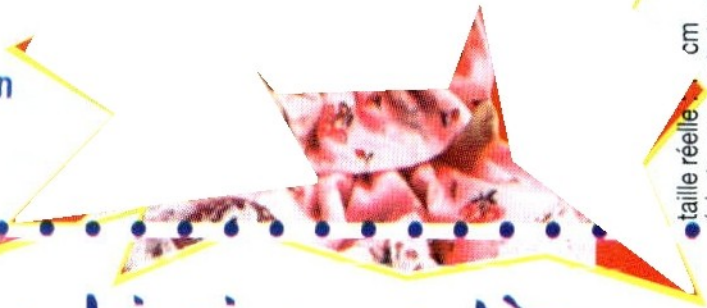


# Découvrez la combinaison mystère :

Grattez ces 3 cases dorées avec une pièce de monnaie.

Je reçois un livre gratuit

Je reçois deux livres gratuits

3 soleils hourra ! je reçois deux livres gratuits, une poupée et un cadeau surprise !

**Oui**, envoyez-moi mes 2 livres gratuits choisis parmi les meilleurs romans de la Collection Les Historiques, et mes cadeaux : la poupée et un cadeau surprise. En répondant à cette offre, j'accepte de recevoir ensuite 3 romans au format de poche, de la Collection Les Historiques, simplement à consulter. Chaque livre de 352 pages me sera proposé au prix exceptionnel de 5,13 € (au lieu de 5,40 €) et 5,42 € (au lieu de 5,70 €) pour les volumes Grands Romans Historiques. La participation aux frais de port n'est que de 2,05 € par colis. Je n'ai aucune obligation d'achat et je peux retourner les livres sans rien vous devoir, ou annuler tout envoi futur, à ma guise. Il en sera ainsi tous les mois tant que je le voudrai. Dans tous les cas, je conserverai mes cadeaux.

Mme ☐ Mlle ☐ H4HEØ1

NOM ______________________

Prénom ______________________

Adresse ______________________

Code postal |_|_|_|_|_|

Ville ______________________

Postez cette carte dès aujourd'hui ! (sans l'affranchir)

En cas de rupture de stock, nous vous offrirons un lot de même valeur. Offre valable en France métropolitaine uniquement, et limitée à un envoi par famille. Réservé aux lectrices de plus de 18 ans qui ne sont pas déjà abonnées, et qui n'ont pas encore bénéficié d'une offre de livres gratuits pour cette collection. Offre soumise à acceptation. Date limite : 28/02/2005. Prix susceptibles de changement. *éditions* Harlequin est une marque déposée d'Harlequin SA.

Elle s'éclipsa sur ces mots et Rowena put enfin exhaler le soupir qu'elle retenait depuis quelques instants. Certes, Isabelle et Simon étaient la gentillesse même, mais qu'adviendrait-il de leur aménité s'il s'avérait en fin de compte qu'elle n'était pas Rosalind ? Christian lui-même ne se détournerait-il pas ?

« Si tu n'es pas Rosalind… » se répéta-t-elle avec un élancement au cœur. Le danger, c'était qu'elle commençait elle-même à croire à cette fable. Il lui était si doux de penser qu'un père attentionné et aimant avait veillé sur ses premières années ! Après avoir nourri cette illusion, comment pourrait-elle ensuite affronter de nouveau la dure réalité ?

Plongée dans ses pensées, elle tressaillit lorsque la soubrette d'Isabelle pénétra dans la pièce, après avoir frappé un léger coup à la porte de chêne.

— Bonjour, Martha, murmura-t-elle en s'efforçant de reprendre ses esprits.

— Bonjour, demoiselle. C'est lady Isabelle qui m'envoie. Avez-vous choisi la tenue que vous désirez mettre ?

Après avoir hésité un instant entre diverses toilettes, Rowena désigna la plus simple de toutes, une robe de laine jaune pâle, dont l'encolure et les manches portaient une discrète broderie de jonquilles d'or. Avec une adresse toute professionnelle, Martha l'aida à lacer le corsage et natta sa chevelure, qu'elle entrelaça de rubans dorés assortis à la couleur de la robe.

— Lady Isabelle vous attend dans le hall, demoiselle, déclara la servante, lorsque la jeune fille fut enfin prête.

— Merci, Martha.

La tête dans un brouillard, Rowena rejoignit la dame du lieu, qui l'accueillit d'un large sourire.

— Vous êtes délicieuse, savez-vous ? s'exclama-t-elle en examinant la nouvelle venue d'un regard appréciateur. Cette robe vous va divinement bien.

— Je... je vous remercie de tout cœur, Isabelle. Vous vous montrez si généreuse avec moi...

— Tout le plaisir est pour moi, je vous assure. Et maintenant, si vous me regardiez exercer mon métier de maîtresse de maison ? Il y a beaucoup à faire, vous verrez.

Isabelle n'avait pas exagéré, comme Rowena put le constater. Toute la matinée, elle suivit la jeune femme de la cuisine à la buanderie, en passant par les celliers regorgeant de provisions, où lady Warleigh distribua instructions et conseils aux divers serviteurs qui s'affairaient aux tâches domestiques.

— Eh bien, Pammy, comment va votre époux ? demanda-t-elle à la cuisinière, dont le mari souffrait de troubles gastriques.

— Pas très bien, milady. Il a encore des ballonnements et se sent très fatigué, répliqua la femme, visiblement soucieuse.

— Faites-lui prendre de la rue fraîche, intervint Rowena sans hésiter. Il peut la consommer telle quelle ou sous forme de décoction.

La cuisinière s'inclina avec gratitude, et les deux jeunes femmes regagnèrent ensemble l'étage supérieur.

— Merci pour la prescription, dit Isabelle, lorsqu'elles se furent éloignées. C'est une chance pour nous de vous avoir sous ce toit. Accepteriez-vous de nous enseigner quelques rudiments de médecine ?

— Ce sera avec grand plaisir. Je suis reconnaissante au ciel du don qu'il m'a fait et ne serais que trop heureuse de partager mon savoir avec d'autres.

— J'aimerais tant pouvoir soulager les souffrances de nos gens, et leur venir en aide lorsqu'il en est besoin ! Voyez-vous, j'aime assurer mon rôle de maîtresse de maison à Avington. Cela me change tant de ma vie à Dragonwick ! Mes journées là-bas étaient tout entières consacrées à des occupations futiles. Mon père ne me laissait prendre aucune responsabilité et estimait que mon seul devoir était de soigner mon apparence pour lui faire honneur.

Rowena jeta un regard pensif à sa compagne. Isabelle était sincère, sans aucun doute, et il était évident que l'accomplissement de ses devoirs lui causait une joie sans mélange. Mais en quoi cette constatation aurait-elle modifié l'image qu'elle se faisait des nobles et de la situation des femmes au sein de la classe privilégiée ? Isabelle avait eu le bonheur insigne d'épouser un homme qu'elle aimait et dont elle était chérie en retour. Mais quelle autre pouvait se prévaloir d'une telle chance ? En outre, le bonheur de la jeune femme était tout de même fondé sur le labeur de centaines de gens, qui trimaient sur les terres d'Avington de l'aube au crépuscule.

— Vous semblez troublée, observa Isabelle avec une moue interrogative.

— Cela ne vous dérange-t-il pas de savoir que tous ces gens ont mis leur propre vie au second plan pour vous servir ?

A peine eut-elle prononcé ces paroles que Rowena les regretta. Son but n'était certes pas de froisser Isabelle, qui s'était montrée si affable à son égard, même si sa gentillesse était en partie fondée sur un malentendu.

— Pardonnez-moi, se reprit-elle en toute hâte. Je ne voulais pas…

Isabelle sourit et son regard mauve plongea dans celui de Rowena.

— Je pensais comme vous autrefois, assura-t-elle, du temps où je ne faisais pas grand-chose de ma vie. Mais depuis que je suis à Avington, tout est devenu clair pour moi. Diriger le domaine et veiller au confort de ses habitants sont désormais ma principale préoccupation. Lorsque les terres donnent bien, métayers et paysans peuvent subsister sans problème, mais en cas de mauvaises récoltes, nous puisons dans nos celliers pour les aider. De plus, c'est dans nos murs qu'ils se réfugient, si la moindre menace pèse alentour. Avington est pour eux un havre de sécurité, que nous nous devons d'entretenir pour le bien de tous.

— Mais ils n'auraient à craindre aucune menace, si Avington n'existait pas. C'est le château et ses richesses qui attirent les ennemis, avides de s'emparer de vos biens.

Isabelle haussa les épaules.

— Voyons, Rowena, les risques d'invasion existent partout. Les armées de pillards sont légion, et vous n'allez pas me dire qu'elles ont épargné Ashcroft !

— Des envahisseurs venus du nord ont fait des incursions sur la côte, admit la jeune fille.

— Eh bien, il faut des châteaux imprenables et des hommes courageux pour leur résister !

Isabelle posa une main sur son ventre avant d'ajouter avec un sourire radieux :

— Tout ce que je souhaite à mon fils, c'est qu'il devienne un jour un chevalier aussi valeureux que son père...

Rowena, touchée par la sincérité de son interlocutrice, inclina la tête.

— Vos arguments ne manquent pas de poids, admit-elle en toute franchise.

Isabelle la remercia d'un sourire.

— Je ne sais s'ils vous ont convaincue, mais je vous remercie en tout cas de m'avoir écoutée. Et maintenant, si vous le permettez, je vais aller m'étendre un peu avant le dîner. Simon y tient beaucoup !

— Je vous en prie. Il est normal que vous vous ménagiez dans votre état.

Isabelle se retira sur cet échange et Rowena, pensive, s'attarda un instant près d'une fenêtre, à contempler le spectacle de la cour encombrée de gens d'armes et de serviteurs. Bien qu'elle ne fût pas certaine d'avoir tort dans son aversion persistante pour les nobles en général, elle devait reconnaître qu'Isabelle avait su gagner son respect. Mais cela ne signifiait pas qu'elle lui donnât raison en tout. Dieu merci, elle avait sa propre façon d'envisager les choses et n'était pas prête à y renoncer, quelque affection qu'elle éprouvât pour la charmante dame d'Avington !

— Nous avons ici quelques domestiques qui ont servi à Dragonwick du temps de Wallace Kelsey, et se sont réfugiés à Avington après sa mort. Certains ont côtoyé à l'époque la petite Rosalind et se souviennent peut-être d'elle. Nous devrions les interroger. Qui sait si leur témoignage n'éveillera pas un souvenir chez Rowena ?

Assis devant la cheminée, en face de Simon et d'Isabelle, Christian réfléchit en silence à la suggestion de son ami. Une coupe à la main, les trois jeunes gens attendaient l'heure du dîner en devisant autour de l'âtre où flambait un bon feu.

Comme ses compagnons attendaient visiblement sa réponse, Greatham finit par acquiescer, mais sans grand enthousiasme.

— Comme je vous l'ai dit, elle ne se rappelle quasiment rien de sa petite enfance, ce qui est normal, si l'on songe à l'âge qu'elle avait au moment de son départ de Dragonwick. Mais après tout, peut-être votre idée n'est-elle pas mauvaise. On ne sait jamais ce qui peut jaillir d'une confontation.

— Je vais interroger mes gens, afin de savoir lesquels pourraient nous aider.

Christian se frotta la nuque, pensif, avant de répliquer :

— Surtout, ne leur dites pas pourquoi on les interroge ainsi. Mieux vaut préserver la spontanéité de leurs réponses. En outre, la sécurité de Rowena est en jeu, vous le comprenez bien.

— C'est entendu. Je les laisserai dans l'ignorance, afin qu'ils ne soient pas tentés de bavarder.

Rassuré sur ce point, Christian se souleva de son siège.

— Je vais m'occuper de cela, déclara-t-il. Plus tôt nous serons éclairés, mieux cela vaudra.

Mais Isabelle ne l'entendait pas de cette oreille.

— Voyons, notre intendant peut s'en charger ! protesta-t-elle. Depuis le temps que nous ne vous avons vu, nous serions si heureux de profiter un peu de votre compagnie !

Bien qu'il fût touché par cette requête, Christian n'en secoua pas moins la tête.

— Je me sens incapable de rester inactif, alors que tant de choses dépendent de cette enquête, avoua-t-il.

Isabelle et Simon échangèrent un bref regard.

— Très bien, soupira la jeune femme, qui inclina la tête avec dignité. Faites comme bon vous semble.

Greatham, qui avait souvent vu Rowena esquisser le même geste, se sentit conforté dans sa conviction. N'y avait-il pas toutes les chances pour que les deux jeunes femmes fussent vraiment sœurs ? songea-t-il avec espoir. Mais cet optimiste céda rapidement la place au découragement. Même si cette parenté se confirmait, en quoi entamerait-elle la résolution de Rowena ? Elle n'aimait ni les nobles ni la vie qu'ils menaient, et même s'il s'avérait qu'elle était la fille du Dragon, elle était parfaitement capable de vouloir retourner à Ashcroft. Ce qu'il aurait fallu, c'était la convaincre que ses préjugés n'étaient pas fondés. Mais quelle tâche en perspective !

Il venait à peine de se lever, quand Isabelle s'exclama d'un ton enjoué :

— Mais voici justement notre Rowena !

Avec un tressaillement, Greatham se retourna et vit la jeune fille descendre les degrés du grand escalier. La respiration faillit lui manquer à cette vue, tant le spectacle qui s'imposait à ses yeux avait tout pour le bouleverser.

Ses nattes fauves réunies au sommet de la tête en une superbe couronne, Rowena était vêtue d'une robe moulante en velours vert sombre, dont l'étoffe brillante épousait chacun de ses gestes, révélant les courbes éminemment féminines de son corps. Les seins généreusement épanouis, la taille fine et les hanches voluptueuses composaient un spectacle si sensuel que n'importe quel homme en eût été aussi ému que lui, songea le chevalier à sa décharge. Quant au visage, il était tout bonnement délicieux, éclairé comme il l'était par deux grands yeux dont le vert profond se mariait parfaitement avec la teinte de la robe.

Intimidée de sentir tous les regards converger vers elle, la nouvelle venue s'arrêta au pied des degrés.

— Délicieuse ! observa gentiment Isabelle. Mais voyons, messieurs, que l'un d'entre vous aille vite la chercher. Ne voyez-vous pas qu'elle n'ose point s'avancer ?

Pétrifié par la sublime apparition, Christian laissa Simon offrir le bras à la nouvelle venue.

— Vous êtes trop aimable, lady Isabelle, déclara Rowena, lorsqu'elle eut rejoint son hôtesse. En réalité, c'est la toilette que vous m'avez prêtée qui m'avantage. Quelle femme ne paraîtrait belle dans une telle robe ?

— Vous ne vous rendez pas justice, répliqua galamment Simon. Qu'en pensez-vous, Christian ?

L'interpellé déglutit, incapable de cacher son admiration.

— Je n'ai jamais vu spectacle plus charmant, avoua-t-il malgré lui.

Jamais ? se rappela-t-il au même instant. Et le souvenir de Rowena nue ployant sous ses baisers, les lèvres gonflées et les yeux assombris de passion, remonta inopinément de sa mémoire, achevant de lui faire perdre ses moyens.

Après lui avoir jeté un furtif regard, aussi troublant qu'indéchiffrable, la jeune fille adressa à Simon un sourire de gratitude.

— Je vous remercie, murmura-t-elle, rougissante. Mais n'en dites pas plus car, vraiment, vous me mettez tous dans l'embarras.

— En ce cas, changeons de sujet, fit Simon avec empressement.

Il offrit une chaise à Rowena, et Christian suivit des yeux son enchanteresse, qui s'asseyait en disposant gracieusement autour d'elle les plis de sa robe. Pourquoi cette femme avait-elle le pouvoir de le bouleverser ainsi ? De toute évidence, l'émoi qu'il éprouvait en sa présence allait bien au-delà du simple désir physique. Rowena l'impressionnait par sa dignité, son courage et la noblesse innée qui se dégageait de toute sa personne. Quelle merveilleuse dame elle ferait à Dragonwick, si seulement elle acceptait de jouer ce rôle !

Oui, là était bien la source de l'émotion qu'elle suscitait en lui. Car pour le reste, il n'était décidément pas l'homme qu'il fallait à cette sulfureuse beauté. Ni Dragonwick ni la fière Rowena n'avaient pour lui assez d'attrait pour qu'il remît une seconde en question son devoir filial et son avenir à Bransbury.

Tout le jour suivant, Christian prit à cœur d'interroger par le menu les domestiques qui avaient autrefois servi à Dragonwick. Mais la seule information d'importance qu'il releva lui fut confiée par un couple de paysans qui s'étaient récemment installés à Avington, où ils partageaient la métairie d'une sœur du mari.

L'homme, un gaillard dans la force de l'âge qui répondait au nom de Luke, avait déclaré :

— Dites à notre nouveau maître que nous sommes bien aise d'être ici. Les choses vont de plus en plus mal à Dragonwick. Les gens sont affamés et les terres en friche. Le seigneur s'enferme toute la journée et se désintéresse totalement du domaine.

Christian s'empressa de rapporter ces propos à ses amis, qui s'étonnèrent fort de la nouvelle.

— Mais comment est-ce possible ? s'écria Isabelle. Mon... mon père avait coutume de sortir chaque jour à cheval et de surveiller scrupuleusement tout ce qui se passait sur ses terres !

Christian haussa les épaules.

— Les choses ont changé, apparemment, répliqua-t-il. Luke assure que les gens de Dragonwick regrettent de plus en plus le Dragon, et commencent à avoir le courage de le dire.

Evidemment, voilà qui n'avançait guère l'enquête concernant Rosalind, mais Christian était tout de même heureux d'apprendre que les habitants de Dragonwick demeuraient loyaux à leur précédent maître.

— Lorsque Rosalind reparaîtra, nul doute qu'elle ne trouve un ferme support chez les gens de son oncle, ajouta-t-il avec satisfaction.

A cet instant, il croisa le regard vert de Rowena, qui le fixait depuis un instant avec réprobation.

D'un mouvement plein de dignité, la jeune fille se leva et s'éclaircit la gorge.

— Je vous ai déjà donné mon opinion à ce sujet, déclara-t-elle. Je ne veux pas déclencher une guerre autour de ma petite personne. Et maintenant, si vous voulez bien m'excuser...

Elle s'éloigna, le dos bien droit, laissant Christian partagé entre l'admiration et la fureur. Quelle petite mule, vraiment ! songea-t-il en la suivant des yeux. En vérité, y avait-il jamais eu dans le monde femme plus exaspérante... et plus désirable que la sublime guérisseuse d'Ashcroft ?

# 10.

Les habitants du château furent stupéfaits lorsque, deux jours plus tard, les sentinelles de la tour de garde annoncèrent l'arrivée de sir Thomas Greatham et de sa fille, lady Aislynn.

Postée en haut de l'escalier avec les maîtres de maison, ce ne fut pas sans un étrange sentiment d'envie que Rowena vit Christian se précipiter à la rencontre des siens, qui traversèrent la cour au pas avant de mettre pied à terre devant l'entrée. Mais au moment où le chevalier enlaçait sa sœur, la blonde jouvencelle, manifestement épuisée par sa longue chevauchée, perdit tout à coup conscience et il dut la retenir dans ses bras. Isabelle, à cette vue, dévala en trombe les degrés de pierre et prit la situation en mains.

— Mon Dieu, la pauvre fille ! Portez-la dans le donjon, ordonna-t-elle aussitôt.

Quelques instants de confusion s'ensuivirent, mais le sang-froid de lady Warleigh eut tôt fait d'en imposer à tous, et grâce à la précision de ses directives, Aislynn Greatham ne tarda pas à se retrouver couchée dans l'une des chambres du premier étage, sous une chaude couverture de fourrure.

— Laissons-la se reposer, maintenant, déclara Isabelle à l'adresse de ses compagnons.

Mais au même instant, la jeune fille ouvrit ses yeux cernés de mauve et redressa légèrement le buste. Un concert de voix s'éleva aussitôt dans la pièce.

— Aislynn, comment vous sentez-vous ?

— Avez-vous besoin de quelque chose ?

— Où avez-vous mal, pour l'amour du ciel ?

Christian fit cesser le brouhaha d'un geste impérieux. Puis il s'approcha du lit.

— Ma chère sœur, commença-t-il, père nous a expliqué que vous aviez été grièvement blessée. Vous n'auriez jamais dû accomplir ce long voyage dans cet état. C'était vraiment d'une totale imprudence !

Miss Greatham passa une main lasse sur son front et chassa les boucles blondes qui retombaient sur son délicieux visage au teint de porcelaine. Elle était si petite et frêle qu'elle en paraissait presque diaphane.

— Je vais très bien, assura-t-elle avec une ferme douceur. Cette chevauchée m'a un peu fatiguée, mais j'aurai tôt fait de me remettre, n'ayez crainte. Quant à ma blessure, je ne m'en ressens plus du tout.

Impatiente de rassurer ses proches, elle s'assit dans le lit et suggéra d'un ton enjoué :

— Et si vous me présentiez à tout le monde, Christian ? Je brûle de faire la connaissance de nos hôtes.

Exauçant le souhait de sa sœur, Christian se tourna vers ses compagnons.

— Voici mon ami Simon Warleigh et sa charmante épouse, Isabelle, expliqua-t-il en désignant les deux jeunes gens du geste.

Le maître de maison s'inclina, et sa femme esquissa une courtoise révérence.

— Et voici Rowena, poursuivit Christian en désignant la guérisseuse.

— Ravie de vous connaître, mademoiselle, assura Aislynn, dont le regard bleu s'attarda sur la jeune fille avec une évidente curiosité.

Mais sir Thomas s'avança vers elle, le visage assombri par l'inquiétude.

— C'est assez pour le moment, déclara-t-il. Vous devez être épuisée, ma fille.

Aislynn l'apaisa d'un sourire et secoua la tête d'un geste rassurant.

— Ne vous inquiétez pas, mon père. Je ne sens rien d'autre qu'un peu de fatigue, dont je serai promptement remise, affirma-t-elle.

Puis elle se tourna vers son frère pour ajouter :

— Mais je me sens incapable de goûter le moindre repos tant que vous ne m'aurez pas expliqué les raisons de votre longue absence. Nous nous sommes fait tant de souci pour vous à Bransbury ! J'ai même écrit à vos amis pour requérir leur aide.

Christian fit la moue et jeta un regard vers ses compagnons.

— Je suis désolé d'avoir suscité ainsi votre inquiétude, Aislynn, dit-il enfin. Mais j'avais promis à un mourant de ne pas divulguer ce secret, et l'honneur m'a contraint de tenir ma parole.

Il observa une pause, comme pour donner plus de poids à ses propos, avant de continuer :

— Cet homme m'a révélé que la fille du Dragon était toujours en vie, et que je devais me rendre en Ecosse si je voulais la retrouver.

— Vivante ? répéta Aislynn, incrédule. Mais elle a péri dans l'attaque de Dragonwick par Kelsey ! N'est-ce pas là ce que vous m'aviez dit vous-même ?

— Peut-être les choses ne se sont-elles pas tout à fait passées comme je le croyais, fit Christian en jetant un bref regard à Rowena.

Le cœur battant, cette dernière attendit la réaction de miss Greatham, qui tourna la tête vers elle et s'enquit en haussant les sourcils :

— Seriez-vous Rosalind, par hasard ?

Malgré sa confusion, Rowena soutint le regard interrogateur de la jeune fille.

— C'est ce que croit votre frère. Mais pour ma part, je vous avouerai que je n'en sais rien !

Trop bien élevée pour la questionner davantage, Aislynn se contenta de hausser les sourcils, tandis qu'Isabelle intervenait de sa voix posée :

— Nous aurons le temps de reprendre cette conversation plus tard, qu'en dites-vous ?

— Lady Warleigh a raison, ma chérie, opina sir Thomas, qui pressa affectueusement la main de sa fille. Nous allons vous laisser seule, afin que vous puissiez vous reposer.

Tout en parlant, il examinait Rowena avec une évidente curiosité, et la jeune femme eut l'impression d'être pour tous ces gens une bête curieuse, à la fois fascinante et incongrue. La tête haute, elle passa près du vieil homme, qui la salua d'un signe de tête. Mais lorsqu'ils furent tous sortis dans le corridor, sir Thomas oublia tout le monde et se tourna vers son fils, un radieux sourire aux lèvres.

— Christian, allez-vous bien ? interrogea-t-il d'une voix où se mêlaient soulagement et bonheur.

Greatham hocha la tête, contrit.

— Parfaitement bien, père. Mais je constate qu'Aislynn et vous vous êtes terriblement inquiétés, et je suis vraiment confus d'avoir été la cause de ce tourment. Me pardonnez-vous ?

Rowena vit les yeux de sir Thomas s'emplir de larmes et ce témoignage d'amour paternel lui serra étrangement le cœur. Comme elle eût aimé avoir elle aussi un père aimant et attentionné ! Le sien l'avait-il chérie au point de verser des larmes de joie en la retrouvant après une longue absence ? Malgré les affirmations par trop confiantes de Christian Greatham, voilà probablement ce qu'elle ne saurait jamais !

Bien qu'il fût ravi de revoir les siens, Christian n'en culpabilisait pas moins de leur avoir infligé un tel chagrin. Depuis l'accident de cheval qui l'avait laissé boiteux, sir Thomas ne quittait plus guère Bransbury, et le long trajet jusqu'à Avington avait dû représenter pour lui une véritable épreuve. Le cœur du jeune homme se fendait à cette seule pensée. S'il n'avait promis à sir Jack de garder le secret, jamais il n'aurait laissé ses proches dans une telle inquiétude.

En dépit du remords qui le taraudait, il ne fut pas sans remarquer l'air défait de Rowena, et une nouvelle appréhension s'empara de lui à cette vue. Elle semblait si triste, en vérité ! Etait-elle donc si malheureuse à Avington, pour qu'elle eût cette expression poignante dans le regard ? A moins qu'elle ne se languît déjà d'Ashcroft et de ses amis Ecossais ?

Le cœur serré, il arrêta la jeune fille au moment où elle passait près de lui.

— Attendez un instant, voulez-vous ? J'ai quelque chose pour vous.

Il retira de sa ceinture la bourse de velours qu'elle lui avait donnée à Ashcroft et la tendit à Rowena. La guérisseuse hésita l'espace de quelques secondes, puis saisit l'objet, en évitant soigneusement d'effleurer les doigts du donateur. Gêné, Christian s'éclaircit la voix, puis se tourna de nouveau vers son père.

— Ainsi, c'est sir Fredrick, l'homme lige de Kelsey, qui a blessé ma sœur ? interrogea-t-il, soudain rembruni.

— En effet. Cet énergumène est tombé par hasard sur Aislynn et Jarrod Maxwell, alors qu'ils étaient tous deux à votre recherche, et s'est mis à les suivre. Ils traversaient une forêt en revenant d'Ashcroft, lorsque sir Fredrick, caché dans les fourrés, a lancé une flèche sur Jarrod. Mais il a mal visé et c'est Aislynn qui a eu l'épaule transpercée. Dieu sait ce qu'il serait advenu d'elle sans le dévouement de Jarrod et de son frère Eustace, qui l'a accueillie sous son toit.

Rowena fronça les sourcils à cette nouvelle.

— Votre sœur est donc allée à Ashcroft ? demanda-t-elle à Christian.

— C'est ce que mon père vient de m'apprendre. Mais Jarrod et elle n'y sont pas restés longtemps. En apprenant qu'elle était ma sœur, Hagar lui a révélé que nous avions quitté le village, et ils ont tous deux décidé de se rendre à Avington, certains de nous y retrouver. Quand Aislynn a été blessée, Jarrod l'a conduite à Kewstoke, le domaine de son frère, où elle a été dûment soignée. Mais elle était si impatiente de me retrouver qu'elle s'est remise en route sans attendre d'être complètement guérie, laissant Jarrod derrière elle.

Christian échangea un regard avec son père avant de continuer :

— Sir Fredrick doit avoir complètement perdu la raison. Il me tarde de me retrouver en face de lui, pour lui faire payer ce qu'il a osé faire.

— Et qui est ce sir Fredrick ? questionna Rowena en haussant les sourcils.

— C'est le bras droit de ce félon de Kelsey. Il est farouchement dévoué à son maître et prend constamment fait et cause pour lui. Ces deux-là nous ont déjà fait tout le mal qu'ils ont pu, et continueront jusqu'à ce que nous les empêchions de nuire.

— Je vois… Et maintenant que vous avez bien voulu m'éclairer, je vais vous laisser, si vous le permettez. Lord Greatham…

La jeune femme inclina la tête à l'intention de sir Thomas, qui la salua courtoisement en retour.

— Je me réjouis que mon fils ait pu vous ramener à la maison, lady Rowena, déclara-t-il avec un sourire affable.

A la maison ! Rowena se raidit à ces mots, mais prit sur elle pour répondre :

— Je vous remercie, milord. Vous êtes vraiment très aimable.

Elle s'éloigna sur ces mots et gravit l'escalier qui menait à sa chambre. Lorsqu'elle eut disparu, Christian prit une profonde inspiration et se tourna vers son père.

— Je suis désolé de vous avoir contraint à entreprendre ce voyage. On a besoin de votre présence à Bransbury, je le sais. Avec tous les troubles qui éclatent régulièrement aux frontières du domaine…

Sir Thomas interrompit son fils en lui posant une main sur l'épaule.

— Ne vous inquiétez pas, Christian. Les choses sont en voie d'apaisement.

— Que voulez-vous dire ?

— Llewelyn, notre principal ennemi, a accepté de traiter avec moi.

— Comment est-ce possible ? Il s'est toujours montré si farouchement opposé à toute négotiation…

— Sa fille Leri vient d'épouser notre ami Gwyn Cernain, qui l'a convaincu d'entamer des pourparlers de paix.

Christian dévisagea son père, stupéfait.

— Gwyn, le fiancé d'Aislynn ? Mais comment la pauvre petite…

Sir Thomas leva la main et eut un léger sourire.

— Non, non, ne vous faites pas de souci pour votre sœur ! En fait, elle est plutôt heureuse de la tournure que prennent les événements. Leri, pour tout vous dire, est enceinte des œuvres de son cousin Gwyn.

Bien que stupéfait de la nouvelle, Christian ne fit pas le moindre commentaire. Si Aislynn prenait bien la chose, pourquoi faire un drame de cette rupture ?

— Malgré tout, je ne puis rester trop longtemps loin de nos terres, reprit sir Thomas. Mais comment aurais-je pu demeurer tranquillement à Bransbury, alors que la vie d'Aislynn était en danger ? J'ai pris la route dès que j'ai appris qu'elle était grièvement blessée.

Emu, Christian regarda son père droit dans les yeux.

— Je vous promets d'être pour vous un meilleur fils que je ne l'ai été jusqu'à présent, déclara-t-il avec gravité.

Sir Thomas lui donna une tape affectueuse sur l'épaule.

— Mais vous l'êtes déjà, mon enfant, assura-t-il. Quoi que vous en pensiez, je n'ai jamais eu à me plaindre de vous. Et Dieu sait pourtant si votre longue absence m'a été cruelle...

Devant ce regard bleu embué de larmes, Christian se promit d'être désormais fidèle à son devoir filial. Quelle que fût la séduction de la sirène aux yeux verts qui avait captivé ses sens, jamais plus il ne quitterait le chemin du devoir, il se le promettait solennellement !

Trois jours plus tard, Jarrod Maxwell fit inopinément son entrée à Avington, à l'heure du repas du soir. Avec ses cheveux d'un noir de corbeau et ses immenses yeux sombres, le nouveau venu était certainement le personnage le plus exotique qu'elle eût jamais rencontré, constata Rowena. Mais malgré sa beauté et sa prestance, l'homme la laissa tout à fait froide. Le seul qui exerçât sur elle une croissante fascination, c'était bel et bien Christian Greatham... Christian qui venait de lui prouver à quel point il possédait le sens de l'honneur, en lui rendant une bourse qui contenait bien plus d'or qu'elle ne lui en avait prêté !

Emue par cette pensée, elle regarda Jarrod traverser la grande salle pour s'approcher de la table, et à la lueur des chandeliers, elle vit étinceler la broche en forme de dragon qui agrafait sa cape sur son épaule.

Mais le jeune homme semblait d'humeur plutôt sombre, et le regard qu'il jeta sur Aislynn Greatham étincelait de colère à peine contenue. La jouvencelle, de son côté, le toisa sans la moindre aménité, avant de baisser les yeux vers son assiette. De toute évidence, il y avait quelque chose entre ces deux-là, nota Rowena avec un certain amusement.

Mais nul ne parut avoir la même pensée, et pendant quelques instants, la conversation tourna autour de l'avenir de Jarrod, que son frère Eustace, gravement malade, venait d'instituer son héritier. Puis Christian révéla à son ami les raisons de son séjour à Ashcroft et Jarrod se laissa tomber sur un siège, médusé.

— Comment serait-ce possible ? interrogea-t-il en fixant un regard éberlué sur Rowena.

— Je ne sais pas, répliqua la jeune femme dans un soupir. Mais Christian semble si convaincu que j'ai accepté de le suivre ici pour tâcher de savoir ce qu'il en est vraiment.

Elle jeta un coup d'œil à Aislynn Greatham, dont les prunelles bleues demeuraient intensément fixées sur Jarrod, ce qui la confirma dans ses soupçons. Selon toute probabilité, la sœur de Christian éprouvait un faible pour le beau chevalier brun au charme presque oriental.

— Laissons cela pour l'instant, voulez-vous ? intervint Isabelle. Ne pouvons-nous profiter un peu du plaisir d'être ensemble ? Dieu sait quand nous nous retrouverons tous sous le même toit !

Chacun acquiesça de grand cœur à la proposition, et le repas s'acheva dans une atmosphère de joyeuse convivialité. Lorsqu'il fut achevé, Isabelle se leva et proposa aux dames une promenade dans le jardin, tandis que les quatre hommes se retiraient dans l'antichambre pour reprendre la conversation interrompue.

Heureuse d'échapper à des palabres qui allaient probablement tourner autour de son propre avenir, Rowena suivit avec reconnaissance la maîtresse de maison dans la roseraie. Mais les trois jeunes femmes n'étaient pas sorties depuis une demi-heure que Jarrod Maxwell les rejoignait à grands pas et se campait devant Aislynn.

— Je souhaiterais avoir un entretien avec vous, miss Greatham, déclara-t-il avec courtoisie, bien que son regard sombre ne laissât rien présager de bon.

Ainsi apostrophée, la jeune fille le toisa avec un dédain étudié.

— Il serait bien impoli de ma part d'abandonner ainsi mon hôtesse, monsieur Maxwell !

Isabelle, un imperceptible sourire au coin des lèvres, intervint aussitôt.

— Je vous en prie, ne vous inquiétez pas de cela, Aislynn. Sir Jarrod a de toute évidence une communication importante à vous faire, ce dont nous ne saurions nous offusquer. N'est-ce pas, Rowena ?

L'interpellée hocha la tête.

— Bien entendu, acquiesça-t-elle. Ne vous gênez pas pour nous, miss Greatham.

— Je préfère ne pas..., commença Aislynn.

Mais elle fut interrompue net par Jarrod Maxwell, qui lui saisit brusquement le bras et l'entraîna dans le jardin sans autre forme de procès.

Restée seule avec Rowena, Isabelle s'assit sur un banc de pierre, tandis qu'un sourire amusé errait sur ses lèvres.

— Ne croyez-vous pas qu'il y a quelque risque à la laisser avec lui ? s'enquit Rowena. Il semble être furieux contre elle !

— Pas plus qu'elle ne l'est contre lui ! Mais tout cela passera, n'ayez crainte. Simon et moi avons connu de pareils moments et... faut-il vous avouer que je les regretterais presque ?

Rowena se tut, pensive. Certes, elle nourrissait elle-même une certaine colère contre Christian, mais elle ne se serait jamais permis de l'exprimer aussi ouvertement. Afficher sa souffrance aux yeux de tous ? Jamais, se promit-elle avec détermination. Mais évidemment, ses relations avec Greatham n'avaient rien à voir avec celles de Jarrod et d'Aislynn, ou d'Isabelle et de Simon. Christian ne s'intéressait à elle que dans la mesure où elle pouvait servir sa vengeance. Les baisers et les caresses qu'ils avaient échangés ne représentaient rien pour lui, qu'un moment d'égarement passager dont il se repentait sans doute au fond de son cœur.

— Tout de même... Comment Aislynn a-t-elle accepté qu'il l'entraîne ainsi, sans le moindre ménagement ? se demanda-t-elle à voix haute.

Isabelle éclata franchement de rire à cette question.

— Qui sait ? En amour, ce qui nous prend à rebrousse-poil est souvent aussi ce qui nous plaît le plus ! Aislynn n'a pas choisi pour rien Jarrod, qui est le plus impulsif des trois amis. Mon Simon, lui, est le plus volontaire.

Rowena fronça les sourcils, et les mots sortirent de sa bouche avant qu'elle n'ait eu le temps de les contrôler :

— Mais Christian ne manque pas non plus de détermination ! Il lui en a fallu beaucoup pour entreprendre ce voyage en Ecosse et me ramener avec lui en Angleterre à mon corps défendant. En outre, c'est un homme serviable et bon, même envers ceux qui n'appartiennent pas à sa caste. A Ashcroft, il témoignait à tous le même respect, et il a même aidé une jeune villageoise à accoucher.

Isabelle considéra sa compagne, une lueur amusée dans les yeux.

— Extraordinaire, vraiment ! Mais dites-moi, qui se serait attendu à cela de la part d'un noble ?

Rowena, prise en flagrant délit de contradiction avec elle-même, fronça les sourcils.

— Hum... Cela ne l'empêche pas d'être arrogant et d'accorder une excessive importance à tout ce qui est titres et domaines, déclara-t-elle d'une voix mal assurée.

Elle se détourna et fit mine d'examiner un rosier avant d'ajouter, refoulant les larmes qui lui étaient montées aux yeux :

— Du reste, il ne m'appartient pas de prendre sa défense, n'est-ce pas ? Je ne suis rien pour lui...

Isabelle eut une moue inquiète.

— Allez-vous bien, Rowena ? Je suis désolée que ma remarque vous ait ainsi bouleversée !

Trop fière pour laisser voir son désarroi, Rowena haussa les épaules.

— Mais non, assura-t-elle. C'est seulement que je viens de me piquer à ce buisson !

— Oh, mais il faut faire attention ! Ces petites épines s'enfoncent facilement dans la chair, et il est ensuite très difficile de les extraire.

— Oui, murmura Rowena.

N'était-ce pas là, en somme, une exacte définition de son penchant pour Greatham ?

A cet instant, un bruit de sabots de cheval et un brouhaha de voix excitées s'élevèrent du côté de la tour de garde. Etonnées, les deux jeunes femmes échangèrent un regard, puis elles empoignèrent leurs jupes à deux mains et coururent vers la porte d'entrée.

— Qu'est-ce qui a pu..., commença Rowena.

Elle s'arrêta net en voyant Jarrod Maxwell pénétrer dans la cour sur son étalon, son regard noir étincelant dans son visage halé. Il tenait serrée contre sa poitrine une Aislynn Greatham toute tremblante mais étrangement radieuse, qui se blottissait contre lui comme si elle venait de découvrir le seul asile sûr qui fût en ce monde. De toute évidence, ces deux-là avaient chevauché dans la campagne, car les pattes du cheval étaient encore maculées de boue.

Au même moment, Christian et Simon dévalèrent l'escalier pour accueillir les deux jeunes gens.

— Que s'est-il passé ? s'exclama le maître des lieux d'une voix anxieuse.

De l'endroit où elle se tenait, Rowena ne comprit pas en entier la réponse de Jarrod, mais elle entendit tout de même clairement :

— Nous avons été attaqués par sir Fredrick !

A ces mots, Christian blêmit et porta la main à la garde de son épée.

— Lançons-nous tout de suite à sa poursuite ! s'écria-t-il en faisant signe à un palefrenier.

Mais Aislynn releva la tête et arrêta son frère d'un geste impérieux.

— Non, Christian, calmez-vous !

Elle leva un regard d'adoration vers le visage de son compagnon avant d'expliquer :

— C'est volontairement que Jarrod l'a laissé partir.

Décontenancé, Greatham se tourna vers son ami.

— Laissé partir ? Etes-vous devenu fou, Jarrod, pour l'amour du ciel ?

L'intéressé fronça les sourcils.

— Fou ? Je ne crois pas ! Mais je n'ai pas voulu inaugurer notre idylle par un meurtre.

Isabelle à ces mots battit des mains, ravie.

— Une histoire d'amour ? s'exclama-t-elle. C'était bien ce que j'avais pressenti !

— Vous voulez dire qu'Aislynn et vous..., commença Christian.

Sa sœur leva fièrement le menton.

— Exactement, et nous allons nous marier sans délai !

— Si votre père nous accorde sa permission, compléta Jarrod.

Mais Aislynn secoua la tête et se serra plus étroitement contre lui.

— Même s'il ne veut pas, assura-t-elle. Je serai votre femme envers et contre tous.

Jarrod regarda son ami et hocha la tête. Plus nuancé, il précisa cependant d'un ton ému :

— Je ne voudrais pas qu'Aislynn s'oppose à sa famille. Si vous pensez que je ne suis pas digne d'elle...

— Pas digne ? se récria Christian. Vous qui avez été mon ami, presque mon frère, pendant de si nombreuses années ? Quel meilleur mari pourrais-je souhaiter à ma sœur, je vous le demande ? Quant à mon père, je suis sûr qu'il partagera mon avis.

Lord Greatham, qui s'était approché du groupe sans que nul ne le remarquât, confirma aussitôt cette déclaration.

— Je serai très honoré de vous appeler mon fils, dit-il à Jarrod.

Aislynn à ces mots poussa un cri d'allégresse et se laissa glisser à terre.

— Oh, père, c'est la plus grande joie que vous puissiez me faire !

Rowena pendant ce temps observait la scène, le cœur serré. Quelle chance avait cette Aislynn Greatham d'être à la fois chérie par son père et par l'homme de son choix ! Si seulement elle pouvait avoir le même destin, songea-t-elle avec un douloureux sentiment de regret.

Mais à quoi bon se laisser aller à de telles pensées ? Aussi enviable qu'il lui parût, le sort de la blonde jouvencelle ne serait jamais le sien, et elle ferait bien de se faire tout de suite à cette idée !

Deux jours plus tard, Jarrod et Aislynn furent dûment mariés par le prêtre d'Avington, qui officia dans la chapelle du château. Les deux jeunes gens étaient radieux et chacun d'eux n'avait d'yeux que pour l'autre. Décidément, ces deux-là étaient bénis des dieux, pensa Rowena avec une lancinante nostalgie.

Malgré ses résolutions, elle ne put s'empêcher de couler de fréquents regards vers Christian. Debout à quelques pas de l'autel, le frère de la mariée portait ce jour-là un surcot de velours vert sombre brodé d'or, qui mettait en valeur sa silhouette virile et son visage aux traits fermes et bien modelés. L'attention accaparée par les deux fiancés, il parut à Rowena plus lointain et inaccessible que jamais, et elle eut fort à faire pour refouler la détresse qui lui poignait le cœur. Tout plutôt que de lui laisser deviner son tourment ! se promit-elle en levant fièrement le menton.

Au grand soulagement de la jeune fille, la cérémonie s'acheva enfin, et l'heureux couple put enfin recevoir les congratulations de l'assistance. Bien que Jarrod répondît chaleureusement aux félicitations dont on le comblait, il ne cessa pas une seule seconde de tenir fermement la main de son épouse, qui lui était visiblement plus chère que le monde entier. Son amour pour elle éclatait dans les regards qu'il lui jetait à chaque instant, et tous deux resplendissaient de bonheur lorsqu'ils quittèrent enfin la chapelle pour gagner la grande salle, où Isabelle avait fait servir un festin digne de ce jour de noces.

Seule étrangère de l'assemblée, Rowena hésita sur le seuil de la pièce, tandis que ses compagnons prenaient place autour des longues tables dressées sur des tréteaux. Dans cette atmosphère festive, nul ne parut remarquer son embarras… jusqu'au moment où Christian Greatham, pour son plus grand étonnement, se tourna vers elle et lui tendit la main.

Pendant toute la cérémonie, Christian était demeuré conscient de la présence de Rowena et pas un seul de ses gestes ne lui avait échappé, bien qu'il se fût appliqué à ne jamais la regarder ouvertement. Dans sa robe bordeaux galonnée d'or, elle était si divinement belle ce matin-là qu'il avait quelque mérite à jouer l'indifférence. Comment ne pas se laisser charmer par les reflets fauves qui parcouraient ses tresses entrelacées de rubans dorés ? Quant à cette poitrine opulente, dont on entrevoyait la naissance grâce au décolleté profond de la robe, elle était tout bonnement faite pour tourner la tête au plus chaste des hommes…

Attentif comme il l'était à tous les mouvements de cette Circé, il fut le seul à remarquer son hésitation sur le seuil de la grande salle. Se pouvait-il qu'elle se sentît une étrangère dans la chaude atmosphère de convivialité qui régnait à Avington ?

Incapable de supporter cette pensée, il quitta le groupe animé qui entourait les nouveaux mariés et s'avança vers la belle esseulée.

— Venez, je vous en prie, intima-t-il en lui tendant la main.

Incertaine, la jeune fille leva vers lui ses yeux d'émeraude, où luttaient le désarroi et une indomptable fierté.

Il lui sourit, encourageant, et ce ne fut pas sans émotion qu'il vit enfin son visage s'éclairer de joie. Bien qu'il ne s'agît là, de toute évidence, que de gratitude pour la courtoisie de son geste, ce changement d'expression le bouleversa. Cette petite sorcière avait décidément le pouvoir d'éveiller en lui les plus incontrôlables réactions !

Mécontent de lui-même, il n'en offrit pas moins le bras à Rowena pour la conduire à table. Malheureusement pour lui, tous les bancs étaient déjà occupés, et la seule place disponible qu'il pût trouver était précisément la plus voisine de la sienne. Voilà qui n'allait guère lui faciliter les choses ! songea-t-il avec dépit. Introduire Rowena dans la salle était une chose, mais demeurer assis à côté d'elle pendant des heures et lui faire la conversation en était une autre, vu la tension qui régnait entre eux !

Gêné, il aida la jeune fille à s'installer, puis s'empressa de se détourner, au risque de se montrer franchement impoli. Mais comment surmonter autrement l'intempestif émoi qui s'était emparé de lui, au simple contact de la main de Rowena délicatement posée sur son bras ?

Dieu merci, un visiteur à cet instant s'approcha de l'estrade seigneuriale, détournant l'attention des convives. Grand et mince, l'homme n'était pas inconnu à Christian, qui se demanda où il avait déjà vu son visage.

— Venez donc, Walter ! intima Simon, dès qu'il aperçut le nouveau venu. Vous souhaitez me parler ?

Intimidé, l'interpellé s'arrêta devant le maître des lieux, son chapeau à la main. Puis il toussota, sans doute impressionné par le brusque silence qui s'était installé dans la salle.

— Excusez-moi de vous déranger, milord, mais je sais que vous recherchez quelqu'un qui ait autrefois connu la petite Rosalind Kelsey. Eh bien, je pense que j'ai trouvé cette personne...

Quelques exclamations s'élevèrent dans l'assemblée et Christian au même instant reconnut l'interlocuteur de Simon. Comment ne l'avait-il pas identifié sur-le-champ ? C'était l'un des hommes que ses amis et lui avaient interrogé quelques jours plus tôt, lorsqu'ils avaient mené leur enquête parmi les métayers d'Avington. Impatient d'entendre la suite, il se pencha en avant, aussitôt imité par Rowena.

Aussi intéressé que ses amis, Simon opina vigoureusement de la tête.

— Nous vous écoutons, fit-il avec bienveillance.

Sentant que tous étaient suspendus à ses lèvres, Walter reprit d'une voix plus ferme :

— Ma fille Laurel est venue nous rendre visite avec son mari et ses enfants, et je lui ai appris que vous recherchiez toute personne susceptible d'avoir connu la jeune Rosalind. Je savais que cela ne pouvait pas être le cas dans ma famille, car nous avons quitté Dragonwick avant la naissance de la petite. Mais Laurel m'a rappelé qu'elle avait côtoyé dans son enfance une demoiselle noble du nom de Jannelle, qui avait bien connu Rosalind, elle. En fait, Laurel n'avait pas revu cette jeune femme depuis des années, mais elle l'a rencontrée par hasard à une foire, il y a quelques mois de cela. Jannelle lui a appris alors qu'elle avait épousé un chevalier et qu'elle habitait un château appelé Brillington.

— Je connais cet endroit, commenta brièvement sir Thomas.

Mais Simon, visiblement soucieux, leva la main pour attirer l'attention de la tablée.

— Si vous m'en croyez, mes amis, nous devrions aller discuter de cela en privé, suggéra-t-il avec gravité.

Christian ne put qu'approuver l'injonction. Evoquer le sujet devant tous les habitants d'Avington eût été éminemment dangereux. Bien qu'aucun d'entre eux ne pût être soupçonné d'avoir des accointances avec Kelsey, un simple bavardage pouvait s'avérer désastreux. Si le maître de Dragonwick apprenait qu'une enquête était en cours concernant Rosalind, il pouvait fort bien établir un rapport entre ce fait et la récente arrivée d'une jeune fille inconnue à Avington. Dieu savait alors quels périls pouvaient menacer Rowena !

Isabelle se tourna vers son mari.

— Puisqu'il en est ainsi, ces dames et moi allons continuer à nous restaurer, pendant que vous vous retirez dans le solarium. Mais vous nous donnerez ensuite tous les détails, n'est-ce pas ?

Simon acquiesça avec un tendre sourire et quitta la pièce, suivi de ses compagnons. Avant de sortir, Jarrod toutefois s'attarda un instant pour embrasser sa femme, sous le regard quelque peu envieux de Christian. Quelle chance avait ce Jarrod ! songea le chevalier avec un brin de jalousie. Pourquoi l'avenir qui l'attendait ne pouvait-il être aussi radieux ? Mais c'était impossible, il le savait. Lorsqu'il se marierait lui-même, il choisirait une femme qui pût assumer pleinement la tâche de gérer Bransbury, et l'amour tiendrait sans doute peu de place dans cette union. C'était là du moins la façon la plus raisonnable d'envisager le futur, et il se demandait bien pourquoi cette perspective lui semblait tout à coup si déprimante !

Le cœur lourd, il emboîta le pas à Simon, et le petit groupe alla s'installer sur les sièges confortables du solarium.

— Vous connaissez donc Brillington ? demanda le jeune homme en se tournant vers son père.

— En effet, confirma sir Thomas. Ce n'est guère qu'à deux ou trois jours de cheval d'ici. Mais je conseillerais toutefois de s'assurer d'abord si cette dame Jannelle se trouve bien là-bas, avant d'y conduire Rowena. Un tel voyage n'est pas sans risque pour elle. Même si nul ne soupçonne qu'elle est Rosalind, le seul fait qu'elle soit vue en la compagnie d'ennemis de Kelsey fera d'elle une cible de choix. Rappelez-vous les tentatives de sir Fredrick...

— J'aurais dû le tuer quand je le tenais à ma merci, observa Jarrod d'un air sombre.

Christian haussa les épaules.

— Il ne sert à rien de vous culpabiliser, Jarrod. Si vous aviez occis Fredrick, Kelsey aurait été fou de rage et aurait eu vite fait de lui trouver un remplaçant. Il doit avoir bien d'autres féaux en qui il a semé la haine et le ressentiment à notre égard...

— Je suis d'accord avec sir Thomas, intervint Simon. Mieux vaut garder Rowena ici. Elle est en sécurité derrière les murs d'Avington.

— En ce cas, c'est moi qui irai à Brillington, proposa Christian.

Mais sir Thomas secoua la tête.

— Si quelqu'un doit effectuer ce voyage, ce serait plutôt moi. Je connais bien lord Brillington, et il m'accordera plus facilement l'autorisation d'amener son épouse à Avington.

Christian considéra son père d'un air soucieux.

— Mais ce serait une épreuve pour vous, avec votre jambe, objecta-t-il.

Lord Greatham releva fièrement la tête.

— Je suis parfaitement capable d'effectuer ce trajet. N'est-ce pas moi qui ai maintenu l'ordre à Bransbury pendant que vous étiez au loin ? C'est certainement une tâche plus difficile que d'accomplir quelques lieues à cheval !

Touché au vif par cet argument, Christian ne put que s'incliner. « Fasse le ciel que je puisse enfin m'occuper de Bransbury et décharger mon père de ce fardeau ! » songea-t-il avec remords.

Ayant obtenu satisfaction sur ce point, sir Thomas se tourna vers le maître des lieux.

— Si vous voulez bien me fournir quelques provisions, je me mettrai en route dès demain.

— Mais bien sûr, milord, répliqua Simon avec empressement. Vous aurez absolument tout ce qui vous est nécessaire.

— Puis-je ajouter quelque chose ? demanda tout à coup la voix grave de Maxwell.

Tous les yeux se tournèrent vers Jarrod, qui poursuivit en se tournant vers Christian :

— Pendant ce temps, Aislynn et moi pouvons nous rendre à Bransbury.

Greatham fronça les sourcils.

— Ce n'est pas votre responsabilité, Jarrod. C'est moi qui dois rentrer là-bas, et je n'ai déjà que trop retardé l'échéance.

— C'est l'évidence même, opina Simon, mais Rowena ? Ne lui avez-vous pas promis de la ramener à Ashcroft, si tel était son choix ?

Un lourd silence tomba sur le petit groupe, tandis que Christian réfléchissait rapidement. Ce n'était pas tant que l'argument de Simon l'eût convaincu, mais la seule pensée que Rowena pût regagner l'Ecosse en son absence lui était tout bonnement insupportable. Comment endurer la perspective de ne jamais la revoir ?

Sir Thomas intervint à son tour.

— Bien que Llewelyn ait signé un traité de paix avec nous, la présence d'un homme déterminé n'en est pas moins indispensable à Bransbury. A mon avis, Jarrod est l'homme de la situation.

Christian se tut, mal à l'aise. Ne cesserait-il donc jamais de se dérober devant l'accomplissement de ses devoirs ? Et tout cela pour une femme qui, de toute façon, ne serait jamais sienne ! Que Rowena choisît de s'établir à Dragonwick ou de repartir à Ashcroft, cela ne changeait rien au problème. Dans les deux cas, elle demeurerait pour lui inaccessible et il ne pouvait envisager le moindre avenir avec elle…

Occupé à contempler le portrait de Rowena qu'il avait dessiné à Ashcroft et qu'Aislynn avait ramené d'Ecosse, Christian tressaillit en entendant frapper trois coups légers à la porte de sa chambre. Sans doute sir Thomas venait-il bavarder avec lui en attendant l'heure du coucher, supposa-t-il. Aussi ne fut-il pas peu surpris lorsqu'il vit Rowena se glisser dans la pièce après avoir soigneusement refermé le battant derrière elle.

Vêtue de la robe bordeaux et or qu'elle portait au banquet, la jeune fille s'avança vers lui de sa démarche à la fois digne et gracieuse.

Pris de court par cette entrée inopinée, Christian voulut dissimuler le dessin derrière son dos, mais il était déjà trop tard.

— Qu'est-ce que cela ? interrogea Rowena, sa curiosité en éveil.

Et comme Greatham ne pipait mot, elle tendit la main et s'empara du portrait.

— Mais… comment cela se fait-il ? s'enquit-elle avec stupéfaction.

— C'est un dessin que j'ai crayonné sur le bout de parchemin que vous m'avez donné au cottage, expliqua enfin Christian d'une voix sourde.

— Ainsi, c'est là ce que Sean avait dérobé sur ma table !

Surpris par cette révélation, le jeune homme dévisagea son interlocutrice.

— Ainsi, vous saviez ?

— J'ai vu qu'il s'était emparé de quelque chose, mais j'ignorais de quoi il s'agissait ! Comment aurais-je su que vous aviez fait un portrait de moi ?

Pendant quelques secondes, Rowena examina le dessin avec une profonde attention, puis elle releva la tête, à la fois stupéfaite et émerveillée.

— Mon Dieu, je me reconnais à peine ! Est-ce… est-ce donc ainsi que vous me voyez ?

Incapable de mentir, Christian regarda la jeune fille droit dans les yeux.

— Oui, murmura-t-il simplement.

Bouleversée par cet acquiescement, Rowena vacilla, et elle aurait glissé sur le sol si Christian ne l'avait retenue d'une main ferme, puis attirée contre lui.

— Pour l'amour du ciel, qu'avez-vous, Rowena ? Allez-vous bien ?

La jeune fille lui coula un long regard entre ses paupières mi-closes et frangées de cils noirs. Puis elle leva la main avec lenteur et posa un doigt sur les lèvres de Christian.

— Chhht…, fit-elle dans un souffle.

— Pourquoi êtes-vous venue, demoiselle ?

Rowena secoua la tête, tandis qu'une esquisse de sourire se posait sur ses lèvres.

— Faut-il vraiment le dire ?

— Rowena... Dois-je comprendre que...

Mais Christian n'acheva jamais sa phrase. Emporté par le désir fou qu'il éprouvait pour cette femme, il referma étroitement les bras sur elle et la serra éperdument sur sa poitrine.

# 11.

Décidément, les choses avaient pris une tournure tout à fait inattendue ! Qui aurait pu prévoir que tout basculerait ainsi pour une banale histoire de portrait ?

Après avoir longtemps débattu le pour et le contre, Rowena était venue annoncer à Christian qu'elle ne souhaitait pas s'attarder davantage à Avington. Le mariage d'Aislynn et de Jarrod avait éveillé en elle un douloureux sentiment de nostalgie, et la gentillesse de ses hôtes, fondée sur de faux espoirs, lui était devenue à charge. En outre, comment demeurer plus longtemps en un lieu où elle côtoyait chaque jour l'homme dont la seule proximité suffisait à la mettre dans tous ses états ? La façon dont elle avait réagi au geste courtois de Christian, lorsqu'il lui avait pris la main pour la conduire à table, était assez éclairante pour qu'elle ne se fît plus d'illusions à ce sujet !

Après quelques instants d'hésitation, elle avait enfin frappé à la porte de Greatham… et rien ne s'était passé comme elle l'avait prévu ! Mais aussi, comment aurait-elle pu prévoir qu'elle le trouverait en contemplation devant ce portrait dont elle ne soupçonnait même pas l'existence ? L'expression émerveillée qu'elle avait lue dans les yeux du chevalier ne pouvait plus la tromper. Christian la désirait autant qu'elle se languissait de lui, et cette révélation avait été un véritable coup de baguette magique. Envolées, la souffrance et la tristesse de ces derniers jours ! Christian Greatham n'était pas le bel indifférent qu'elle avait cru, et toute autre considération s'effaçait devant cette enivrante réalité...

Les paupières lourdes, elle leva le visage vers lui dans un langoureux mouvement d'offrande.

— Embrassez-moi, Christian, je vous en prie...

Comment ne pas céder à ce fervent appel ? Grisé, Greatham pencha la tête vers elle et leurs lèvres communièrent dans le plus voluptueux des baisers.

Et dire qu'il avait pu résister si longtemps à l'impérieux désir qu'il éprouvait pour cette femme ! Christian décidément ne comprenait plus. Quel imbécile il avait été, vraiment, d'espérer étouffer ainsi les tumultueuses exigences de la passion... Embrasser Rowena était une opération aussi simple et aussi naturelle que de respirer, et tout son corps vibrait de cette joie qu'il s'était trop longtemps refusée.

Du creux de ses paumes, il épousa les lignes d'une taille si fine qu'elle ployait comme un jonc entre ses mains. Puis il suivit lentement la courbe suggestive des hanches et s'impatienta de sentir l'étoffe épaisse de la robe lui dérober ce qu'il brûlait d'explorer à même la peau.

— Laissez-moi vous délacer, chuchota-t-il d'une voix ardente.

— Oh, je ne...

Mais la résistance de Rowena fut de courte durée, et elle ne tarda pas à s'abandonner aux mains expertes qui dénouaient les lacets de sa robe. Lorsque le vêtement eut glissé à terre dans un doux froissement d'étoffe, Christian resta un instant à contempler la jeune fille, le souffle littéralement coupé par le spectacle qui s'offrait à lui. Depuis la poitrine généreusement épanouie, jusqu'aux hanches pleines et aux longues cuisses fuselées, tout en Rowena appelait la caresse et suscitait le désir.

Enhardie par la flamme qu'elle lisait dans ses yeux, Rowena leva vers lui un regard alangui, couleur de mousse et de fougère.

— Que se passe-t-il, milord ? Seriez-vous devenu timide, par hasard ?

— Timide, non, mais envoûté par votre incroyable beauté... Vous ressemblez à une princesse de légende, Rowena. Comment voulez-vous qu'un homme résiste à un tel spectacle ?

Joignant le geste à la parole, il plaqua la jeune femme contre son corps et elle put juger sur pièce de la véracité de ces paroles.

— Sentez comme je vous attends... Cela vous choque-t-il, ma mie ?

Elle secoua la tête, tandis qu'un sourire radieux se posait sur ses lèvres.

— Votre désir est le bienvenu, Christian, murmura-t-elle d'une voix assourdie.

Un second baiser scella ces paroles et Rowena, pantelante, s'abandonna toute au vertigineux élan qui l'emportait vers cet homme. Bienvenu, oui, songea-t-elle avec ardeur, et plus encore qu'il ne pouvait l'imaginer. De toute sa vie, elle n'avait jamais éprouvé émotions aussi puissantes et irrésistibles.

Comment avait-elle pu se leurrer un seul instant sur le sentiment qui la poussait vers Christian Greatham ? Elle était éprise de cet homme, c'était évident, et cela depuis le premier instant où elle avait posé les yeux sur lui à Ashcroft, sur la plage déserte et balayée par le vent. A cette époque-là, elle croyait qu'il la fascinait pour la seule raison qu'il était un chevalier, comme ce père mystérieux qu'elle n'avait jamais connu. Mais maintenant, elle n'ignorait plus qu'il s'agissait de bien autre chose. Dès cette première rencontre, son cœur avait parlé et apprenait les premiers balbutiements de l'amour…

Et si Christian n'était jamais venu à Ashcroft ? se demanda-t-elle en un éclair. Si son regard bleu aux profondeurs insondables n'avait jamais croisé le sien ? Voilà qui était tout bonnement impossible ! lui répondit aussitôt la voix de la passion. Comme Isabelle, elle en était arrivée à croire en la puissance du destin. Cette rencontre était écrite depuis l'éternité dans le tracé des étoiles !

Emerveillée, elle leva vers Christian des yeux brûlants d'adoration et de désir.

— S'il vous plaît, laissez-moi vous déshabiller, pria-t-elle dans un souffle.

Christian la conduisit vers le lit sans mot dire et s'assit sur la bord de la couche. Puis il posa les mains de la jeune fille sur sa tunique et guida ses gestes encore maladroits.

De ses doigts tremblants, Rowena le dépouilla de ses vêtements et resta quelques secondes à contempler son torse dénudé, dont la peau halée brillait doucement à la lueur des flammes. Incapable de résister à son propre désir, elle abandonna la tunique sur le sol et pressa la bouche sur cette poitrine musclée, dont la respiration profonde s'accéléra au contact de ses lèvres. Puis elle descendit plus bas, avide de toucher et de savourer ce corps dont chaque parcelle lui était précieuse. Christian, l'homme qu'elle aimait ! se répéta-t-elle avec une croissante ivresse.

Mais Greatham se raidit brusquement lorsque la caresse glissa sur son ventre et se fit plus insinuante.

— Attendez, pour l'amour du ciel ! chuchota-t-il d'une voix rauque.

Haletant, il écarta légèrement la jeune fille, comme pour mieux s'imprégner du spectacle de sa beauté. Puis il passa un doigt sur les contours de ses seins, dont les mamelons se dressèrent à ce contact.

— J'avais gardé un souvenir merveilleux de votre peau, chuchota-t-il. Si douce, si incroyablement satinée, avec ces reflets de nacre... Mais la réalité est encore plus belle que dans ma mémoire. Quel dommage que je ne sois pas un dessinateur plus habile ! Il faudrait un véritable génie pour rendre les contours de votre corps, si fluides et si généreux à la fois... Même cette petite marque de naissance, sur votre épaule, est un pur chef-d'œuvre, que mes mains malhabiles ne sauront jamais reproduire dans toute sa perfection.

Bouche bée, Rowena écoutait ce discours, émerveillée d'entendre le taciturne Christian Greatham s'exprimer en ces termes, avec une éloquence et un lyrisme dignes d'un troubadour.

Fière d'avoir suscité cette verve, elle lui tendit les bras et, sans savoir comment, se retrouva étendue contre lui sur le grand lit drapé de pourpre.

Serrés l'un contre l'autre, les deux jeunes gens obéirent avec une commune ardeur à l'appel immémorial de la nature. Rowena s'ouvrit à Christian comme une fleur aux rayons du soleil et il entra en elle avec l'indicible joie d'un voyageur égaré qui retrouve sa maison au soir d'un long périple. La jeune fille se raidit à peine lorsqu'il rompit le frêle rempart de sa virginité, et la douleur, aussitôt oubliée, se changea en ondes de plaisir qui l'emportèrent loin, très loin sur un océan d'ineffable béatitude. Christian, son bonheur, sa divine félicité, son amour pour l'éternité... Comment avait-elle jamais pu vivre sans lui, sans connaître la joie de cette communion au parfum d'infini ?

Après un ultime spasme de volupté, les deux jeunes gens s'apaisèrent enfin, étendus l'un près de l'autre sous les courtines de damas rouges.

— Rowena..., chuchota Christian.

Comme si l'énoncé de ce prénom avait eu le pouvoir de le tirer d'un songe, il se passa la main sur le front, incrédule. Grands dieux, qu'avait-il fait ? Il n'avait aucun droit sur cette femme, aucun droit d'éprouver pour elle cette intense passion qui lui avait fait perdre la tête l'espace de quelques instants. L'avenir ne devait-il pas inexorablement les séparer ? Son destin à lui l'appelait à Bransbury, près de son père. Deux jours plus tôt, il avait solennellement promis à sir Thomas de se montrer désormais le meilleur des fils. Comment se parjurer après un pareil serment ? Ce qui était en jeu, ce n'était rien de moins que son attachement filial et son honneur de chevalier !

Lentement, il se redressa et s'assit sur le bord du lit, tandis que Rowena, stupéfaite, relevait la tête pour l'interroger du regard.

— Il y a quelque chose que vous devez comprendre, Rowena.

Alarmée par le sérieux du ton, la jeune femme se renversa de nouveau sur l'oreiller et attendit la suite, les yeux rivés sur Christian.

La gorge serrée, Greatham reprit tant bien que mal sa respiration et expliqua d'un air contraint :

— Le problème, voyez-vous, c'est que je ne puis vous offrir rien d'autre que ce que nous venons de vivre. Mon devoir m'oblige à rentrer aussi vite que possible à Bransbury, le domaine familial. Mon père a déjà mal vécu mon long séjour en Terre sainte, et je ne puis lui faire plus longtemps défaut, alors qu'il est handicapé et a besoin de ma présence à son côté.

Il attendit en vain les commentaires de Rowena et reprit, décontenancé par son silence :

— Il faut le comprendre, il a espéré si longtemps mon retour… Treize longues années de patience, quelle épreuve pour lui ! La vie ne lui a pas fait de cadeau. Déjà accablé par la mort de ma mère, dont il ne s'est jamais remis, il a dû accepter mon interminable absence. Comment pourrais-je aujourd'hui le décevoir de nouveau ?

Comprenant qu'il espérait une réponse, Rowena déglutit avant de demander d'une voix atone :

— Ainsi, vous avez l'intention de consacrer votre vie à votre père ?

— Il n'est pas en bonne santé, ne l'avez-vous donc pas remarqué ?

— Tout ce que j'ai constaté, c'est qu'il boitait de façon assez sensible. Mais il est loin d'être infirme, n'est-ce pas ?

Christian se passa la main sur le front, comme accablé par tant d'inconscience.

— Essayez de comprendre, voulez-vous ? plaida-t-il avec un zeste d'irritation. Jarrod et Aislynn partent dès demain matin pour Bransbury, alors qu'ils ont bien d'autres soucis en tête. Jarrod a ses propres devoirs à accomplir, maintenant que son frère, qui est fort malade, a fait de lui son héritier. En tout état de cause, sa place est à Kewstoke et non à Bransbury !

— En ce cas, pourquoi n'y êtes-vous pas allé à sa place ?

Et comme Christian se taisait, Rowena reprit d'un ton sarcastique :

— C'est à cause de moi, n'est-ce pas ? Vous ne voulez pas violer la promesse que vous m'avez faite de me raccompagner à Ashcroft ! Savez-vous que, toute considération d'honneur mise à part, vous avez un sens de la culpabilité plutôt développé, chevalier ?

Blessé par l'insinuation, Greatham serra les lèvres. Comment avouer à Rowena que la seule idée de devoir se séparer d'elle était pour lui un supplice ? En réalité, c'était l'unique raison qui l'avait poussé à retarder son départ pour Bransbury. La perspective de ne jamais revoir cette sylphide aux yeux verts lui était tout bonnement intolérable. Et pourtant, c'était exactement ce qui se passerait tôt ou tard, réalité intolérable dont il lui faudrait s'accommoder pour le reste de ses jours !

Il en était là de ses pensées, lorsque Rowena lui ordonna d'un ton sec :

— Retournez-vous un instant, voulez-vous ? Il faut que je me rhabille.

Quelle sotte pudeur, vraiment, et ô combien frustrante, songea Christian avec un haussement d'épaules. Dépité, il n'en obéit pas moins et alla s'abîmer dans la contemplation du feu, non sans prêter l'oreille aux froissements et autres bruits d'étoffe qui s'élevaient derrière son dos. Malgré l'attention qu'il prêtait aux moindres sons, il n'en fut pas moins pris de court lorsqu'il entendit la porte de sa chambre s'ouvrir et se refermer en une fraction de seconde.

Partie !

D'un bond, Christian se précipita sur le seuil et explora le corridor d'un regard anxieux. Mais Rowena avait bel et bien disparu, et la seule personne dont il croisa le regard fut Isabelle, immobile dans l'encadrement de la chambre d'en face. Se rappelant un peu tard qu'il était dans le plus simple appareil, Christian battit en retraite et dissimula le bas de son corps derrière le battant de chêne.

— Hum… Pardonnez-moi, Isabelle, je ne vous avais pas vue !

La jeune femme se contenta d'acquiescer de la tête, et Christian se retrancha dans sa chambre, dont il referma soigneusement la porte. Sa première impulsion avait été de rejoindre la fuyarde, afin de s'expliquer avec elle, mais le moment lui sembla inopportun et il ne voulut pas courir le risque de choquer davantage ses hôtes. Restait à savoir si Isabelle avait vu Rowena sortir furtivement de sa chambre à cette heure parfaitement indue…

La réponse à cette question ne se fit guère attendre. Lorsque Christian quitta sa chambre le lendemain matin, après une longue nuit sans sommeil, il se heurta presque à la maîtresse des lieux, qui sortait au même instant de son propre appartement. Isabelle était enveloppée d'une chaude cape de laine, et Greatham se demanda si leur rencontre était aussi fortuite qu'il y paraissait.

— Accepteriez-vous de faire un tour de promenade avec moi dans le jardin, Christian ?

Le jeune homme hocha la tête, pris au piège. Les plus élémentaires lois de la courtoisie ne lui permettaient pas d'éluder la requête.

— Ce sera un honneur pour moi, milady, assura-t-il en inclinant le buste.

Il offrit le bras à Isabelle, et tous deux gagnèrent la roseraie en silence. Après avoir tourné un instant autour des buissons dépouillés par l'approche de l'hiver, la jeune femme s'immobilisa brusquement et tourna la tête vers son compagnon.

— Comme je ne suis pas très douée pour les préambules, commença-t-elle, je vous avouerai franchement que j'ai vu hier soir Rowena s'enfuir de votre chambre. La pauvrette semblait toute bouleversée, ce qui m'a donné fort à penser.

— Ainsi, vous savez donc, soupira Christian. Je m'en doutais bien, à la vérité.

Isabelle déglutit, mal à l'aise, mais soutint son regard sans ciller.

— Il y a déjà un certain temps que je soupçonnais quelque chose entre vous, expliqua-t-elle, mais les choses sont sans doute allées plus loin que je ne le pensais. Aussi voudrais-je connaître vos intentions à l'égard de Rowena, qui ne me semblent pas vraiment claires. Si votre objectif était de lui faire ouvertement la cour, vous ne feriez pas un tel secret de vos rencontres, n'est-ce pas ? Et Rowena n'aurait pas quitté votre chambre en larmes à 1 heure du matin...

Christian considéra la jeune femme d'un air renfrogné et secoua la tête.

— Etes-vous en train de me demander si je projette de demander sa main ?

— Exactement !

— Eh bien, je ne souhaite pas l'épouser, je suis au regret de devoir vous le dire.

Le visage d'Isabelle se durcit à ces mots, et elle reprit sa respiration.

— Si tel est le cas, que cherchez-vous auprès d'elle, Christian ?

Et comme le chevalier ouvrait la bouche pour répliquer, elle lui imposa silence d'un geste.

— Non, ne me le dites pas, je préfère nous éviter à tous deux l'embarras d'une explication. Mais laissez-moi vous rappeler que Rowena est peut-être ma sœur, la seule proche parente que j'aurai jamais, à part l'indigne individu qui a tué mon père. Et même si nous apprenons en fin de compte qu'elle n'a rien à voir avec Rosalind, elle n'en reste pas moins digne de respect. C'est une jeune femme au cœur bien placé, à qui la vie n'a déjà infligé que trop de souffrances. Elle mérite d'être aimée et honorée !

Elle observa une pause avant d'ajouter avec une croissante véhémence :

— Et même s'il s'avérait qu'elle n'est rien d'autre que l'enfant illégitime d'un quelconque chevalier, cela ne change rien à l'essentiel. Ne suis-je pas moi-même une bâtarde, chevalier ? C'est là un statut que je revendique avec fierté, vous ne l'ignorez pas.

— Dieu me garde d'accorder la moindre importance à cette histoire de naissance ! Croyez-vous que cela puisse influer sur mon comportement à l'égard de Rowena ? Seulement…

Le jeune homme s'interrompit, incapable de trouver les mots qu'il eût fallu pour expliquer sa conduite.

— Je ne sais vraiment que vous dire, avoua-t-il en secouant la tête. Tout cela est si confus pour moi !

Peu satisfaite de la réponse, Isabelle arqua ses sourcils noirs.

— En ce cas, je vous demanderai au moins une chose. Promettez-moi de laisser désormais Rowena tranquille. Si vous n'avez pas d'intentions sérieuses à son égard, évitez au moins de la déshonorer !

Christian s'inclina avec raideur.

— N'ayez crainte, lady Isabelle, il n'était pas dans mon intention de la poursuivre de mes assiduités. Ce qui s'est passé hier soir était une erreur qui ne se reproduira plus, je vous en donne ma parole !

Dieu merci, ils en avaient fini avec cette conversation ô combien mortifiante pour elle… Pourquoi fallait-il que ses pas l'aient menée en ce lieu, précisément en cet instant ?

Au comble de la confusion, Rowena porta les deux mains à ses joues brûlantes. Quelle humiliation, vraiment, d'entendre Isabelle et Christian débattre ainsi de sa personne, comme si elle n'était pas maîtresse de son propre avenir !

Epuisée par sa nuit sans sommeil, elle était descendue au jardin pour se retrouver un peu seule et remettre ses idées en place. Et voilà qu'en longeant une haie, elle avait entendu malgré elle ces propos, dont l'écho déchirant résonnait encore à ses oreilles !

Les pensées en déroute, elle attendit que le couple eût regagné le château pour s'élancer elle-même vers le donjon. Mais tout en se hâtant vers sa chambre, elle entendait encore résonner ce terrible « je ne souhaite pas l'épouser », que Christian avait proféré comme un arrêt du destin. Paroles impitoyables entre toutes dont la cruauté lui déchirait le cœur sans merci, tel un poignard acéré.

Si seulement elle pouvait se jeter sur son lit pour y sangloter à son aise ! Mais il n'était pas question de céder à pareille faiblesse. Au lieu de se laisser aller, il lui fallait rassembler toute son énergie afin de décider ce qu'elle allait faire.

Car après cela, il n'était évidemment pas question qu'elle restât davantage à Avington ! Il lui fallait retourner chez elle, en Ecosse. Sa vie était à Ashcroft et non dans cet imposant manoir dont les habitants lui étaient étrangers et où elle n'aurait jamais sa place. Si elle voulait retrouver un jour la paix de l'esprit, à supposer que ce fût possible, c'était là-bas, dans le cottage de son enfance, qu'elle avait quelque chance d'y parvenir.

Submergée par une vague de douleur, elle ferma les yeux quelques secondes. Vivre sans Christian ! Seigneur, comment était-ce possible ? Cette seule perspective lui coupait littéralement la respiration. Et pourtant, c'était précisément là ce qui l'attendait. Greatham ne lui avait-il pas expliqué qu'il se devait à son père et au domaine familial ? Il n'avait rien à lui offrir, quand bien même il l'aurait voulu. Leurs routes devaient inexorablement se séparer.

Le problème, c'était qu'elle n'eût aucun moyen de quitter Avington sans en informer ses hôtes. Or, comment pourrait-elle soutenir le regard de Christian, après ce qu'elle venait d'entendre ? Et Isabelle, qui semblait au courant de tout ce qui s'était passé entre eux... Dieu, comme elle aurait aimé pouvoir fuir à jamais leur présence !

Parvenue à ce point de ses réflexions, la jeune femme prit une profonde inspiration pour affermir son courage. Aussi difficile qu'elle fût, cette démarche devait être accomplie, et le plus tôt serait le mieux. Pourquoi ne pas la tenter sur-le-champ, pendant que tout le monde était à table ? Cela lui éviterait du moins d'affronter Christian et Isabelle en privé.

Aussitôt envisagé, aussitôt fait ! La tête haute, Rowena gagna le rez-de-chaussée et pénétra dans la grande salle, où elle trouva les maîtres de maison déjà attablés en compagnie de Christian. Soucieuse d'échapper à leur regard, elle se hâta de prendre place et fit mine de s'absorber sur-le-champ dans le contenu de son assiette. De temps à autre, elle jetait cependant un furtif coup d'œil sur ses hôtes, et cette vue lui pinçait désagréablement le cœur.

Comment ne pas s'avouer qu'Isabelle et Simon lui étaient devenus chers, malgré le peu de temps qu'elle avait passé sous leur toit ? En toute franchise, ce serait un véritable crève-cœur que de les quitter à jamais ! « C'est pourquoi tu ne dois pas retarder l'échéance, lui souffla la voix de la raison. Plus tu attends, plus ce sera difficile pour eux aussi bien que pour toi ! »

Pénétrée de cette évidence, elle prit son courage à deux mains, et déclara soudain d'une voix altérée :

— Pourriez-vous m'écouter un instant, s'il vous plaît ? J'ai une communication à vous faire.

Un silence total s'empara aussitôt de la tablée, et Rowena déglutit, plus embarrassée que jamais. Chacun en cet instant avait les yeux fixés sur elle, mais elle ne sentait que le regard bleu de Christian, qui la dévisageait avec une froideur légèrement teintée de méfiance. Dire qu'il l'avait contemplée la veille avec tant de désir et d'ardente passion ! Leur courte nuit d'amour ne datait que de quelques heures, et pourtant elle appartenait déjà aux neiges d'antan.

— Je voudrais vous annoncer ma décision de quitter Avington.

Pendant quelques secondes, nul ne broncha autour de la table.

— Pourquoi donc, Rowena ? s'enquit enfin Simon, qui tombait manifestement des nues. N'êtes-vous pas bien avec nous ?

Délibérément, la jeune femme se détourna de Christian pour répondre d'une voix atone :

— Je... Je crois qu'il ne sert à rien que je reste davantage. Vous avez tous entendu ce Walter, n'est-ce pas ? Sa déclaration ne nous a rien appris qui puisse éclairer le mystère de ma naissance.

Isabelle haussa les sourcils.

— Mais voyons, Rowena, sir Thomas est justement parti à Brillington pour en ramener la jeune femme qui a connu Rosalind ! L'ignoriez-vous ? Peut-être saura-t-elle nous donner la clé de cette énigme.

L'intéressée ouvrit de grands yeux à cette information, dont Christian ne lui avait pas pipé mot la veille. Mais en quoi cela changeait-il quoi que ce fût au problème ?

— Rien ne nous prouve que sa démarche ne sera pas vaine, objecta-t-elle. La dame en question n'a peut-être rien de particulier à nous apprendre sur Rosalind !

Le regard mauve d'Isabelle se fit suppliant, tandis qu'elle s'écriait :

— Qu'importe, même si elle ne sait rien ? L'essentiel pour moi est que vous restiez près de nous. N'est-ce pas, Simon ? ajouta-t-elle en tournant les yeux vers son mari.

Comprenant sa détresse, le maître des lieux lui prit la main et inclina gravement la tête.

— Oui, nous serions très heureux de vous garder parmi nous, confirma-t-il d'une voix chaleureuse.

Cette gentillesse toucha profondément Rowena, qui dut s'endurcir le cœur pour demeurer sur ses positions.

— Je vous en prie, Isabelle, laissez-moi faire mes propres choix. Une autre vie m'attend, auprès de gens qui m'aiment et ont besoin de moi.

Elle se tut un instant, émue de voir la déception se peindre sur le visage d'Isabelle. Qu'elle fût sa sœur ou non, cette femme lui était déjà aussi chère que ses amis d'Ashcroft, il n'eût servi à rien de le nier. Mais comment rester ici après ce qu'elle venait d'entendre dans le jardin ? Avington était trop près de Bransbury… et de Christian !

Un nouveau silence s'établit dans la salle, et ce fut Simon qui le rompit en déclarant :

— Nous respecterons votre souhait, Rowena, même si nous n'approuvons pas votre décision.

La jeune femme le regarda avec gratitude.

— Merci, milord, murmura-t-elle.

Les yeux embués de larmes, Isabelle acquiesça à son tour.

— Tout ce que je peux dire, c'est que vous allez me manquer, Rowena.

— Vous me manquerez aussi, chuchota l'intéressée, la gorge nouée par l'émotion.

— Quand voulez-vous partir ?

— Dès que possible.

Isabelle exhala un soupir avant de répondre :

— Très bien. Nous allons empaqueter vos vêtements et vous donner une escorte.

Mais Rowena secoua fermement la tête.

— Je n'emporterai rien de plus que ce que j'avais en arrivant. Tout ce que vous m'avez donné était destiné à celle que vous croyiez être votre sœur.

— Celle qui a été ma sœur, rectifia Isabelle, même si ce n'était qu'une parenté de cœur ! Refuser mes cadeaux, Rowena, ce serait rejeter mon amour. Aurez-vous le cœur de faire cela ?

Vaincue par cet argument, Rowena inclina la tête, trop bouleversée pour émettre une seule syllabe.

Un ange passa de nouveau dans la salle, et Rowena s'apprêtait à se lever, lorsque Christian intervint tout à coup pour affirmer :

— Il est hors de question que vous partiez aujourd'hui. Attendez au moins le retour de mon père, qui peut rapporter des informations capitales.

Rowena se tourna vers lui à contrecœur. Dieu merci, le visage de Greatham affichait une expression froide et impassible, ce qui l'aida elle-même à se composer une attitude.

— Dans combien de temps revient-il ? s'enquit-elle avec un soupçon d'impatience.

— Quatre ou cinq jours, tout au plus.

Rowena sentit sa gorge se contracter à ces mots. Cinq jours ? Autant dire une éternité ! Mais elle sentait les regards de Simon et d'Isabelle qui la fixaient avec espoir et fut incapable de rejeter la requête. Ces deux-là avaient été si merveilleusement aimables envers elle ! Ils l'avaient reçue comme une des leurs et avaient cru en elle. Comment pourrait-elle les décevoir à ce point ?

— Très bien, murmura-t-elle. Je consens à attendre son retour.

Simon accueillit la réponse d'un sourire approbateur, et Isabelle soupira de soulagement. Seul Christian demeura impassible, comme si cet acquiescement le concernait à peine. Rowena se tourna vers lui et ce fut à son intention qu'elle ajouta :

— Qu'il soit bien entendu toutefois que je quitterai Avington tout de suite après le retour de sir Thomas, quoi qu'il ait pu découvrir à Brillington. Je comprends votre désir de vous venger de lord Kelsey, mais je n'ai aucune envie de servir d'instrument à vos desseins. Mon foyer est à Ashcroft, et je ne fais pas partie de votre monde.

Le chevalier serra les lèvres et son regard s'assombrit à ces mots.

— Comme vous voudrez, Rowena. Je vous raccompagnerai chez vous, ainsi que je vous l'ai promis avant notre départ pour Avington. Il n'est pas dans mes habitudes de violer mes serments, vous le savez.

— Merci, murmura la jeune femme. J'apprécie votre honnêteté.

Elle se leva sur ces mots et se hâta de quitter la salle, sous le regard appuyé de ses trois compagnons. Puis elle se rua dans l'escalier, pressée de verser les larmes qui lui brûlaient les paupières. Aurait-elle le temps de gagner un refuge avant la débâcle qu'elle sentait venir ? Dieu merci, nul ne lui emboîta le pas, et elle atteignit sans encombre le premier étage.

Enfin parvenue dans sa chambre, elle referma la porte et s'adossa au panneau de chêne. Puis elle enfouit son visage dans ses mains avant de se laisser glisser sur le sol dallé, les épaules secouées de sanglots.

Christian demeura figé sur place après le départ de Rowena. Il entendait chuchoter autour de lui les autres convives, mais leurs propos, vides de sens, résonnaient à ses oreilles comme les vocables d'une langue étrangère. Une seule pensée s'imposait à son esprit, lancinante : Rowena allait partir !

Son premier mouvement fut de s'élancer à sa poursuite pour la supplier de reconsidérer sa décision. Mais une résistance incompréhensible le riva à son siège, tandis qu'une insidieuse douleur irradiait dans sa poitrine. Ce qui le désolait ainsi, bien évidemment, c'était d'avoir échoué dans sa mission. En fin de compte, il n'avait pas réussi à prouver la filiation de Rowena, ni à venger son père adoptif. Et pourtant, l'image qui s'imposait en cet instant à sa mémoire, ce n'était pas celle du Dragon, mais bien le petit visage indomptable de Rowena, dont le troublant regard d'émeraude allait disparaître à jamais de sa vie…

A cet instant, il tourna les yeux vers ses compagnons et s'aperçut qu'Isabelle l'observait, ses beaux yeux mauves assombris de tristesse. De toute évidence, la femme de Simon le tenait pour responsable de la tournure qu'avaient prise les événements. Et le pire, c'était qu'il pouvait difficilement lui donner tort. La décision de Rowena avait été si soudaine ! N'était-il pas probable qu'elle lui avait été dictée par les événements de la nuit ?

A cet instant, la voix de Simon le tira de ses douloureuses réflexions.

— Ne croyez-vous pas qu'elle changera d'avis, si dame Jannelle peut nous aider à éclaircir le mystère de sa naissance ?

Mais Christian secoua la tête, navré.

— Je ne crois pas, Simon. Vous l'avez entendue vous-même, n'est-ce pas ? Elle paraît si déterminée ! Oserai-je dire qu'elle est parfois capable d'un entêtement de mule ?

Le maître des lieux hocha la tête.

— Si elle souhaite vraiment partir, nous lui donnerons une escorte pour la ramener chez elle avec tous les honneurs qui lui sont dûs. C'est la moindre des choses que nous puissions faire.

Isabelle posa une main sur son ventre arrondi et exhala un soupir

— J'aurais tant aimé l'accompagner en Ecosse, afin de rester plus longtemps avec elle ! Mais il n'y faut pas songer dans mon état, fit-elle avec regret.

Christian s'interposa, les sourcils froncés.

— C'est moi qui ai amené Rowena, et c'est à moi de la raccompagner. Du reste, c'est ce que je lui avais juré en quittant Ashcroft, et j'ai bien l'intention d'honorer ma promesse.

Il sentit de nouveau le regard d'Isabelle s'attarder sur lui et devina qu'elle songeait aux termes de leur récent entretien. Inquiète pour l'avenir de sa sœur présumée, elle devait se poser la question qui le troublait lui-même. Comment allait-il pouvoir maintenir les distances entre Rowena et lui, s'il devait la côtoyer à chaque instant lors du voyage de retour ?

La situation était épineuse, il fallait en convenir. Mais comment aurait-il pu se dérober à son devoir ? Qu'il le voulût ou non, il devait escorter Rowena à Ashcroft sous peine de parjure. N'était-ce pas son devoir de chevalier ?

Car bien entendu, il n'avait aucune autre raison de vouloir prolonger une situation qui leur était devenue intolérable à tous deux…

# 12.

Depuis quatre jours, Rowena et Christian ne s'adressaient pas la parole et s'évitaient aussi souvent qu'ils le pouvaient. Plus taciturne qu'à l'accoutumée, Greatham passait le plus clair de son temps à parcourir les environs à cheval avec Simon, qui devait vaquer aux affaires du domaine. C'était là, Dieu merci, un excellent dérivatif qui lui permettait d'oublier son tourment, au moins l'espace de quelques heures.

Au soir du quatrième jour, il regagnait à contrecœur le château, après avoir délivré un message à l'un des métayers de Simon, lorsqu'il entendit un brouhaha confus résonner dans la cour. Sir Thomas était de retour ! songea-t-il en un éclair. Avait-il réussi à ramener avec lui dame Jannelle ? Le cœur du chevalier s'emballa à cette pensée, et il se hâta de franchir le pont-levis. Dieu savait tout ce qui allait dépendre de cet instant !

En tout cas, il fallait espérer que cette lady Jannelle avait de fracassantes révélations à faire, car il n'en faudrait pas moins pour que Rowena renonçât à quitter Avington. Elle semblait si déterminée à rentrer en Ecosse pour y reprendre son ancienne vie de guérisseuse ! « En toute franchise, c'est bien moi qui l'ai poussée à cette décision, admit-il à part lui. Je l'ai mise dans une situation impossible, et elle n'a plus d'autre solution que la fuite ! »

La gorge serrée d'appréhension, Christian confia son étalon à un lad et traversa la cour à la rencontre de son père, qui mettait pied à terre devant le donjon. Par la grâce du ciel, sir Thomas était accompagné d'une jeune femme montée sur une jument blanche, qu'escortait un petit détachement d'hommes d'armes. Ainsi, la dame de Brillington avait consenti à se déplacer ! Un furtif espoir s'empara de Christian, qui refusa pourtant la tentation de l'optimisme. L'heure n'était pas aux vaines supputations, conclut-il. Au lieu de se réjouir prématurément, mieux valait écouter ce que lady Jannelle avait à dire...

Hésitante, Rowena fit halte sur le seuil du solarium et enveloppa d'un même regard sir Thomas et la mince dame brune qui se tenait assise à son côté. Le cœur battant, elle prit le temps d'adresser un signe amical à Simon et Isabelle, qui guettaient visiblement ses réactions. Mais elle ignora Christian, bien qu'elle fût consciente du moindre de ses gestes. Mieux valait pour l'instant qu'elle oubliât sa troublante présence, si elle voulait garder un semblant de sang-froid.

Nerveuse, elle se décida à traverser la pièce, en s'efforçant de ne pas trahir les émotions qui l'agitaient. A son approche, Christian se leva et lui désigna la svelte visiteuse aux cheveux sombres et au visage avenant.

— Rowena, permettez-moi de vous présenter lady Jannelle de Brillington. Elle vient de nous confirmer qu'elle a rendu de fréquentes visites autrefois au château de Dragonwick et y a connu la fille du comte.

Rowena salua l'étrangère, qui s'avança vers elle et la dévisagea quelques secondes avant de demander :

— Lady Rosalind, je présume ?

Mais Rowena secoua la tête.

— Si l'on vous a raconté cela pour vous décider à venir, alors je suis désolée, lady Jannelle. Je n'ai aucun souvenir d'avoir vécu à Dragonwick, et ce que l'on m'a raconté de mes origines n'a aucun rapport avec l'histoire des Kelsey. Vraiment, je suis désolée que l'on vous ait fait quitter votre mari et votre foyer pour un pareil motif.

Un sourire affable éclaira les traits de la visiteuse, qui posa une main sur le bras de Rowena dans un geste rassurant.

— Vous n'avez pas à vous inquiéter de cela, lui dit-elle. Mon mari est décédé il y a déjà plusieurs mois, et ce petit voyage à Avington a été pour moi le bienvenu. J'avais tant besoin d'oublier un peu mon chagrin... En outre, je ne pouvais trouver un meilleur guide que sir Thomas, qui s'est montré la gentillesse même à mon égard. Il a tant de doigté et de délicatesse !

Elle coula un regard reconnaissant à son compagnon de voyage avant de poursuivre d'un air pensif :

— En vous voyant entrer dans cette pièce, j'ai tâché de faire revivre mes souvenirs et questionné ma mémoire...

Rowena s'en voulut de sentir son pouls s'accélérer à ces mots.

— Et que vous a-t-elle répondu ? s'enquit-elle d'un ton aussi détaché que possible

Consciente des regards qui pesaient sur elle, elle attendit la suite avec une indicible émotion. Mais lady Jannelle secoua la tête, visiblement incertaine.

— A la vérité, je n'en sais rien, avoua-t-elle. Il y a chez vous un air de famille avec le Dragon, c'est indéniable. Ces cheveux blond roux, cette façon quasi royale de porter la tête…

Royale ? Rowena faillit hausser les épaules à ce mot. Comment appliquer un pareil terme à une femme aussi ordinaire qu'elle ? Mais elle était une fille du peuple, voyons, semblable en tout point aux autres villageoises d'Ashcroft !

— Pourtant, je ne peux rien affirmer, continua Jannelle. Il y a déjà si longtemps de cela ! Rosalind n'était alors qu'une enfant, dont les traits ont dû changer avec le temps.

Elle scruta Rowena d'un regard insistant.

— Etes-vous sûre que vous ne vous souvenez vraiment de rien ? Je sais que vous étiez très jeune lorsque vous avez quitté l'Angleterre, mais si vous vous rappeliez ne serait-ce qu'un petit détail, cela pourrait m'aider. Il me serait toujours possible de vous dire s'il correspond à ce que je sais moi-même.

Rowena réprima le terrible sentiment de déception qui lui étreignait le cœur. Ne savait-elle pas depuis le début que cette piste ne mènerait nulle part ? Du reste, que lui importait d'être ou non l'héritière d'un titre et d'un domaine ? Tout ce qu'elle souhaitait apprendre, c'était l'identité de l'homme qui l'avait engendrée. Mais c'était là un bonheur qui lui serait sans doute à jamais refusé. « Bâtarde tu es, bâtarde tu resteras », se dit-elle avec amertume.

Peu désireuse d'exhiber sa détresse devant les autres, elle releva fièrement la tête.

— A vous dire vrai, je n'ai en tout et pour tout qu'un souvenir de ma petite enfance, déclara-t-elle.

Elle évoqua brièvement l'image de l'homme fort et rassurant qui la tenait dans ses bras, devant la muraille d'une maison ou d'un château. Mais c'était là fort peu de chose, il lui fallait en convenir, et Jannelle, malgré toute sa bonne volonté, secoua la tête d'un geste navré.

— Je ne puis rien en dire, murmura-t-elle, et croyez bien que je le regrette.

Elle jeta à sir Thomas un regard désolé, comme si elle s'excusait auprès de lui, et ajouta tristement :

— J'aurais tant voulu vous aider cependant...

Le père de Christian s'avança vers la jeune femme et posa une main apaisante sur son bras.

— Vous avez fait tout ce qui était en votre pouvoir, assura-t-il. Personne ici ne peut vous reprocher quoi que ce soit !

— Mais je vous ai tous déçus, fit Jannelle, qui plongea les yeux dans le regard bleu de sir Thomas.

— Déçus ? Pas le moins du monde, vous pouvez en être sûre ! Votre seule présence nous apporté à tous un rayon de soleil...

Un peu gênée d'être le témoin de ce duo, Rowena baissa les yeux vers ses pieds et s'absorba dans la contemplation des sandales en cuir rouge dont Isabelle lui avait fait cadeau. Etait-ce un pur produit de son imagination, ou se passait-il vraiment quelque chose entre lady Jannelle et lord Greatham ? Le voyage les avait singulièrement rapprochés, à en juger par l'évidente complicité qui les unissait ! Qui sait ? Peut-être sir Thomas n'était-il pas aussi détaché de la vie que son fils se l'imaginait !

Amusée par cette pensée, elle coula un regard oblique à Christian, qui lui parut sombre et absorbé dans ses pensées. De toute évidence, l'échec de cette confrontation l'avait fortement désappointé. Ne cesserait-il donc jamais de vouloir se venger à tout prix de Kelsey ?

— Je vous remercie d'avoir fait toute cette route pour moi, déclara-t-elle enfin, en se tournant vers lady Jannelle.

Elle balaya l'assemblée d'un rapide regard et ajouta en s'efforçant de réprimer le tremblement de sa voix :

— Merci également à vous tous, qui m'avez accueillie et soutenue avec tant de générosité.

Puis elle s'avança vers Simon pour ajouter d'un ton résolu, bien que son cœur en cet instant se fendît de douleur :

— Maintenant que rien ne me retient plus ici, j'aimerais retourner en Ecosse, milord.

Manifestement désolé, Simon n'en acquiesça pas moins, fidèle à sa promesse.

— Il en sera comme vous le souhaitez, Rowena.

Au grand étonnement de la jeune femme, Christian se leva en cet instant et se dirigea vers la porte. Mais elle s'interdit de regarder dans sa direction, même lorsqu'elle l'entendit franchir le seuil, en claquant violemment le battant derrière lui.

Hors de lui, Christian se dirigea à grandes enjambées vers l'écurie pour faire seller son cheval. Il avait non seulement besoin de prendre l'air, mais d'être enfin seul, pour mettre un semblant d'ordre dans ses pensées en déroute. Et tout d'abord, il lui fallait s'habituer à l'idée que Rowena allait bientôt sortir de sa vie. La quête qui l'avait mené vers elle avait définitivement échoué, autant qu'il admît enfin cette évidence !

Furieux, il enfourcha son étalon et s'en fut au galop à travers champs et bosquets, mais sa colère n'en fut pas apaisée pour autant. En quittant l'Angleterre, Rowena ne se contentait pas de mettre fin à tout espoir de venger un jour le Dragon. Elle laissait derrière elle les gens de Dragonwick accablés par la tyrannie de Kelsey, et leur ôtait toute possibilité de connaître un jour une existence meilleure.

Non, décidément, il ne pouvait la laisser fuir ainsi ses responsabilités, même s'il lui avait promis de la raccompagner en Ecosse pour peu qu'elle en manifestât le désir. A défaut de la contraindre, il pouvait du moins tenter de la persuader. Pourquoi ne pas lui expliquer à quel point sa présence était nécessaire aux manants de Dragonwick ? Rowena était le dévouement même, il avait eu l'occasion de le constater plus d'une fois à Ashcroft. Avec sa générosité innée et sa noblesse de cœur, pouvait-elle rester insensible à cet argument ?

Saisi d'un espoir insensé, le chevalier fit tourner bride à sa monture et reprit sans tarder le chemin du château. Que Rowena lui accordât un jour de plus, c'était là tout ce qu'il lui demandait. Après tout ce qu'il avait tenté pour elle, n'avait-il pas le droit de lui présenter cette requête ?

Fort de cette décision, il se pencha sur l'encolure de son cheval et piqua des deux en direction d'Avington.

— Savez-vous où je peux trouver lady Rowena ? demanda-t-il à la première servante qu'il croisa dans le couloir.

— Dans sa chambre, milord, répondit la domestique. Elle est en train de préparer ses affaires en vue de son prochain départ.

Ainsi renseigné, Christian n'hésita pas une seconde. Etant donné les distances que Rowena avait mises entre eux, il ne trouverait jamais l'opportunité de lui parler seul à seul, s'il ne la créait pas lui-même.

Sans perdre de temps à réfléchir, il se dirigea vers l'appartement de la jeune femme et frappa à sa porte. La réponse fut longue à lui parvenir, et il commençait à s'impatienter, lorsque la voix assourdie de Rowena l'invita enfin à entrer.

Christian tourna le loquet, et une exclamation de surprise l'accueillit, lorsqu'il pénétra dans la pièce d'un pas résolu.

— Que venez-vous faire ici ? interrogea Rowena de son air le plus hautain.

Irrité par la froideur de l'accueil, le chevalier ne se laissa pas démonter pour autant.

— J'ai une faveur à vous demander, commença-t-il après avoir pris une profonde inspiration.

La jeune femme le dévisagea, les sourcils arqués de surprise.

— Je voulais vous prier de faire une promenade à cheval avec moi demain matin, continua Greatham sans reprendre haleine.

Rowena le considéra, stupéfaite.

— Etes-vous sérieux, pour l'amour du ciel ? Vous savez fort bien que je m'apprête à partir ! Pourquoi irais-je perdre un temps précieux à courir la campagne en votre compagnie ?

Christian décida de jouer cartes sur table.

— Je sais que vous en êtes venue à me détester, Rowena, et honnêtement, je ne puis vous en vouloir. C'est moi qui ai tout gâché entre nous et j'en assume la responsabilité. Mais il y a cependant quelque chose que je voudrais vous montrer avant votre départ.

Gênée, Rowena détourna les yeux.

— Vous vous trompez, Christian, je ne vous déteste pas. C'est seulement que…

Elle interrompit sa phrase et ferma les yeux quelques secondes, bouleversée.

— En ce cas, acceptez-vous de m'accompagner ? répéta Christian avec impatience.

Rowena répondit par une autre question :

— Me laisserez-vous en paix si je vous accorde cela ?

— Je vous le promets.

Malgré cette assurance, la jeune fille hésita encore quelques secondes.

— Très bien, je ferai ce que vous désirez, acquiesça-t-elle enfin. Mais n'oubliez pas que ce sera la dernière fois.

Christian ouvrit la bouche pour exprimer sa gratitude, mais elle ne lui en laissa pas le temps.

— Et maintenant, faites-moi le plaisir de me laisser, intima-t-elle d'un ton sec.

Le chevalier se raidit, mais ne discuta pas un seul instant. D'un geste bref, il salua Rowena et quitta la chambre sans ajouter un mot.

Pourquoi, en fin de compte, avait-elle agréé à la requête de Christian ? C'était là une question à laquelle Rowena hésitait à répondre, tant ses propres motivations lui semblaient obscures. Peut-être avait-elle voulu, tout simplement, lui montrer qu'elle ne le haïssait pas, comme il se l'imaginait ? Bien loin de le détester, hélas, elle ne parvenait toujours pas à extirper de son cœur l'amour insensé qu'elle éprouvait pour lui... Mais c'était là une vérité dérangeante qu'elle n'avait aucune intention de lui révéler, Dieu l'en préserve !

Quant aux raisons qui avaient suscité cette demande, elles n'étaient guère difficiles à deviner. Christian, elle le savait, n'avait que trois intérêts dans la vie : sa famille, ses amis, et son désir de venger son père adoptif. Seul l'un de ces motifs pouvait l'avoir incité à projeter cette promenade matinale, dont elle se serait fort bien passée pour sa part.

Réprimant un soupir, la jeune femme enfila une robe de velours mauve et une cape assortie, dont Isabelle lui avait fait présent. Puis elle rejoignit Christian, qui l'attendait déjà dans la cour, près des montures déjà sellées.

— Bonjour, Rowena. J'ai choisi pour vous la plus docile des juments d'Avington, et j'espère que vous n'aurez pas trop de mal à la monter.

Rowena rendit froidement le salut, mais au lieu de se tourner vers lui, elle accepta l'aide d'un lad pour se hisser en selle.

— J'irai au petit trot, promit Christian, qui devina les appréhensions de la cavalière novice. Je n'ai pas oublié votre inexpérience en matière d'équitation, ajouta-t-il d'un ton ambigu.

Les joues de la jeune femme s'empourprèrent à cette allusion, qui éveilla en elle un flot de troublants souvenirs. Gênée, elle détourna les yeux, tandis que Greatham ajoutait :

— N'ayez crainte, la jument est docile et suivra tranquillement Gédéon.

Rowena acquiesça sans lever un seul instant les yeux vers son interlocuteur, qui enfourcha son étalon, le visage renfrogné.

Conformément aux prédictions de Christian, la monture de Rowena emboîta le pas à son congénère, et la cavalière fut bientôt trop absorbée par les difficultés du parcours pour accorder la moindre attention à son compagnon de route. Mais au fil du trajet, elle se familiarisa peu à peu avec l'exercice, et put admirer la beauté de la campagne qu'ils traversaient. Les semailles d'automne battaient leur plein, et partout où ils passaient, métayers et manants levaient leur chapeau et agitaient amicalement la main en guise de salut.

A midi, les deux jeunes gens étaient enfin sortis des terres d'Avington, et ils s'arrêtèrent au bord d'un ruisseau pour se restaurer sur le pouce et désaltérer leurs montures.

Lorsqu'ils reprirent leur chemin une demi-heure plus tard, Rowena ne fut pas sans remarquer que la contenance de Greatham avait sensiblement changé. Le dos raidi et le regard en alerte, Christian avançait sans prononcer une parole, occupé à étudier les alentours d'un air suspicieux.

Etonnée, Rowena examina à son tour les collines aux pentes verdoyantes, dont les formes arrondies se dessinaient gracieusement sur l'azur du ciel. C'était là un paysage charmant, et pourtant, la jeune femme ne put s'empêcher de frissonner, tandis qu'un étrange malaise s'emparait d'elle à la vue des champs nus qui alignaient leurs sillons sous le soleil d'automne. En vérité, on aurait dit que cette terre était frappée d'une étrange malédiction. Cette impression était moins liée à la réalité des lieux qu'à une sorte de subtil malaise qui planait dans l'atmosphère.

Docile, la jument de Rowena descendit la pente d'une éminence sur les traces de Gédéon, et les voyageurs pénétrèrent sous le couvert d'une épaisse forêt. Tout en suivant la sente qui s'enfonçait dans les halliers, Rowena nota que l'ombre ici était étrangement profonde et semblait recéler des dangers inconnus.

Prise d'une sourde inquiétude, elle rompit son vœu de ne jamais s'adresser à son compagnon, sauf en cas d'absolue nécessité.

— Pouvez-vous enfin me dire où nous allons, Christian ? J'ai tout de même le droit de savoir !

L'interpellé ralentit pour se retrouver à sa hauteur et lui jeta un regard impérieux.

— Faites-moi confiance, voulez-vous ? répondit-il seulement.

Rowena se mordit la lèvre et jeta un nouveau regard autour d'elle, guère plus rassurée.

— Très bien, acquiesça-t-elle cependant.

Après une demi-heure de chevauchée, les voyageurs débouchèrent de nouveau dans un espace dénudé, et Rowena exhala un soupir d'aise. Mais son soulagement fut de courte durée, lorsqu'elle découvrit les terres nues et arides qui s'étendaient devant elle.

Ici, point de saluts amicaux ni de manifestations de sympathie. A leur passage, les paysans hâves qui travaillaient dans les champs gardaient les yeux baissés et se détournaient d'un air craintif. La plupart étaient vêtus de haillons et certains semblaient avoir à peine la force de manier leur semoir.

Après avoir parcouru deux ou trois kilomètres, les deux cavaliers entrèrent de nouveau dans un bois et Rowena, dont le malaise allait croissant, posa de nouveau la question qui lui brûlait les lèvres.

— Pour l'amour du ciel, où m'amenez-vous, Christian ?

Cette fois, le chevalier la regarda bien en face et répondit sans hésitation :

— A Dragonwick !

Rowena tira brusquement sur les rênes de son cheval, obligeant son compagnon à l'imiter.

— C'est bien ce que je pensais ! s'exclama-t-elle. Qu'espérez-vous de cette équipée ? Si vous vous imaginez que la vue de ces lieux va éveiller en moi d'hypothétiques souvenirs...

— J'y ai pensé, interrompit Greatham, mais mon intention était autre, à vous dire vrai.

— Pouvez-vous préciser, si ce n'est pas trop vous demander ?

— Je voulais que vous constatiez de vos yeux l'état des choses. J'ai eu beau vous expliquer que ce domaine était en perdition, rien ne vaut d'affronter directement la réalité.

— Vous pensiez que la vue de ces pauvres gens m'inspirerait assez de compassion pour me donner le désir de me battre. C'est cela, n'est-ce pas ? interrogea Rowena, le regard étincelant de colère.

Christian se rembrunit, visiblement désappointé par sa réaction.

— Je croyais que cette prise de conscience serait salutaire, avoua-t-il dans un soupir.

Rowena secoua la tête, une moue incrédule aux lèvres.

— Vous êtes inconscient, voyons ! s'écria-t-elle. Que puis-je pour tous ces manants ? Si même vous arriviez à prouver que je suis Rosalind, croyez-vous qu'ils aient la moindre raison de s'en réjouir ? Tout ce qui en résulterait, ce serait la guerre et son cortège de fléaux. Vous savez comme moi que ce Kelsey n'abandonnera jamais ses terres de son plein gré. Faut-il vous rappeler qu'il a l'appui du roi ? Les paysans de Dragonwick n'ont rien à gagner à un conflit…

— Si fait ! Une maîtresse qui se soucie d'eux et prenne leur bien-être à cœur.

— Mais je suis incapable de gérer un domaine de cette dimension ! Tout ce que je sais faire, c'est préparer des simples pour soigner les gens…

— Le reste peut s'apprendre, Rowena, et il me semble que vous avez toutes les qualités requises pour cela.

— Mais je ne souhaite pas apprendre, Christian Greatham ! Pouvez-vous comprendre cela ?

Le chevalier serra les lèvres, dépité.

— En ce cas, je n'ai plus rien à dire, déclara-t-il enfin. Retournons à Avington, puisque tel est votre désir.

— Oui, allons ! renchérit Rowena, enflammée par la colère.

Trop agitée pour contrôler ses gestes, elle empoigna brutalement les rênes et fit faire demi-tour à la jument. Mais elle avait oublié son inexpérience de cavalière ! Surpris par ce geste inattendu, l'animal fit un brusque écart avant de s'arrêter net, et avant d'avoir eu le temps de réaliser ce qui lui arrivait, Rowena se retrouva projetée sur le sol, à deux mètres de sa monture.

Abasourdie par la violence de la chute, la jeune femme mit quelques secondes avant de se rendre compte qu'elle était indemne et que c'était surtout sa fierté qui avait souffert de l'accident !

Le postérieur meurtri, elle tenta de se redresser, mais avant qu'elle ait eu le temps de s'asseoir, Christian avait mis pied à terre et s'était précipité vers elle.

— Par tous les saints, êtes-vous devenue folle, Rowena ? On ne fait pas une pareille manœuvre, voyons !

— Folle ? répéta Rowena d'un ton sarcastique. Il faut croire que je le suis en effet, sinon je ne me serais jamais embarquée dans une pareille équipée avec vous !

Et comme le jeune homme lui tendait la main pour l'aider à se lever, elle ajouta sèchement :

— Laissez-moi, je vous en prie. Je suis parfaitement capable d'y arriver seule.

Vexé, Christian battit aussitôt en retraite et regarda l'accidentée se relever, sans même esquisser un nouveau geste pour l'aider. A peine debout, Rowena redressa fièrement la tête, bien qu'elle n'eût qu'une envie, se frotter le bas du dos pour soulager un tant soit peu la douleur. Mais c'était là un geste qu'elle n'aurait accompli pour rien au monde devant Greatham. Plutôt mourir que de donner à cet individu la satisfaction de constater qu'elle s'était fait mal !

— Où est passée la jument ? s'enquit-elle en parcourant les alentours du regard.

— Je suppose qu'elle doit galoper vers Avington. L'instinct de conservation est toujours très fort chez ces animaux !

Rowena préféra ignorer ce que cette remarque pouvait avoir de désobligeant pour elle. Campé devant elle, Christian la considéra un instant en silence, puis il laissa enfin libre cours à sa colère.

— Vous me décevez, Rowena, vraiment ! commença-t-il avec âpreté. Comment pouvez-vous fuir ainsi vos responsabilités et bafouer les droits que vous donne votre naissance ?

Pour toute réponse, Rowena détourna la tête, incapable de savoir ce qu'elle allait bien pouvoir faire. Tout ce qu'elle aurait souhaité en cet instant, c'était se trouver à des centaines de kilomètres de cet homme. Quant à savoir comment sa vie paisible et relativement heureuse avait pu sombrer en si peu de temps dans un tel chaos, c'était une question qu'elle n'osait même pas se poser !

— C'est là une façon toute personnelle d'interpréter les choses, répliqua-t-elle froidement. Pourquoi vous acharnez-vous à détruire tout ce en quoi je crois ?

— Pourquoi ? La réponse est bien simple ! Parce que toute votre vie a reposé sur un mensonge.

Outrée, Rowena fit un pas vers le jeune homme et le défia du regard. Quelle confusion ce Greatham n'avait-il pas apportée dans son existence, depuis le jour où elle l'avait rencontré sur la plage d'Ashcroft ! Mais cette fois, il allait vraiment trop loin.

— Comment pouvez-vous dire cela ? s'insurgea-t-elle. Jusqu'ici, nous n'avons pas pu trouver la moindre preuve attestant que je suis bien Rosalind de Dragonwick. La vérité, c'est que vous avez tellement envie d'y croire que vous êtes incapable de regarder la réalité en face !

Poussé à bout, Christian se posa les poings sur les hanches dans une attitude belliqueuse.

— C'est plutôt à vous qu'il faudrait reprocher cette attitude ! Depuis le début, vous refusez de prendre en considération les plus troublantes présomptions. Vous avez un tel *a priori* que même la preuve la plus évidente ne suffirait pas à vous convaincre. Comment pouvez-vous vous aveugler à ce point ?

Cette fois, c'en était trop, et Rowena faillit s'étrangler de colère.

— Je... je... Comment pouvez-vous dire cela ? Vous êtes impossible, voilà la vérité ! lança-t-elle d'une voix vibrante de colère.

Mais comment discuter avec un homme qui ne voulait pas entendre raison ? A bout d'arguments, elle tourna le dos au malotru et revint résolument sur ses pas.

# 13.

Impossible, vraiment ?

Christian serra les poings, submergé par la colère. Est-ce que cette petite mule s'imaginait qu'il allait la laisser repartir à pied pour Avington ? Dans ce cas, elle n'allait pas tarder à être détrompée !

Furieux, il rattrapa la fuyarde en trois enjambées et la saisit par les épaules pour l'obliger à se retourner. Pendant quelques secondes, la jeune femme se débattit comme un beau diable, et il dut lui étreindre les avant-bras d'une poigne d'acier pour l'immobiliser. Enfin domptée, Rowena leva sur lui un regard étincelant de défi et Christian déglutit péniblement à cette vue. Que le diable emporte cette sorcière aux yeux verts ! Comment pouvait-il encore la trouver si belle et si désirable, alors même qu'il bouillait littéralement de fureur ? C'était là une énigme dont il aimait mieux ignorer la réponse !

— Où croyez-vous donc aller, espèce d'entêtée ? interrogea-t-il avec une véhémence mal contenue.

Ainsi apostrophée, Rowena releva fièrement la tête et son petit menton obstiné pointa vers le ciel.

— Vous avez violé la promesse que vous m'avez faite ! lança-t-elle d'un ton accusateur. Vous m'aviez pourtant promis de ne pas me forcer à...

Forcée à quoi, pour l'amour du ciel ? songea Christian avec une croissante indignation. Et dire qu'il combattait à chaque seconde l'élan irraisonné qui l'emportait vers cette femme, tout cela pour ne pas heurter ses sentiments ! Loin de lui en avoir de la gratitude, elle trouvait encore des reproches à lui faire. Eh bien, s'il en était ainsi...

Renonçant à combattre ses impulsions, il fit ce qu'il n'avait pas un seul instant cessé de désirer depuis la scène nocturne à Avington et attira la rebelle dans ses bras.

— Mais que..., commença Rowena, dont la bouche pulpeuse s'entrouvrit sous l'effet de la surprise.

C'était plus que n'en pouvait endurer Christian, qui arrêta la protestation d'un baiser sans réplique.

La jeune femme tenta d'abord de le repousser en lui martelant la poitrine de ses poings, mais la tentative n'alla guère plus loin. Submergée par un besoin plus fort que la rancune, elle s'alanguit dans les bras de son compagnon et s'abandonna avec tant d'ardeur à son étreinte que Greatham en fut surpris lui-même.

Ainsi, elle le désirait aussi, songea-t-il avec ivresse. De toute évidence, il n'avait pas été le seul à soupirer après les instants d'extase qu'ils avaient partagés dans sa chambre d'Avington ! Comme lui, Rowena ne demandait pas mieux que de s'embarquer pour un nouveau voyage d'amour... Cette pensée acheva de le griser, et les instants qui suivirent ne furent plus que passion débridée, tourbillon d'émoi et de pures délices...

Lorsque tous deux, leur désir enfin apaisé, se retrouvèrent étendus l'un près de l'autre sur la mousse épaisse du sous-bois, Rowena coula un regard comblé vers son compagnon. Mais à la vue de son visage fermé, elle comprit aussitôt que les instants qu'ils venaient de vivre, en dépit de leur magie, n'avaient rien changé à leur situation. Aussi ne fut-elle pas étonnée d'entendre Christian murmurer d'une voix sourde :

— Pour la seconde fois, je vous demande pardon, Rowena. Je n'aurais pas dû vous toucher, car je n'en ai pas le moindre droit, pas plus que l'autre nuit à Avington. Tout nous sépare, et il ne sert à rien de tenter d'abolir les distances entre nous. Le problème est sans issue.

Irritée par ces paroles, Rowena se souleva sur un coude.

— Que voulez-vous dire ? rétorqua-t-elle sèchement. La solution ne dépend que de vous, à ce qu'il me semble.

— Voyons, Rowena, vous savez bien où gît la difficulté ! Je me dois à mon père et à Bransbury, je croyais vous l'avoir suffisamment expliqué.

Une vague de découragement s'empara de Rowena, qui secoua la tête d'un geste navré. Ainsi, les choses n'avaient pas bougé d'un iota, et tous deux étaient restés sur leurs positions respectives !

Le cœur serré, elle se leva et rassembla ses vêtements, qu'elle endossa en hâte. Puis elle se tourna vers Christian, une moue désapprobatrice aux lèvres.

— Je sais, répondit-elle, mais en ce qui vous concerne, je ne suis pas sûre que vous localisiez bien le problème !

— Que voulez-vous dire ?

Rowena haussa les épaules.

— C'est bien simple pourtant ! Vous prétendez que votre père a besoin de vous. Mais ne serait-ce pas précisément le contraire ? Peut-être est-ce pour vous et non pour lui que vous désirez tant retourner à Bransbury...

— Pour moi ? répéta Christian, incrédule. Comment pouvez-vous dire une chose pareille ? Vous savez bien que je me dois à mon père, après lui avoir si longtemps manqué !

— Et moi, je me demande si ce n'est pas votre propre sentiment de culpabilité qui vous pousse à agir ainsi ! A moins que ce ne soit la peur de tout engagement un peu sérieux ? Comment expliquer autrement qu'un homme par ailleurs sensé puisse se montrer aussi aveugle ?

Greatham secoua la tête, interloqué.

— Décidément, vous parlez par énigmes.

— Vraiment ? Dites plutôt que vous ne voulez pas comprendre !

La jeune femme tourna les talons, mais Christian se leva d'un bond et lui agrippa le coude. Comme il n'avait pas pris le temps de se rhabiller, Rowena put jauger d'un regard appréciateur sa glorieuse nudité, ce qui ne la désarma pas pour autant. Elle était trop convaincue d'avoir raison pour se laisser circonvenir.

— Expliquez-vous plus clairement, voulez-vous ? intima le chevalier d'un ton sec.

— Vous me taxez d'inconscience, mais il y a tant de choses que vous refusez vous-même de considérer en face ! Vous voyez votre père sous les traits d'un homme handicapé et désarmé devant les difficultés de la vie. Or, il n'est rien de tout cela, et d'autres que vous sont loin de poser sur lui le même regard. Prenez lady Jannelle, par exemple !

— Que vient-elle faire dans la discussion ?

Dédaignant de répondre, Rowena considéra Christian en silence, puis elle haussa les épaules.

— Même si vous ne vous trompiez pas et si votre père était vraiment l'homme dépendant que vous dites, il n'en reste pas moins que vous auriez le droit de mener votre propre vie. Les enfants ne sont pas la propriété de leurs parents, Christian ! Ils n'appartiennent qu'à eux-mêmes.

L'argument ne parut pas ébranler Greatham, qui répliqua, sarcastique :

— De la même façon que vous vous appartenez, n'est-ce pas ?

— Parfaitement ! rétorqua Rowena.

D'un geste sec, elle dégagea son bras, et avant que Christian ait eu le temps de réagir, elle prit ses jambes à son cou et s'enfuit à travers les halliers.

— Revenez ! hurla Christian derrière elle. Vous ne pouvez pas partir seule, c'est trop dangereux !

Mais Rowena était tout bonnement incapable d'obtempérer. Tout ce qu'elle souhaitait, c'était s'éloigner de cet homme dont la seule présence lui était une torture, afin de retrouver un semblant de paix.

Haletante, elle courut de toute la vitesse de ses jambes, jusqu'à ce que la voix de Christian mourût derrière elle, étouffée par la distance. Même alors, elle ne cessa pas sa course éperdue, prête à courir tous les dangers pour se retrouver seule.

Ce fut seulement au sortir de la forêt qu'elle s'arrêta pour reprendre haleine et examiner le paysage qui s'étendait en contrebas. Ces lieux lui étaient totalement inconnus et elle prit alors conscience de la témérité de sa conduite. Comment allait-elle pouvoir rentrer, alors qu'elle ne connaissait même pas le chemin d'Avington ? Christian et elle avaient chevauché ce matin-là pendant plus d'une heure, et elle ne pouvait espérer couvrir la même distance à pied avant la nuit.

Fort mal à l'aise, elle décida de longer l'orée du bois, afin de pouvoir au moins se mettre à couvert s'il survenait quelque danger. Bien que nul n'eût même tenté de leur adresser la parole, elle n'oubliait pas qu'elle se trouvait sur les terres de Dragonwick, dont le maître était le terrible Kelsey.

Si seulement elle pouvait retourner sur ses pas et se remettre sous la protection de Christian ! Mais sa fierté lui interdisait de se laisser aller à une telle faiblesse. Après tout, elle battait sans cesse les bois à Ashcroft dans la plus complète solitude et jamais rien de fâcheux ne lui était arrivé. Il lui fallait se fier à son sens de l'orientation, voilà tout. Une fois sur le territoire d'Avington, elle trouverait facilement quelqu'un à qui demander de l'aide.

Se guidant à la position du soleil, elle se remit résolument à marcher. Si elle avait pu chasser Christian de son esprit, cette petite randonnée n'aurait pas été si désagréable, en fin de compte. Mais elle ne pouvait tout bonnement l'effacer de sa mémoire. Sans cesse, elle se prenait à rêver de ce qui aurait pu être, si seulement il s'était laissé fléchir, oubliant le terrible sentiment de culpabilité qui le taraudait. Etre aimée d'un homme comme lui eût été le paradis sur terre ! songea-t-elle avec une déchirante nostalgie.

Plongée dans ses pensées, elle tressaillit lorsqu'un martèlement de sabots de cheval résonna tout à coup à quelques mètres devant elle. Prise au dépourvu, elle releva promptement la tête et vit trois cavaliers déboucher d'un chemin creux à bride abattue, en soulevant sur leur passage un nuage de poussière.

Alarmée, Rowena bifurqua en hâte pour se réfugier dans le bois, mais il était trop tard. L'un des hommes l'avait aperçue et se dirigeait déjà vers elle au grand galop. Parvenu à sa hauteur, il tira brutalement sur ses rênes avant de se laisser glisser à terre. Puis il se précipita vers la fuyarde, qui s'élança au milieu des halliers avec la célérité d'une biche traquée.

Pendant quelques instants, Rowena courut aussi vite que ses jambes pouvaient la porter, le cœur cognant à grands coups contre ses côtes. Les bras griffés par les buissons, elle franchit d'un bond un fossé et se retrouva dans une sapinière, dont le tapis d'aiguilles amortissait le son des pas. Ne percevant plus le bruit de bottes de son poursuivant, elle pensa l'avoir semé et ralentit légèrement pour reprendre son souffle.

Mais son soulagement fut de courte durée. A peine avait-elle escaladé un talus qu'une main agrippa le bord de sa cape, l'arrêtant net dans sa course. Epouvantée, elle se mit à crier et se débattit comme un beau diable pour échapper à la poigne de son agresseur. Si seulement l'étoffe pouvait se déchirer dans la lutte ! pria-t-elle désespérément. Mais l'épais tissu de velours résista à tous ses efforts, et Rowena comprit en un éclair qu'elle était prise au piège.

A cet instant, son adversaire éclata d'un rire tonitruant et lança un appel, auquel répondit une autre voix masculine. Ses deux compagnons, qui s'étaient élancés à sa suite dans les bois, apparurent bientôt sous le couvert des arbres, et il adressa à l'un d'eux un signe péremptoire.

— Venez donc m'aider à immobiliser cette donzelle !

Obéissant à l'injonction, l'homme saisit Rowena par la taille et lui enserra les deux bras d'une étreinte d'acier. Aussi terrorisée qu'impuissante, la jeune femme poussa un hurlement qui éveilla tous les échos du bois.

Pendant quelques instants, Christian poursuivit la fugitive en criant son nom à pleins poumons, mais les épines qui s'enfonçaient dans ses pieds le contraignirent vite à s'arrêter. Prenant conscience de sa nudité, il retourna en hâte à l'endroit où il avait laissé vêtements et chaussures, et se rhabilla en un tournemain. Puis il se hissa sur Gédéon et le lança dans la direction où Rowena avait disparu. Il n'avait qu'une pensée en tête en cet instant : retrouver l'imprudente à tout prix.

Dieu savait pourtant qu'elle lui en avait dit suffisamment pour le blesser au plus profond de lui-même ! De toute évidence, la colère lui avait fait perdre la tête et elle lui avait jeté au visage tout ce qui lui passait par l'esprit. Car ses accusations, bien entendu, n'avaient rien de fondé. S'il avait choisi de rentrer à Bransbury, c'était parce que son honneur l'exigeait et que c'était la seule chose utile à laquelle il pût consacrer sa vie. N'avait-il pas déjà éludé trop longtemps ses responsabilités, en restant tant d'années éloigné de ses proches ? Il avait donné sa parole qu'il n'en serait plus jamais ainsi, et il était bien décidé à la tenir. Plus d'atermoiements ni de dérobades !

Et pourtant, la seule idée d'un avenir où Rowena n'aurait pas sa place lui déchirait littéralement le cœur. C'était là une étrange contradiction, qu'il ne se souciait pas de révéler à cette petite sorcière. Il entendait déjà la réponse qu'elle lui ferait, s'il se hasardait à lui confier son tourment.

Parvenu à ce point de ses pensées, il secoua la tête, franchement irrité. Le diable emporte cette pécore, vraiment ! Pourquoi la seule idée de ne jamais la revoir le bouleversait-elle à ce point ?

Plongé dans ses réflexions, il mit un instant à réagir, lorsqu'un cri lointain résonna tout à coup à son oreille, à demi étouffé par l'épaisseur des halliers. Qu'était-ce donc ? Un animal pris au piège ? se demanda-t-il avec un involontaire frisson.

Sur le qui-vive, il prêta l'oreille, et n'eut plus le moindre doute lorsque le son se renouvela, éveillant tous les échos des alentours. Il s'agissait bel et bien d'un hurlement de femme !

— Seigneur, mais c'est Rowena ! s'exclama-t-il d'une voix étouffée.

Sans perdre un instant, il se souleva sur sa selle tout en éperonnant furieusement Gédéon, qui s'élança en faisant feu des quatre fers. Le buste penché sur l'encolure de la bête, Christian dirigea sa course vers l'orée du bois, en essayant de localiser l'endroit d'où avait jailli l'appel. Mais un silence de mort planait maintenant sur les lieux, ce qui ne lui facilitait guère la tâche. Aussi, c'était de sa faute ! se reprocha-t-il, furieux contre lui-même. Occupé à remâcher ses préoccupations égoïstes, il avait perdu quelques précieuses minutes, qui pouvaient se révéler fatales à Rowena.

Cette pensée lui donna des ailes, et ce fut en un temps record qu'il atteignit le bord de la forêt. Mais il n'avait pas encore atteint la route qu'il sentit son sang se figer littéralement dans ses veines. « Rowena ! » exhala-t-il dans un cri. Maintenue par deux individus à mine patibulaire, la jeune femme se débattait de toutes ses forces pour tenter de se libérer, sous le regard goguenard d'un troisième larron qui observait la scène, les poings sur les hanches et le visage hilare.

Le trio se figea lorsqu'il vit Christian déboucher des profondeurs du bois. Prompt comme l'éclair, le principal agresseur de Rowena resserra son étreinte autour de la jeune femme et défia le nouveau venu du regard. Bouillonnant de fureur, Greatham fondit sur le groupe à bride abattue, et il s'apprêtait à mettre pied à terre, lorsqu'il vit une lame étinceler sur la gorge blanche de Rowena. Un terrible frisson le parcourut à cette vue, et il s'immobilisa sur-le-champ.

— Restez où vous êtes, ordonna l'homme, si vous ne voulez pas que j'enfonce ma dague dans cette jolie chair !

Christian déglutit, incertain de ce qu'il devait faire. L'essentiel était de préserver Rowena, dont le regard d'émeraude était rivé au sien dans une supplication muette, comme si elle attendait de lui seul le salut.

— Jetez votre épée, reprit l'homme, ou je mets ma menace à exécution !

Greatham examina ses adversaires d'un regard. Une pauvre équipe, en vérité ! songea-t-il avec une fureur mêlée de dédain. Mal vêtus et misérablement armés, les trois olibrius devaient être des mercenaires récemment congédiés, occupés à battre la campagne pour subvenir à leurs besoins. Qui sait, peut-être étaient-ils même des soldats de Kelsey ? Le comte ne passait pas pour prodigue avec ses gens, qui en étaient peut-être réduits aux pires expédients pour assurer leur subsistance.

Quoi qu'il en fût, les malandrins étaient tous trois pourvus d'épées fort ordinaires, dont le pommeau de métal usé semblait avoir déjà vu bien des campagnes. Leurs vêtements crasseux et déchirés n'avaient jamais dû être de bonne qualité, même au temps de leur splendeur. Tous trois étaient maigres comme des clous, et ils n'opposeraient guère de résistance en cas de combat. Mais qu'adviendrait-il alors de Rowena ? La menace du chef résonnait encore à ses oreilles, et il ne pouvait se permettre de faire courir le moindre risque à la jeune femme. S'il se sentait acculé, l'homme n'hésiterait pas à passer à l'acte, il en était certain.

— Donnez votre épée, répéta le bandit, et plus vite que cela. Sans quoi…

Comprenant qu'il ne pouvait se dérober à l'injonction, Christian déboucla son baudrier et le lança devant lui sur le sol.

Sans lâcher Rowena, le chef tourna la tête vers l'un de ses deux acolytes.

— Fowler, ordonna-t-il, ramassez cela !

L'interpellé s'avança lentement vers la rapière, non sans surveiller Christian d'un air méfiant. Quant au chevalier, il ne quittait pas des yeux la captive, qui suivait toute la scène d'un regard effrayé.

— Je l'ai, Gorrel, déclara Fowler après avoir récupéré l'épée.

Rassuré, le chef baissa enfin la dague dont il menaçait sa prisonnière, et Christian poussa un soupir de soulagement. La seule chose qui comptait, c'était que Rowena fût sauve, songea-t-il farouchement. Sa vie lui était plus chère que la sienne, Dieu savait à quel point. Et dire qu'il avait fallu cette menace pour qu'il s'en rendît compte !

Comprenant qu'il devait cacher son émotion, s'il ne voulait pas mettre de nouveau en danger la jeune femme, il affermit sa voix pour demander :

— Ces hommes vous ont-ils fait du mal, demoiselle ?

Rowena reprit sa respiration avant de secouer négativement la tête.

— Ils n'en ont pas eu le temps. Je… Je vais très bien, affirma-t-elle.

Mais Gorrel à ces mots resserra son étreinte et pointa de nouveau l'arme sur sa gorge. Puis il jeta à Christian un regard mauvais.

— Dites donc, beau chevalier, est-ce que je vous ai donné l'autorisation de parler ?

Le sang de Christian ne fit qu'un tour à cette question. Craignant pour la vie de Rowena, il s'interposa d'un geste de la main.

— Laissez-la ! s'écria-t-il. Je promets de ne plus articuler un son.

Il retint sa respiration jusqu'à ce que le chef eût de nouveau baissé le bras. Mais son soulagement fut de courte durée, car Gorrel, se tournant vers ses compagnons, ordonna d'une voix rauque :

— Allons, les gars, emmenons ces deux-là avec nous ! Il sera temps ensuite de décider du sort que nous allons leur réserver.

L'injonction ne fut pas sans inquiéter Christian, qui craignit un instant le pire. Tout ce qu'il lui restait à souhaiter, c'était que leurs agresseurs ne les entraînent pas dans leur repaire, où d'autres malandrins de leur espèce les attendaient peut-être. Echapper à la vigilance de trois larrons était une chose, mais comment combattre à mains nues tout un contingent de brigands ? Décidément, il ne donnait pas cher de leur avenir, à Rowena et à lui !

Bien que mortellement inquiet, il serra convulsivement les mâchoires et prit sur lui pour refouler son angoisse. Quoi qu'il arrivât, il se promettait bien de sauver Rowena. Coûte que coûte, il la tirerait des mains de ces brigands, dût-il offrir sa propre vie en échange !

# 14.

— Une bonne journée, les gars ! s'exclama le chef, dont les compagnons opinèrent avec enthousiasme. Dire qu'il y avait des années que nous n'avions pas vu de nobles traverser ces terres !

Il fit un signe au second de ses hommes et ordonna :

— Chargez-vous de la fille, Carew.

L'interpellé passa un bras autour de la taille de Rowena et pointa un couteau sur son ventre. A cette vue, Christian sentit des gouttes de sueur perler sur son front et il dut serrer les dents pour ne pas émettre une vigoureuse protestation. Mais déjà Gorrel s'approchait, le regard brillant de convoitise.

— Qu'avons-nous là, messire chevalier ? dit-il en désignant la bourse que Christian portait à sa ceinture. Un petit pécule, à ce que je vois !

D'un coup de dague, il coupa le cordon de cuir et s'empara de l'objet, qu'il soupesa avec un sourire ravi.

— Vous en aurez bien davantage si vous laissez aller cette jeune fille, assura Christian.

— Et où prendrez-vous l'argent ?

— A Avington, le château dont nous venons.

— Où vos gens d'armes m'attendront de pied ferme quand j'irai chercher la somme, n'est-ce pas ? ironisa Gorrel.

Christian fronça les sourcils.

— Pas si je vous donne ma parole d'honneur, déclara-t-il fermement. Vous aurez votre or, si vous ne molestez pas la demoiselle.

Il durcit la voix pour ajouter, bouillant de colère contenue :

— Mais si vous touchez à un seul cheveu de sa tête, je vous garantis que vous le paierez de votre vie !

Impressionné par la virulence du ton, Gorrel cilla, mais se reprit aussitôt.

— Paroles ! répliqua-t-il avec mépris. Croyez-vous peut-être que vous allez m'effrayer ?

Il se tourna vers Fowler et intima d'une voix brève :

— Attachez ce blanc-bec ! Je ne veux pas courir le risque de le perdre en route.

Christian n'esquissa pas un geste pendant l'opération, mécontent de lui-même. De toute évidence, il avait commis une erreur en menaçant cet homme. Quelle que fût sa fureur, il se devait de la contenir, pour la sauvegarde de Rowena.

— Allons, maintenant ! lança le chef.

Il se mit en selle, aussitôt imité par Carew. Quant à Fowler, il hissa Rowena sur sa monture et la maintint en lui encerclant la taille d'une étreinte de fer.

Tandis que la cavalcade se mettait en route, Christian voulut encourager Rowena du regard, mais il lui fut impossible de se tourner vers elle, ligoté comme il l'était sur son cheval.

Après avoir parcouru environ une demi-lieue, les trois hommes conduisirent leurs prisonniers jusqu'à l'entrée d'une grotte camouflée par un rideau de feuillages. Carew aussitôt entraîna Rowena à l'intérieur, tandis que les deux autres tiraient Christian à bas de sa monture. Puis ils lui délièrent les pieds et le poussèrent à son tour dans l'étroite ouverture, les mains toujours liées derrière le dos.

Son premier regard, dès qu'il eut pénétré dans l'antre, fut pour Rowena, qui avait été abandonnée près de l'âtre, chevilles et poignets liés. Dieu merci, la jeune femme semblait calme, et elle trouva moyen de lui adresser un sourire, ce qui lui remonta quelque peu le moral. Afin d'endormir la méfiance de leurs geôliers, il se laissa ligoter de nouveau les jambes sans broncher.

Cette opération accomplie, les trois malandrins se mirent en devoir d'allumer le feu. Lorsque les flammes crépitèrent, Fowler embrocha trois lièvres et les mit à rôtir, tandis que son compagnon débouchait une gourde de vin, à laquelle les bandits se désaltérèrent tour à tour avec enthousiasme. Profitant de leur inattention, Christian se pencha vers Rowena.

— N'ayez crainte, je vais trouver un moyen de nous sortir d'ici, chuchota-t-il.

La jeune femme lui coula un regard de connivence et opina d'un battement de paupières. Ainsi, elle lui faisait confiance, songea Christian avec un serrement de cœur. Cette noble attitude mit le comble à son sentiment de culpabilité et il déglutit, plus mal à l'aise que jamais. Plaise au ciel qu'il réussisse à la tirer de là ! pria-t-il, désolé d'avoir entraîné la malheureuse dans cette équipée. Quelle erreur, vraiment, de l'avoir conduite à Dragonwick… A cet instant, ses yeux rencontrèrent ceux de Gorrel, qui grommela, méfiant :

— Hé là, vous aviez promis de vous taire, n'est-ce pas ? Qu'êtes-vous encore en train de lui chuchoter ?

— Rien qui puisse vous inquiéter, affirma-t-il posément. Je lui recommandais de ne pas avoir peur, car vous me semblez tous trois des hommes de bon sens.

— Oh, vraiment ? Vous me faites trop d'honneur, fit le chef avec une ironie appuyée.

Il partit d'un bruyant éclat de rire, aussitôt imité par ses compagnons. Mais Christian ne se laissa pas démonter pour autant.

— Assurément, monsieur Gorrel, vous êtes assez intelligent pour ne pas laisser passer l'opportunité de mettre dans vos poches une rançon quasi royale.

— Je vous ai déjà dit que je n'étais pas assez fou pour aller me jeter dans la gueule du loup.

Christian haussa les épaules.

— Il ne vous arrivera rien si vous prenez vos précautions. Tel que je vous connais, je suis sûr que vous avez déjà pensé à un plan, et je crois deviner lequel.

A ces mots, Fowler et Carew dressèrent l'oreille, visiblement intéressés.

— Ah, oui ? Et quelles intentions me supposez-vous ? demanda Gorrel d'un ton faussement détaché.

— Eh bien, vous pourriez d'abord envoyer l'un de vos hommes à Avington, porteur d'un message qu'il confierait au premier manant venu, avec mission de le remettre au seigneur du lieu. Ainsi, votre émissaire n'aurait pas à se risquer lui-même au château. Lord Warleigh n'en serait pas moins informé de vos exigences, et saurait où et quand vous remettre la rançon.

Gorrel ricana, mais il était évident que l'idée ne lui semblait pas si absurde.

— Si telle était mon intention, je ne serais pas assez bête pour vous en informer, chevalier.

Christian feignit la déception.

— Vous êtes trop rusé pour me faire confiance, à ce que je vois.

Gorrel se contenta de hocher la tête, dubitatif. Puis il fit signe à ses acolytes, et les trois hommes se retirèrent dans un coin de l'âtre, où ils engagèrent une discussion animée. Peu soucieux d'attirer leur attention, Christian s'abstint d'adresser la parole à Rowena et se contenta d'échanger avec elle un regard complice.

Les malandrins burent et bavardèrent jusqu'à ce que les lièvres qui rôtissaient au-dessus du feu répandent une désagréable odeur de viande brûlée. Fowler vint alors débrocher la grillade et la partagea entre ses compagnons, non sans avoir jeté leur pitance aux captifs. Manifestement peu séduite par ce mets grossièrement préparé, Rowena repoussa la nourriture après en avoir avalé une bouchée, mais Christian, conscient qu'il aurait besoin de toutes ses forces pour les tirer de ce mauvais pas, s'obligea à ingurgiter sa part jusqu'au bout.

Ce frugal repas achevé, Gorrel, qui se tenait de l'autre côté du feu, ordonna d'une voix légèrement avinée :

— Et maintenant, vous deux, étendez-vous pour la nuit. Je ne veux plus vous voir bouger, compris ?

Comprenant qu'il serait vain de protester, Christian drapa sa cape autour de lui, aussi étroitement que le lui permettaient ses mains liées. Puis il s'allongea devant le feu, imité par Rowena, et contre toute attente, sombra presque aussitôt dans un sommeil peuplé de mauvais rêves.

Bien qu'elle demeurât immobile dans la pénombre, afin de ne pas éveiller la méfiance de ses gardiens, Rowena se sentait absolument incapable de dormir. Ce n'était pas qu'elle fût réellement effrayée cependant. Sa confiance en Christian était inébranlable et elle ne doutait pas un seul instant qu'il les tirerait tous deux de ce mauvais pas. Bien sûr, les bandits n'avaient apparemment pas retenu l'idée de réclamer une rançon à Simon Warleigh. Mais elle était certaine qu'ils avaient bien enregistré la suggestion, malgré leur apparente indifférence.

Les paupières closes, elle prêta l'oreille aux propos de ses geôliers, qui se congratulaient de nouveau sur l'heureuse issue de cette journée.

— Une bonne prise, vraiment, répéta Gorrel, que le vin rendait loquace. Voilà qui va renflouer un peu notre bourse et nous aider à passer l'hiver.

— C'est vrai, répliqua Carew. Mais il n'en reste pas moins que je donnerais cher pour que le Dragon soit encore en vie. Vous rappelez-vous le temps où il était le maître de ces terres ? Tout allait bien mieux à cette époque, et nous n'avions pas besoin de détrousser les voyageurs pour remplir notre écuelle…

Un instant de silence suivit ces paroles. Puis Gorrel haussa les épaules.

— Allons, il ne sert à rien de penser à ces choses, soupira-t-il. C'est du passé maintenant. Quel bien cela peut-il nous faire de ressasser ce qui ne reviendra plus ?

Mais il y avait une note de regret dans sa voix, qui n'échappa pas à la captive.

— C'est vrai, soupira Carew, mais tout de même... Nous étions alors des hommes respectables, vous rappelez-vous ? Le Dragon avait su nous trouver une place à notre retour d'Orient. Quel homme de bien, vraiment ! Je n'ai plus jamais revu son pareil, et ce n'est pas son frère qui me fera changer d'avis, Dieu le damne !

— Assez ! grogna Gorrel. Il ne sert à rien de remuer tout cela.

Mais Fowler, les yeux embués, ne tint pas compte de l'injonction.

— Difficile de ne pas se souvenir des temps meilleurs, quand on a le ventre vide plus souvent qu'à son tour et qu'on couche sur la dure ! Nous aurions dû quitter Dragonwick à la mort du Dragon. Comment avons-nous pu rester sous le joug de ce damné Kelsey ?

— Que pouvions-nous faire d'autre ? rétorqua Gorrel, oubliant ses propres ordres. Nous étions des soldats et il nous a proposé un engagement. C'était notre métier, n'est-ce pas ?

— Oui, mais il ne nous a pas fallu six mois pour comprendre qu'avec lui, mieux valait renoncer à toutes nos idées sur le bien et le mal.

— C'est vrai, mais il était trop tard, commenta Carew avec mélancolie. Après avoir servi Kelsey, nous étions brûlés auprès des autres seigneurs. Aucun n'aurait voulu de nous après cela !

Une autre pause suivit cette remarque et Rowena retint son souffle. Eclairée par cette conversation, elle commençait à mieux comprendre les motivations de ces hommes. Sans doute n'étaient-ils pas plus mauvais que d'autres au départ. Mais ils avaient manqué d'un bon maître, qui sût les maintenir dans le droit chemin.

Attristée par cette pensée, elle dut réprimer un soupir. C'était infiniment regrettable, certes, mais que pouvait-elle faire pour les gens de Dragonwick ? Après tout, elle n'était qu'une jeune femme désarmée, sans la moindre expérience de la vie. Comment pourrait-elle prétendre gérer un immense comté ? Ah, si seulement elle avait eu près d'elle un homme capable pour l'épauler et lui prêter main-forte en cas de besoin, les choses auraient été bien différentes...

L'image de Christian surgit alors derrière ses paupières closes, mais elle l'écarta aussitôt. Greatham avait fait ses choix, pourquoi revenir là-dessus ? De toute évidence, il ne voulait ni de Dragonwick... ni d'elle !

Cette conclusion avait quelque chose de si définitif qu'il lui fallut quelques secondes pour calmer les battements de son cœur en révolte. Seigneur, si seulement elle pouvait s'empêcher de penser ! songea-t-elle dans un élan de détresse. Autant dormir que de remâcher ces réflexions frustrantes et douloureuses !

Bien décidée à chasser l'image de Christian de son esprit, elle compta des moutons pour se détendre et sombra enfin dans un sommeil agité.

Lorsqu'elle rouvrit les yeux, le soleil éclairait l'étroite ouverture de la caverne, et les pensées de la jeune femme prirent un tour plus optimiste. La situation était-elle si désespérée, après tout ? Avec un tact indéniable, Christian avait bel et bien réussi à maintenir les bandits dans les bornes du respect et de la civilité.

Certes, il l'avait conduite à Dragonwick sans la consulter, mais elle n'arrivait pas à lui en vouloir pour autant. De toute évidence, il était maintenant prêt à tout pour la sauver, peut-être parce qu'il se sentait coupable de l'avoir entraînée dans cette aventure. En somme, c'était un homme d'honneur jusqu'au bout des ongles, et il avait un sens inné de ses responsabilités. N'était-ce pas précisément pour cela qu'il souhaitait absolument réparer ses torts à l'égard de son père ?

Oui, Christian Greatham était un chevalier digne de ce nom, il fallait bien l'admettre. « Le seul problème, conclut-elle, c'est qu'il ne t'aime pas comme tu l'aimes. Si tel était le cas, il aurait la force de briser la carapace qu'il a érigée autour de son cœur ! »

Parvenue à ce point de ses réflexions, Rowena refoula les larmes qui lui étaient montées aux yeux. A quoi songeait-elle de se laisser aller ainsi ? Pour le moment, elle devait concentrer toute son énergie sur la situation présente. Il serait bien temps de s'apitoyer sur elle-même, lorsque Christian et elle seraient de nouveau sains et saufs à Avington !

A cet instant, Fowler vint disposer du bois sur le feu, et Rowena surveilla ses gestes entre ses cils. Qu'allaient décider les trois malandrins, en fin de compte ? La suggestion de Christian avait dû faire leur chemin dans leur esprit. Restait à savoir s'ils allaient vraiment y donner suite !

Un léger bruit lui fit tourner la tête vers la cheminée, et elle vit le chevalier se redresser et étirer ses membres engourdis, dans la mesure où ses liens le lui permettaient.

— Enfin réveillé ! fit la voix moqueuse de Gorrel. Vous avez senti que nous étions sur le départ, n'est-ce pas ?

Rowena s'assit à ces mots et repoussa ses cheveux emmêlés, tandis que Christian s'enquérait avec surprise :

— Où allons-nous donc ?

— Vous le saurez bien assez tôt.

Greatham parcourut l'antre du regard, et Rowena réalisa alors ce que son compagnon avait sans doute déjà remarqué. Carew, le troisième larron, manquait à l'appel ! Où diable avait-il pu aller ?

A cet instant, elle croisa les yeux de Christian, où brillait une lueur de triomphe, et elle comprit instantanément la signification de cette absence. Gorrel avait dû l'envoyer porter un message à Avington, comme Christian le lui avait soufflé la veille. Dieu soit loué, ils seraient bientôt libres ! Informé de leur captivité, Simon ne perdrait pas un instant pour payer la somme requise.

Réconfortée par cette perspective, elle oublia la faim qui lui tenaillait l'estomac, car leurs hôtes semblaient décidés à se passer de petit déjeuner. Elle se rappela alors la conversation qu'elle avait surprise la veille et ne put s'empêcher d'éprouver une certaine compassion pour ces hommes, qui semblaient avoir le ventre creux plus souvent qu'à leur tour.

Une heure plus tard, Carew était déjà de retour. D'un geste, il réunit ses acolytes à l'autre bout de la caverne, et pendant quelques instants les trois hommes chuchotèrent avec animation. Puis Gorrel revint vers les prisonniers, un sourire triomphant aux lèvres.

— Allons, à cheval ! ordonna-t-il d'un ton jovial.

Avant d'avoir eu le temps de réfléchir, Rowena fut entraînée hors de la grotte et hissée sur l'étalon de Fowler, qui se mit en selle derrière elle. Dieu seul savait si la mission du bandit s'était révélée fructueuse, songea-t-elle avec appréhension. Mais quelle qu'en fût l'issue, elle préférait demeurer confiante et s'accrocher à l'idée que leur libération n'était qu'une question d'heures.

De toute évidence, les trois larrons étaient de fort bonne humeur et ils carraient les épaules sur leur monture, comme s'ils envisageaient l'avenir sous les plus belles couleurs. Après avoir parcouru une demi-lieue en silence, Christian remarqua d'un air perplexe :

— Nous ne prenons pas le chemin d'Avington ?

Gorrel eut une mimique de satisfaction.

— Non, répliqua-t-il laconiquement.

— Mais vous avez envoyé un message à lord Warleigh, n'est-ce pas ?

Le malandrin dévisagea un instant son interlocuteur avant de hausser les épaules.

— Après tout, autant vous mettre au courant, dit-il enfin. C'est à Dragonwick que la rencontre aura lieu. Les hommes de Kelsey n'y verront pas d'objection, et nous pourrons y attendre tranquillement la rançon que vos amis doivent nous apporter. A moins, bien entendu, qu'ils ne vous fassent faux bond ! ajouta-t-il d'un ton railleur.

Manifestement peu réjoui par la nouvelle, Christian n'en hocha pas moins la tête.

— Simon viendra, assura-t-il.

Ces paroles prononcées, il retomba dans le silence, mais Rowena constata qu'il examinait les alentours avec une évidente inquiétude. Luttant contre sa propre anxiété, elle s'efforça tant bien que mal de se rassurer. Qu'importait le lieu du rendez-vous, après tout ? Dès que Simon aurait apporté la rançon, ils pourraient reprendre avec lui le chemin d'Avington. Malgré ce raisonnement lénifiant, elle sentit son cœur défaillir de crainte, lorsqu'elle vit une demi-douzaine de cavaliers surgir tout à coup d'un bosquet et galoper vers eux à bride abattue. Au moment de franchir les derniers mètres, les inconnus marquèrent un temps d'arrêt et examinèrent chaque membre du petit groupe. Mais la vue de Christian, toujours ligoté sur son cheval, parut brusquement les décider. D'un même élan, ils éperonnèrent leurs montures et fondirent sur les bandits.

— Il ne manquait plus que cela ! grommela Gorrel, dont le visage était devenu livide.

— Détachez-moi, vite ! hurla Christian à son adresse. Je vais vous aider à les repousser.

Les mercenaires auraient-ils obtempéré ? Cette question resta à jamais sans réponse, car leurs assaillants se jetaient déjà sur eux, l'épée au clair. Un cliquetis d'armes, quelques secondes de mêlée, et Gorrel et Carew tombaient à terre, occis sans pitié par leurs agresseurs. Horrifiée, Rowena vit alors le chef des nouveaux venus agripper la bride de Gédéon, pour s'assurer du prisonnier. Fowler, qui tremblait de peur derrière elle d'avoir vu ainsi dépêcher ses compagnons, s'écria d'une voix suppliante :

— Ne me tuez pas, sir Fredrick ! Le ciel m'est témoin que j'étais justement en route pour le château, avec l'intention de vous livrer nos captifs.

— Vraiment ? fit l'homme avec hauteur. Dans ce cas, je me suis peut-être trop pressé d'expédier vos amis. Mais qu'importe ?

Il jeta un regard dédaigneux aux deux corps qui gisaient sur le bord de la route et poursuivit :

— Puisque le hasard m'a amené dans les parages, je vais vous décharger de cette tâche, l'ami.

Il se tourna vers Christian, qui était demeuré fièrement en selle, et l'examina d'un œil brûlant de haine, pendant que Fowler poussait Rowena à bas de sa monture. Comprenant que le seul salut possible était la fuite, la jeune fille se mit à courir dès que ses pieds eurent touché le sol, mais ses jambes tremblantes se dérobaient sous elle, et il ne fallut à sir Fredrick que quelques secondes pour la rattraper. D'un mouvement rapide, l'homme se pencha vers elle et la saisit à bras-le-corps avant de la hisser en travers de sa selle. Comme la jeune fille se débattait, il ponctua l'opération de quelques coups sur le postérieur, qu'il lui appliqua du plat de son épée.

— Arrêtez, espèce d'ordure ! hurla Christian, dont le regard étincelait de fureur. Que voulez-vous faire de cette femme ? Elle n'a rien à voir avec vos sombres histoires !

Sir Fredrick eut un sourire narquois.

— Elle n'est rien pour moi, mais elle vous importe beaucoup, à ce que je constate, et elle m'est précieuse à ce titre.

Il tourna la tête vers l'un de ses hommes.

— Gilbert, appela-t-il, venez chercher cette donzelle !

L'interpellé ne se le fit pas dire deux fois. Se penchant sur sa selle, il tendit les bras pour saisir la captive, qu'il assit devant lui sur son étalon.

— Si vous osez porter la main sur elle, je vous exterminerai sans pitié, sir Fredrick ! jeta Christian d'une voix menaçante. Et si j'y laisse ma vie, Simon et Jarrod vous traqueront jusqu'au bout du monde, vous pouvez y compter.

La prédiction n'eut pas l'air d'impressionner Fredrick, qui éclata d'un rire moqueur.

— Jarrod, vraiment ? Ce sang-mêlé n'a aucun caractère, mon pauvre ami, et vous feriez mieux de ne pas compter sur lui. Pensez un peu, il m'a tenu à sa merci et a trouvé le moyen de me laisser filer !

— Jarrod n'est pas faible, riposta Christian d'un ton glacial. Il a fait preuve de compassion à votre égard, un sentiment que vous n'avez jamais été capable d'éprouver pour qui que ce soit. Vous avez eu de la chance une fois, mais cela ne se reproduira pas, je vous en donne ma parole !

La voix de Greatham avait la dureté de l'acier et Rowena crut voir vaciller un instant le regard de son interlocuteur. Mais ce ne fut que l'espace d'une seconde, et le personnage eut tôt fait de retrouver sa superbe.

— En route ! cria-t-il à ses hommes. Nous allons gagner Dragonwick par le plus court chemin.

Rowena frissonna à ces mots. Dragonwick..., se répéta-t-elle avec effroi. N'était-ce pas là que vivait l'homme qui avait été assez barbare pour tuer son propre frère, ainsi qu'une petite fille sans défense ? Un homme qui risquait fort de l'exterminer sans pitié, s'il avait la moindre raison de penser qu'elle représentait une menace pour lui...

Bien sûr, Christian était courageux et déterminé. Mais que pouvait-il faire, seul comme il l'était, contre la petite armée qui protégeait Kelsey ?

Dûment questionné par sir Fredrick, Fowler fut obligé de confesser que ses acolytes et lui avaient convoqué Simon à Dragonwick, pour le paiement de la rançon. L'information intéressa visiblement le terrible Fredrick, et Rowena sentit son inquiétude s'accroître d'autant. « Seigneur, comment tout cela va-t-il tourner ? » se demanda-t-elle avec angoisse.

Une demi-heure plus tard, la petite cavalcade arriva en vue de Dragonwick, mais Rowena était trop absorbée dans ses pensées pour remarquer vraiment les alentours. En fait, elle ne revint à elle que lorsqu'ils eurent tous pénétré dans la cour du château, dont la lourde porte se referma sur eux dans un grincement de gonds mal huilés. Une étrange impression s'empara de la jeune femme, à la vue des serviteurs hâves et mal vêtus qui s'affairaient autour des communs. Tous avaient le regard fuyant et s'écartaient peureusement sur le passage de sir Fredrick et de ses hommes.

Après avoir pénétré dans le donjon, Fredrick et ses séides conduisirent les captifs dans une vaste chambre, munie d'un immense lit et d'un lourd mobilier de chêne massif. Avec ses draperies pourpres et ses recoins d'ombre, la pièce avait quelque chose d'impressionnant et de sinistre à la fois. Rowena la crut tout d'abord déserte, et elle tressaillit en voyant un homme se lever d'un fauteuil à haut dossier poussé devant le feu.

— Pourquoi me dérangez-vous, par tous les diables ? interrogea l'occupant des lieux, d'une voix étrangement caverneuse. Ne savez-vous pas que je ne veux voir personne ?

A ces mots, sir Fredrick se précipita vers lui et posa un genou à terre.

— Nous venons de capturer Christian Greatham et une femme qui l'accompagnait, milord, expliqua-t-il, une nuance de triomphe dans la voix.

Il désigna Fowler, qui avait suivi les deux jeunes gens, et poursuivit :

— Cet homme et deux de ses acolytes ont demandé une rançon à Simon Warleigh.

— Greatham, vraiment ? Voilà qui est fort intéressant, en effet !

Poussé par la curiosité, lord Kelsey sortit de l'ombre et s'avança vers les captifs. Rowena à cette vue ne put retenir une exclamation d'effroi. L'homme qui se tenait devant elle ressemblait à un squelette, avec son extrême maigreur et ses yeux gris profondément enfoncés dans les orbites. Voûté et livide, il éprouvait de toute évidence de grandes difficultés à se tenir debout et semblait fort diminué, malgré la lueur mauvaise qui brûlait dans son regard.

Si Christian ne se trompait pas, le personnage avait occis son père et l'avait elle-même laissée pour morte, se rappela la jeune femme en un éclair. Et pourtant, elle ne ressentait rien à sa vue, ni rancune, ni même l'impression de l'avoir déjà rencontré dans le passé. Tout ce qu'il lui inspirait en cet instant, c'était du dégoût et de la peur, car malgré son état de décrépitude, elle le devinait capable de tous les forfaits. De toute évidence, l'enveloppe physique de cet homme avait été littéralement consumée par la haine qui l'habitait !

Kelsey fit un geste vers eux, mais une terrible quinte de toux le secoua au même instant, et sir Fredrick dut le soutenir pour l'empêcher de glisser sur le sol.

— Venez, milord, il faut vous reposer.

Avec une douceur surprenante de sa part, il souleva le comte dans ses bras et alla le déposer sur le lit.

Une fois allongé, le malade se souleva péniblement sur un coude.

— Enfermez-les dans la tour ! ordonna-t-il. Nous verrons combien Warleigh est prêt à donner pour leur libération. Qui sait ? Peut-être me rendra-t-il Isabelle en échange de leur vie...

— Vous êtes fou, ma parole ! s'insurgea Christian. Simon ne cédera jamais à un pareil chantage !

Offusqué par le ton du prisonnier à son égard, Kelsey fit un signe à sir Fredrick. Comprenant aussitôt l'injonction, celui-ci se précipita vers Christian et lui frappa violemment le visage du revers de la main. Le chevalier vacilla sous le choc, mais eut tôt fait de retrouver son équilibre.

— Ne recommencez jamais cela ! grommela-t-il.

Et avant que son adversaire ait eu le temps de réagir, il lui donna un coup de tête en plein ventre qui arracha à l'autre un cri de douleur.

— Neutralisez-le, gardes ! hurla sir Fredrick, plié en deux et le visage livide.

Au moment où Christian s'élançait de nouveau, deux hommes de Kelsey tirèrent sur la corde qui le ligotait, l'arrêtant net dans son élan. Déséquilibré, le chevalier trébucha en avant et sa tête alla heurter violemment la muraille. Assommé par la brutalité du choc, il s'affaissa sur le parquet et sombra dans l'inconscience.

Enfermée avec Christian dans une étroite cellule, Rowena attendit que les pas des gardes se fussent éloignés dans l'escalier. Puis elle se précipita vers le chevalier, qui gisait dans un coin sur une mince paillasse.

— Christian ! Allez-vous bien ?

Greatham poussa un grognement en réponse et banda toutes ses forces pour essayer de distendre ses liens. A la grande surprise des deux jeunes gens, la corde se rompit d'un coup, sans doute fragilisée par la rude secousse que lui avaient donnée les gardes.

— Eh bien… Et moi qui vous croyais encore étourdi ! balbutia Rowena.

— Je vais bien, assura Christian, qui se frotta la nuque avec une petite grimace. Mais quel gâchis, vraiment, et tout cela par ma faute !

De ses mains encore gourdes, il dénoua les liens qui lui enserraient les chevilles, avant de s'attaquer à ceux de Rowena. Enfin libérée, la jeune femme s'agenouilla près de la paillasse.

— Je vous en prie, cessez de vous croire coupable ! supplia-t-elle. Ne m'aviez-vous pas avertie que je courais des risques en vous laissant ? Ces hommes ne m'auraient jamais capturée si j'étais restée près de vous.

— Mais c'est moi qui vous ai amenée à Dragonwick. Autant vous jeter dans la gueule du loup…

— Vous l'avez fait pour la bonne cause, n'est-ce pas ? Comment auriez-vous pu savoir que les choses tourneraient ainsi ?

Peu convaincu, Christian secoua la tête.

— Je n'aurais jamais dû me mêler de ce qui ne me regardait pas, soupira-t-il. En somme, tout est de ma faute, depuis le début.

— Mais non, voyons, je…

Mais le chevalier interrompit la jeune femme d'un geste.

— Tout ce qu'il me reste à faire, c'est de vous ramener en Ecosse dès que je vous aurai sortie de ce guêpier... si du moins j'y arrive ! Pour peu que Kelsey exige vraiment le retour d'Isabelle en échange de notre libération, c'en sera fait de nos espoirs. Jamais Simon ne consentira à un tel marché, et il aura raison !

Il se frappa la paume de son poing fermé avant de s'exclamer :

— La vérité, c'est que je n'aurais jamais dû vous faire quitter Ashcroft ! Pourquoi ne me suis-je pas incliné devant vos réticences ? Rien de tout ceci ne serait arrivé si je ne vous avais pas convaincue de m'accompagner en Angleterre !

Rowena le regarda un instant, profondément découragée. Décidément, elle n'était pas la personne qu'il fallait à Dragonwick, songea-t-elle avec amertume. Comment pourrait-elle jamais prétendre à diriger un immense domaine et son contingent de serviteurs, alors qu'elle n'était même pas capable de convaincre le seul homme qui comptât pour elle en ce monde ! Christian réaliserait-il jamais que les autres avaient comme lui-même la liberté de faire leurs choix, et qu'il n'était en rien responsable de leurs actes ?

— Pourquoi vous sentir coupable ? répliqua-t-elle enfin. Je suis venue en Angleterre parce que je le voulais bien, un point c'est tout. Et si je retourne en Ecosse, ce sera exactement pour la même raison.

Christian se raidit à ces derniers mots, mais ne tenta pas de la dissuader. Après un instant de silence, il conclut d'un air sombre :

— Quoi qu'il en soit, nous n'avons plus qu'une solution, si nous voulons sortir d'ici. Il faut trouver un moyen de nous évader !

Cette déclaration était marquée au coin du bon sens, et Rowena ne put qu'acquiescer.

— Comment allons-nous faire ?

Christian jeta un regard circulaire sur la pièce. Puis il marcha jusqu'à l'étroite fenêtre, dont il repoussa les volets de lattes disjointes.

— Impossible de passer par là, assura-il après avoir jeté un coup d'œil. Nous sommes à vingt mètres de hauteur, et les sentinelles ont vue sur cette ouverture. Dans ces conditions, il va nous falloir gagner la sortie en traversant le donjon.

Rowena le dévisagea, interloquée.

— Mais comment ? Sir Fredrick a posté un garde devant notre porte et lui a recommandé la vigilance, je l'ai entendu.

— Je vais y réfléchir, promit Christian.

Il désigna la paillasse et ajouta :

— Tâchez de vous reposer un peu en attendant la nuit, car vous allez avoir besoin de toutes vos forces. Je vous avertirai dès que le jour sera tombé.

Rowena s'éveilla en sursaut lorsqu'une main se posa doucement sur son bras. D'un mouvement prompt, elle se redressa et constata que la cellule était déjà plongée dans l'obscurité.

— Non, chuchota Christian, restez couchée jusqu'à ce que je vous dise de vous lever. Pouvez-vous faire cela ?

— Bien sûr, mais…

Christian l'arrêta en lui tapotant le bras.

— Chut ! intima-t-il. Faites comme je vous ai dit et tout ira bien.

Il s'éloigna sur ces mots et Rowena, dont le cœur battait à se rompre, l'entendit s'éloigner en direction du seuil.

— Garde ! cria-t-il à travers la porte. Venez vite, la demoiselle est très malade !

— Que diable se passe-t-il ? demanda depuis l'extérieur la grosse voix de la sentinelle.

— La prisonnière s'est évanouie et je n'arrive pas à la ranimer.

Un bruit de verrou se fit entendre derrière le lourd panneau de chêne. Puis la porte s'ouvrit et le garde apparut sur le seuil, le torse protégé par une cotte de mailles qui brillait à la lueur de la torche fichée derrière lui dans le mur. L'épée à la main, il s'avança d'un pas et tâcha de percer l'obscurité de la pièce.

— Amenez-la ici, ordonna-t-il.

Christian, qui se tenait à bonne distance, secoua la tête.

— Je n'ose pas la bouger, dit-il. Dieu sait ce qu'elle peut avoir…

L'homme fit un pas de plus et examina Christian d'un regard méfiant.

— Par tous les diables, vous avez ôté vos liens ! s'exclama-t-il. Allons, mettez vos mains en l'air et allez vous plaquer contre le mur !

Christian obtempéra docilement, tandis que le garde s'approchait de Rowena.

— Demoiselle ? interrogea-t-il en s'inclinant vers la paillasse.

N'obtenant pas de réponse, il se pencha davantage et réitéra sa question. Les paupières serrées, Rowena ne pipa mot, les nerfs tendus à se rompre. Mais Dieu merci, elle n'eut pas longtemps à attendre. Avec un grognement de surprise, l'homme tout à coup s'affala sur elle de tout son poids et la jeune femme étouffa à grand-peine le cri d'effroi qui lui était monté aux lèvres. Mais déjà, Christian s'était précipité pour écarter le garde, qu'il désarma en un tour de main avant de ceindre son épée.

— Le voilà proprement assommé, commenta-t-il. Heureusement que j'ai appris à me servir de mon poing en guise de massue ! Cette technique m'a déjà servi plus d'une fois en Orient. Allez-vous bien, Rowena ?

Et comme l'intéressée hochait la tête sans mot dire, encore sous le coup de l'émotion, il lui saisit la main et l'entraîna hors de la cellule.

A pas muets, les deux jeunes gens descendirent l'escalier de la tour et enfilèrent un long couloir en rasant les murs. Parvenus dans le grand hall, ils déverrouillèrent en hâte une porte, qui s'ouvrait sur une nouvelle volée de marches. Mais en haut des degrés, ils hésitèrent sur la direction à suivre.

— Allons à droite, suggéra Rowena dans un murmure.

Christian opina et la laissa passer devant, puis lui emboîta le pas jusqu'à ce qu'ils atteignent une nouvelle porte donnant sur un corridor. Cette fois, la jeune femme n'eut pas une seconde de doute.

— Encore à droite, chuchota-t-elle.

Quelques instants plus tard, ils pénétraient dans une vaste pièce, et Rowena, qui marchait toujours en tête, étouffa une exclamation d'effroi.

— Que se passe-t-il ? interrogea Christian, déjà sur le qui-vive.

— Là ! s'écria la jeune femme.

Elle lui désigna le mur du fond, en partie occupé par une immense cheminée, que surmontait un dragon gravé dans la pierre. Mais ce qui avait suscité cette frayeur en elle, ce n'étaient pas les armoiries, mais la bannière noire et rouge qui flottait au-dessus, déployant le dessin d'un énorme serpent à la tête belliqueusement dressée.

— Rowena, vous rendez-vous compte que vous reconnaissez les lieux ? s'écria Christian, dont la voix vibrait d'une excitation mal contenue. Déjà, vous avez réussi à nous conduire jusqu'ici...

— Peut-être... je n'ai pas remarqué..., balbutia Rowena.

Tout ce qu'elle savait pour l'instant, c'était que l'image peinte sur l'étoffe l'emplissait d'une peur qui confinait à la panique. Conscient de son malaise, Christian lui passa un bras autour des épaules.

— Que se passe-t-il, Rowena ?

Et comme il n'obtenait pas de réponse, il la força à se tourner vers lui.

— Dites-moi ce qui ne va pas, insista-t-il.

— C'est... cette bannière. Je ne sais pourquoi, mais elle me donne le frisson.

Christian jeta les yeux sur l'objet et eut une moue de répulsion.

— C'est celle de Kelsey, expliqua-t-il. Il la brandissait le jour où il a attaqué Dragonwick et occis votre père.

Rowena secoua lentement la tête, incapable de détourner les yeux de la sinistre broderie qui la terrorisait et la fascinait en même temps.

— Cela ne prouve rien, murmura-t-elle. J'ai toujours eu peur des serpents... Vous en savez quelque chose, n'est-ce pas ?

Christian poussa un soupir excédé.

— Pourquoi continuez-vous à nier l'évidence, pour l'amour du ciel ? Tout à l'heure, vous avez retrouvé votre chemin dans les méandres de ce château, alors même qu'on n'y voyait goutte ! N'est-il pas plus logique de penser que vous avez peur des serpents parce que l'image de cette bannière s'est imprimée dans votre esprit sans que vous en soyez consciente ? Vous étiez trop jeune pour vous souvenir des événements de ce funeste jour, mais votre corps, lui, a enregistré les choses à votre insu !

Rowena, ébranlée, se passa une main dans les cheveux. Et si Christian avait raison, après tout ? Peut-être refusait-elle d'admettre la réalité, pour la simple raison qu'elle lui paraissait trop dérangeante...

A cet instant, elle fut tirée de ses réflexions par un cri perçant, qui s'éleva derrière eux dans la pénombre de la salle.

— Vite ! s'écria Christian.

Sans perdre une seconde, il saisit le poignet de la jeune fille et l'entraîna vers la porte du fond. Mais Rowena le fit aussitôt bifurquer vers la droite.

— Pas celle-ci, l'autre ! intima-t-elle. C'est la seule issue vers l'extérieur.

Et cette fois, elle fut consciente elle-même de tout ce qu'impliquaient ses paroles. Mais ce n'était guère le moment d'épiloguer sur cette découverte, et les deux jeunes gens prirent leurs jambes à leur cou.

A tâtons, ils suivirent un long couloir et arrivèrent enfin devant une porte de bois, que Christian déverrouilla en toute hâte. L'un des battants pivota avec un grincement, et les fuyards se retrouvèrent dans une étroite allée, que dominait l'ombre d'une tour solitaire. De toute évidence, ils se trouvaient à l'arrière du château, tout près du chemin de ronde, nota Christian après avoir examiné d'un regard les alentours.

Un nouveau cri s'éleva dans l'obscurité, et le chevalier se tourna vers Rowena.

— Où, maintenant ?

La jeune femme l'entraîna sans hésiter vers un point précis du rempart.

— Là, souffla-t-elle, il y a un escalier qui mène droit à une poterne !

Christian put vérifier aussitôt la véracité de l'assertion. Après cela, comment Rowena pourrait-elle encore nier qu'elle était Rosalind ? Mais cette pensée ne le rasséréna pas autant qu'elle l'aurait dû. La vérité devenait trop criante pour être niée, certes, mais cela changerait-il quoi que ce fût aux projets de la jeune fille ? Même en sachant qui elle était, elle pouvait encore choisir de retourner à Ashcroft…

— Passez devant, chuchota-t-il, je vous suis.

Rowena s'engagea dans l'étroit escalier en colimaçon, et elle avait déjà descendu une première volée de marches, lorsque Greatham la vit tout à coup s'immobiliser.

— Christian, attention ! cria-t-elle.

Avant d'avoir le temps de réagir, le chevalier vit un bras vêtu de sombre encercler la taille de la jeune fille, qui disparut brusquement à sa vue. Fou d'inquiétude, il se précipita à sa suite et se heurta presque à sir Fredrick qui lui bouchait le passage, suivi de toute une escorte de gens d'armes munis de flambeaux. L'homme lige de Kelsey tenait Rowena à bras-le-corps et son visage exultait à la lueur des torches.

Pris d'une rage meurtrière, Greatham dévala trois marches, l'épée à la main.

Mais Fredrick resserra son étreinte autour de Rowena et eut un rire sardonique.

— Jetez cette rapière, Greatham, ordonna-t-il, ou c'est cette fille qui va pâtir sur-le-champ de votre audace !

Acculé, Christian jeta un regard derrière lui, mais le bruit de bottes qui résonna en haut de l'escalier lui apprit que toute issue lui était désormais coupée. Comprenant qu'il ne pouvait rien tenter sans mettre en danger la vie de Rowena, il poussa un cri de désespoir et jeta son épée, qui rebondit sur les marches dans un cliquetis de métal.

# 15.

Sous bonne escorte, Rowena et Christian furent reconduits dans la chambre du comte. Pendant tout le trajet, les yeux du chevalier lancèrent des éclairs de fureur, et sa compagne, qui l'observait à la dérobée, augura mal de la suite des événements. Consciente du danger, elle s'efforça de garder son calme, sachant que le moindre signe de crainte ou de désarroi de sa part induirait Christian à se livrer aux plus folles actions. Or que pouvait-il faire, seul, conte la petite armée qui protégeait Kelsey ? La moindre tentative de rébellion entraînerait sa perte. « Et comment pourrai-je vivre s'il lui arrive quoi que ce soit ? » songea-t-elle farouchement.

Adossé à une pile d'oreillers, Kelsey était toujours étendu sur son lit drapé de pourpre, et son visage émacié semblait encore plus squelettique à la vive lueur du feu qui flambait dans la cheminée. En voyant les prisonniers, il leva la main d'un geste épuisé.

— Faites-les approcher, ordonna-t-il à sir Fredrick d'une voix à peine audible.

L'homme lige poussa en avant les deux captifs, dont les mains étaient de nouveau ligotées. Le comte enveloppa Christian d'un regard interrogateur.

— Pourquoi vous êtes-vous aventuré sur mes terres, Greatham ?

Et comme l'interpellé ne répliquait mot, il ajouta d'un ton las :

— Faut-il vraiment que vous passiez votre temps à me défier ?

Christian haussa les épaules.

— Il ne s'agit pas de cela, Kelsey, répondit-il enfin. Je ne veux pas être utilisé dans la guérilla que vous menez contre Simon, voilà tout.

Kelsey se renfrogna à cette réponse.

— Guérilla ? répéta-t-il avec véhémence. Il a osé me voler ce qui m'appartenait ! Quel homme sensé ne chercherait pas à se venger d'un tel outrage ?

Mais cet accès d'indignation lui valut une nouvelle quinte de toux, et pendant quelques instants il lutta désespérément pour retrouver sa respiration. D'un geste spontané, Rowena s'avança vers lui, mais sir Fredrick lui barra aussitôt le passage.

— Hé là, que croyez-vous donc faire ? s'écria-t-il d'une voix menaçante.

Partagée entre deux sentiments contraires, la jeune femme hésita. D'un côté, l'homme qui gisait dans ce lit lui faisait horreur et elle ne demandait pas mieux que de l'abandonner à son sort. Mais elle se faisait une image trop sacrée de ses devoirs de guérisseuse pour céder à cette impulsion.

— Je suis apothicaire, et je connais les remèdes qui pourront lui venir en aide.

— Etes-vous devenue folle ? s'insurgea Christian, hors de lui.

— Peut-être... Mais il est malade après tout !

— Eh bien, laissez-le mourir ! C'est sans doute la meilleure chose qui puisse lui arriver...

— Soigner est ma vocation, Christian, comme la vôtre est de vous battre.

Excédé, sir Fredrick se tourna brusquement vers les gardes.

— Enfermez cet individu dans la tour et n'ouvrez sous aucun prétexte jusqu'à ce que je vous en donne l'ordre. Est-ce compris ?

Aussitôt, les quatre hommes d'armes empoignèrent le prisonnier, qui se débattit comme un beau diable.

— Bas les pattes, manants ! Je ne vous laisserai pas..., commença-t-il.

Fredrick tira son épée et s'avança d'un air menaçant vers le rebelle.

Mais Rowena, effrayée, s'interposa entre le prisonnier et lui.

— Non ! cria-t-elle. Si vous lui faites le moindre mal, je ne lèverai pas le petit doigt pour votre maître, je vous en donne ma parole. Et croyez-moi, ajouta-t-elle en voyant l'homme lige hésiter, il n'en a plus pour longtemps si on ne le soigne pas sur-le-champ.

Bien entendu, elle se garda de préciser qu'à son avis, le malade était de toute façon condamné. Mais du moins pourrait-elle adoucir sa fin par les remèdes appropriés.

Enfin convaincu, sir Fredrick remit son épée au fourreau, tandis que les gardes traînaient hors de la chambre un Christian récalcitrant, qui bandait en vain ses muscles pour faire éclater ses liens.

Restée seule entre Kelsey et son bras droit, Rowena donna des ordres d'une voix brève, et Fredrick sonna les servantes du château, qui apportèrent les ingrédients et ustensiles requis.

Pendant toute la nuit, Rowena s'affaira autour du malade, partagée entre son sens du devoir et son aversion pour cet homme, qui avait tué le Dragon et l'avait elle-même laissée pour morte. Quelle dérision, vraiment ! songea-t-elle. Kelsey n'avait-il pas commis tous ces crimes pour accaparer un domaine qu'il était maintenant dans l'incapacité de gérer ? Nul besoin pour lui d'attendre les flammes de l'enfer ! C'était en cette vie qu'il avait reçu le juste châtiment de ses forfaits.

Visiblement suspicieux, sir Fredrick surveilla d'abord le moindre de ses gestes, tandis qu'elle vaquait dans la chambre ou s'approchait du comte pour lui faire avaler une potion. Mais comme ses soins semblaient avoir un effet bénéfique sur le malade, qui respirait plus aisément, le fidèle gardien se relâcha de sa vigilance et la laissa travailler tranquillement.

Quant au comte, il parlait fort peu, et bien que la médication eût allégé sa souffrance, Rowena lisait à livre ouvert dans son regard brûlant de fièvre. De toute évidence, Kelsey ne se faisait guère d'illusions sur ce qui l'attendait à court terme. Il se savait condamné, et cette certitude assombrissait encore son visage, qui se plombait davantage au fil des heures.

Un peu avant l'aube, sir Fredrick sortit de la chambre, et lorsqu'il reparut quelques instants plus tard, il était suivi des quatre gardes, qui traînaient avec eux le prisonnier étroitement ligoté. Dieu merci, l'homme lige avait tenu parole, et Christian n'avait pas été molesté, constata Rowena, après s'être assurée d'un regard que le captif était indemne.

— Tout va bien, Rowena ? s'enquit le chevalier avec inquiétude.

Mais sir Fredrick s'interposa aussitôt.

— Qui vous a donné l'autorisation de parler ? interrogea-t-il d'un ton claquant.

Il fit signe à deux des gardes et ordonna d'une voix brève en désignant la guérisseuse :

— Emparez-vous de cette fille !

Rowena, occupée à nettoyer une fiole, fut aussitôt agrippée par les bras, tandis qu'une rude main se posait sur sa bouche pour étouffer ses cris.

— Que faites-vous là, Fredrick protesta Kelsey, qui se souleva péniblement sur un coude. J'ai encore besoin de ses services !

Aussitôt, les gardes lâchèrent la jeune femme, tandis que l'homme lige fronçait les sourcils.

— Mais Warleigh est là avec son armée, milord ! expliqua-t-il d'un ton soucieux. Il a visiblement l'intention de forcer nos portes.

A cette nouvelle, Christian ne put retenir une exclamation de joie, et le malade tourna vers lui un regard désapprobateur.

— A quoi cet assaut vous servira-t-il, Greatham ? demanda-t-il après avoir pris une profonde inspiration. Je vais faire exterminer ces intrus jusqu'au dernier.

Le chevalier jeta un coup d'œil méprisant à ses gardes.

— Avec quels hommes ? Ces quelques imbéciles qui vous sont restés fidèles malgré votre évidente incapacité à gérer Dragonwick ?

— Mon Dieu…, murmura Rowena, de plus en plus inquiète du tour que prenait l'entretien.

Comprenant que l'attitude de Christian était suicidaire, elle voulut s'interposer, mais à peine eut-elle fait un pas dans sa direction qu'elle sentit la chambre tourner autour d'elle. Comme du fond d'un épais brouillard, elle entendit la voix de Greatham s'écrier :

— Au nom du ciel, que se passe-t-il, Rowena ? Vous n'êtes pas bien ?

La jeune femme se passa la main sur le front.

— Oh, ce n'est rien… Seulement un peu de fatigue, prétendit-elle d'une voix mal assurée.

A ces mots, Christian se débattit si violemment qu'il échappa à la poigne de ses gardes. Titubant sur ses jambes gourdes, il voulut se précipiter vers Rowena, mais les sbires s'emparèrent de lui avant qu'il n'ait eu le temps de la rejoindre. Les yeux étincelants de fureur, il se tourna alors vers le comte.

— Décidément, vous serez toujours égal à vous-même, Kelsey ! Même à l'article de la mort, vous ne songez qu'à faire le mal.

Furieux, sir Fredrick esquissa un geste menaçant à l'adresse du prisonnier, qui n'en poursuivit pas moins :

— Vous n'êtes pas digne de respirer le même air que cette noble fille, dont vous venez d'utiliser le talent sans la moindre vergogne. Elle a toutes les raisons de vous en vouloir, et pourtant elle s'est dépensée sans compter, dans le seul but de sauver votre misérable vie.

— M'en vouloir ? répéta le malade avec un haussement d'épaules. Vous déraisonnez, Greatham. Je n'ai rien fait à cette fille qui puisse provoquer son ressentiment.

Rowena, qui avait suivi l'échange sans rien dire, ne put contenir plus longtemps son indignation. La colère lui donnant des forces, elle oublia son malaise pour s'écrier :

— J'ai au contraire toutes les raisons de vous en vouloir, lord Kelsey ! Non seulement vous avez laissé votre homme lige molester sir Christian et l'emprisonner sans raison, mais vous avez autrefois tué mon père et tenté de me faire subir le même sort !

— Taisez-vous, au nom du ciel ! intervint Greatham, effrayé par les conséquences possibles de cet aveu.

Mais Kelsey se contenta de balayer l'air d'une main lasse.

— Vous êtes folle, ma fille. Je ne vous avais jamais vue avant cette nuit.

— Oh, si, mon oncle ! s'écria Rowena, incapable de refréner sa fureur, dût-elle lui coûter la vie. La dernière fois, c'était en ce soir tragique où vous vous êtes emparé de Dragonwick. Vous souvenez-vous ?

— Rowena, je vous en supplie ! cria Greatham. Ne comprenez-vous pas que vous vous perdez ?

Avec l'énergie du désespoir, il s'arracha à l'étreinte de ses gardes, mais avant qu'il ait eu le temps de faire un pas sir Fredrick leva le pommeau de son épée et lui en assena un coup violent sur la nuque. Proprement assommé, Christian s'effondra sur le plancher.

— Oh, non ! hurla Rowena, qui se rua vers lui.

Affolée, elle s'agenouilla à son côté et le saisit dans ses bras, épouvantée de le voir si pâle. Mais elle sentit alors le souffle tiède du jeune homme contre sa joue, ce qui la rassura en partie. Vivant, Dieu merci ! songea-t-elle avec un intense soulagement.

La voix faible de Kelsey s'éleva derrière elle.

— Tout cela n'est que mensonge. Comment pourriez-vous être ma nièce ? Je l'ai vue tomber du haut de l'escalier quand...

— Quand vous m'avez poussée ! compléta Rowena d'un ton vibrant de haine. Heureusement pour moi, vous vous êtes trompé d'enfant, et c'est la fille de la nourrice que vous avez tuée. Vous n'aviez jamais abaissé votre regard jusqu'à elle, n'est-ce pas ? Elle était de si petite condition ! Mais elle et moi avions les mêmes cheveux roux, et c'est elle que vous avez assassinée ce soir-là.

Kelsey fit un signe à sir Fredrick.

— Faites-la approcher ! ordonna-t-il.

Rowena se débattit de toutes ses forces pour ne pas lâcher Christian, mais l'homme lige la saisit à bras-le-corps et l'obligea à se lever. Puis il la tira sans ménagement jusqu'au lit, d'un geste si brutal que la robe de la jeune femme se fendit sur l'épaule.

— Lâchez-la donc, que voulez-vous qu'elle fasse ? intima le comte en haussant les épaules. Ces deux jeunes présomptueux n'ont aucune chance.

Bien que la remarque ne fût que trop vraie, Rowena n'en releva pas moins le menton avec toute la fierté dont elle était capable. A la lueur du chandelier qui brûlait sur la table de chevet, Kelsey la dévisagea longuement, avec une intense attention.

— Oui, il y a quelque chose du Dragon dans vos traits, conclut-il enfin, à l'issue de l'examen. Et cette tranquille arrogance qui n'appartenait qu'à lui… Pourtant, j'ai encore des doutes !

Lasse d'être la cible de ses regards, Rowena lui tourna le dos. Une exclamation de surprise retentit derrière elle, et avant qu'elle ait eu le temps de comprendre ce qui se passait, le malade s'était redressé et lui agrippait l'épaule de ses doigts glacés.

— La marque ! s'écria-t-il en tirant sur le corsage déchiré de la robe.

— Lâchez-moi, espèce de…

Mais déjà, Kelsey était retombé sur ses oreillers, exsangue.

— Dieux du ciel… Comment… est-ce possible ? murmura-t-il d'une voix entrecoupée.

Abasourdi, il se passa la main sur les paupières, comme s'il espérait effacer ce qu'il venait de voir.

Sidérée, Rowena tâchait de rassembler les deux pans d'étoffe sur sa peau nue, lorsqu'elle entendit tout à coup s'élever la voix de Christian :

— Qu'y a-t-il, Kelsey ? Qu'avez-vous vu ?

Dieu merci, il avait repris conscience ! songea-t-elle avec un immense soulagement. Le cœur empli de gratitude, elle attendit la réponse du comte, qui ferma un instant les yeux avant de murmurer :

— La marque sur l'épaule… Le Dragon avait la même, exactement à cet endroit. C'est un signe de naissance qui ne peut pas mentir.

Bien que Rowena sût déjà à quoi s'en tenir au fond d'elle-même, cette soudaine certitude la fit presque vaciller. Ainsi, Christian avait raison depuis le début. Qu'elle le voulût ou non, elle était bel et bien Rosalind de Dragonwick !

Pendant quelques instants, un silence profond régna sur la chambre et les assistants demeurèrent littéralement figés de surprise. Profitant de la stupeur générale, Christian se releva d'un bond et se précipita vers sir Fredrick, à qui il arracha son épée.

— Vous allez nous relâcher tout de suite ! ordonna-t-il en pointant la lame sur sa gorge.

La première surprise passée, le vassal reprit vite ses esprits.

— N'obéissez pas ! cria-t-il aux gardes. Qu'importe s'il me tue ?

Mais le comte intervint d'une voix altérée.

— Non, s'écria-t-il. Il faut les libérer, au contraire !

Sir Fredrick se tourna vers son maître, qu'il dévisagea avec stupéfaction.

— Mais, milord...

Kelsey lui jeta un regard absent avant de répéter d'un ton étrangement détaché :

— J'ai dit qu'on les laisse partir...

Cette fois, ce fut Rowena qui s'approcha du lit, incrédule.

— Pourquoi faites-vous cela ? s'enquit-elle. Après tout ce que vous avez commis, vous ne me ferez pas croire que c'est par amour pour mon père !

Le comte haussa les épaules et la regarda un instant sans mot dire. Puis il articula enfin d'une voix si faible qu'elle était à peine audible :

— La raison en est toute simple. En entrant ici, vous saviez déjà que j'avais tué votre père et tenté de vous faire subir le même sort. Pourtant, vous m'avez tout de même soigné avec compétence et douceur.

— Comment aurais-je pu ne pas le faire, en vous voyant si malade ?

— Et c'est bien parce que vous avez agi ainsi que je vous rends la liberté.

Comme si cette déclaration lui avait rendu des forces, Kelsey haussa la voix pour ajouter :

— Et ce n'est pas tout ! Je vais également vous rendre ce qui vous revient de droit. Dragonwick sera à vous dès que j'aurai rendu le dernier soupir.

Stupéfaite, Rowena le dévisagea un instant. Puis elle secoua doucement la tête.

— Mais Isabelle ? objecta-t-elle.

Le visage du moribond se rembrunit aussitôt et sa bouche eut un léger tremblement.

— Elle n'accepterait rien de moi, soupira-t-il, et je ne peux m'en prendre qu'à moi-même de ce rejet.

Une nouvelle quinte de toux étouffa ces derniers mots, et les mains du malade se crispèrent sur sa poitrine, comme s'il luttait pour retrouver son souffle. Effrayée, Rowena prit le bol de potion posé sur la table de chevet et le porta aux lèvres du comte, qui avala péniblement quelques gorgées.

— Rowena, voyons ! protesta Christian.

Mais la jeune femme se tourna vers lui et lui jeta un regard implorant, comme si elle faisait appel à sa compréhension.

— Mon devoir est de soulager tous ceux qui souffrent, Christian !

Greatham se tut, vaincu par l'argument. Lui serait-elle aussi chère si elle était différente ? se demanda-t-il dans un brusque accès de lucidité. Car il était épris d'elle, cela ne faisait plus aucun doute pour lui, même s'il lui avait fallu du temps pour accepter de regarder cette réalité en face. En fait, il l'avait aimée dès le premier instant où il avait posé les yeux sur elle dans le cottage d'Ashcroft. Mais bien entendu, il ne pouvait s'attendre à être payé de retour, après l'odieuse façon dont il s'était conduit envers elle ! Le seul bien qu'il pût désormais lui faire, c'était de la raccompagner à Ashcroft, puisque c'était là ce qu'elle attendait de lui.

Prenant la situation en mains, il se tourna vers sir Fredrick et ordonna d'un ton péremptoire :

— Faites ouvrir les portes à Simon Warleigh et à ses hommes !

L'homme lige rejeta la tête en arrière et toisa le chevalier avec arrogance.

— Ce n'est pas à vous de commander ici ! lança-t-il d'un ton rogue.

Kelsey se redressa légèrement sur sa couche et intervint de nouveau :

— Faites ce qu'il vous dit !

Puis il leva sur Christian un regard souffrant et tourmenté.

— Veuillez informer Isabelle que j'aimerais la voir une dernière fois. Mais bien entendu, je comprendrai très bien si elle refuse, et je ne lui en voudrai pas.

Une toux caverneuse le secoua de nouveau, et il lui fallut quelques instants pour retrouver sa respiration.

— Allons-y, sir Fredrick ! intima Christian.

Le bras droit de Kelsey hésita, et lança un dernier coup d'œil à l'homme dont il n'avait jamais contesté les ordres de toute sa vie. Puis il se retourna brusquement, et avant que Christian ait eu le temps de l'en empêcher, il s'empara de l'épée du garde en faction près de la porte.

— Je ne peux pas obéir ! s'exclama-t-il avec désespoir. Comment pourrais-je livrer Dragonwick à ces gens ? C'est au-dessus de mes forces...

Christian se précipita vers lui, sa rapière à la main, et les deux hommes engagèrent le fer dans un cliquetis de métal.

— Non, ne faites pas cela..., commença le comte d'une voix étouffée.

Mais il se mit à tousser de plus belle et retomba sur l'oreiller, livide, tandis que son front se perlait de sueur.

— Jetez cette arme ! cria Christian. Sans quoi...

Il ne put achever sa phrase, obligé de parer les coups furieux de son adversaire, qui s'était jeté sur lui avec une rage meurtrière. En fait, il ne regrettait pas que les choses en soient arrivées là, songea-t-il malgré lui. Sir Fredrick avait fait trop de mal aux êtres qu'il aimait. Comment ne pas se réjouir d'en découdre enfin avec lui ?

Pendant quelques instants, il ménagea ses forces et se contenta d'éviter les coups, bien décidé à épuiser l'énergie démente de son adversaire. Sir Fredrick lui portait botte après botte, et il devint très vite évident qu'il ne s'agissait pas là d'un duel ordinaire, mais bien d'un combat à mort où l'homme de Kelsey n'entendait pas faire de quartier.

Après dix minutes d'un duel forcené, Christian fit un bond de côté pour éviter une attaque particulièrement brutale de son ennemi. Emporté par l'élan, sir Fredrick se fendit à fond, découvrant son flanc gauche dans le mouvement. C'était là l'occasion que Christian attendait. Prompt comme l'éclair, il se rua sur le bretteur et lui enfonça sa lame entre deux côtes.

Surpris par la rapidité de l'action, sir Fredrick n'avait pas eu le temps de parer. Les yeux exorbités, il ouvrit la bouche comme pour chercher de l'air, puis il vacilla sur ses jambes et s'effondra enfin sur le plancher, où il demeura immobile.

— Il a son compte, commenta Christian, après avoir posé un doigt sur le cou du vaincu, où il ne décela plus le moindre battement.

Il secoua la tête, navré d'avoir dû en arriver là, tandis que le comte exhalait dans un douloureux gémissement :

— Fredrick, pourquoi ne m'avez-vous pas écouté ?

Quant à Rowena, son visage exprimait un tel soulagement que Christian ne put soutenir longtemps son regard. Ce qu'il attendait d'elle, c'était bien plus que cet intérêt passager, s'avoua-t-il avec un serrement de cœur. Mais il ne se sentait pas le droit de lui réclamer davantage.

— Emportez-le, ordonna-t-il aux gardes qui observaient la scène, incertains de ce qu'ils devaient faire.

Puis il se tourna vers le malade, dont le visage blafard reposait de nouveau sur l'oreiller.

— Nous lui ferons un enterrement convenable, déclara-t-il à son intention.

Kelsey se contenta de baisser les paupières en signe d'assentiment, et Christian rappela l'un des soldats qui s'apprêtaient à quitter la pièce avec leur macabre fardeau.

— Suivez-moi, intima-t-il d'une voix brève.

Comprenant que le pouvoir avait changé de mains, l'homme lui emboîta le pas sans hésiter et tous deux gagnèrent la grande porte du château, où Christian héla la sentinelle.

— Abaissez le pont-levis ! lança-t-il d'un ton comminatoire.

Et comme l'interpellé, stupéfait, ne faisait pas mine d'obéir, le garde intervint aussitôt :

— Faites comme il vous dit ! Sir Fredrick est mort, et le comte a donné les pleins pouvoirs à ce chevalier.

Convaincu, l'homme s'exécuta et fit lever promptement la herse. Quelques minutes plus tard, Simon et sa troupe pénétraient dans la cour du château, accompagnés par un brouhaha de voix et un cliquetis de gourmettes. En voyant Christian les accueillir du haut de l'escalier du donjon, Warleigh mit pied à terre au pied des degrés et se précipita vers lui. Il fut bientôt imité par sir Thomas, pressé de donner l'accolade à son fils.

—Allez-vous bien, au moins ? s'enquit le maître de Bransbury avec une évidente inquiétude.

— Mais oui, père, ne vous faites pas de souci pour moi.

— Qu'est-il arrivé ? demanda Simon, qui examinait les alentours d'un regard suspicieux.

— Kelsey a reconnu Rosalind en Rowena, et vient de faire d'elle son héritière. Je me suis battu contre sir Fredrick, qui a enfin payé pour ses forfaits.

Sir Thomas et Simon examinèrent le chevalier, incrédules.

— Si je m'attendais à cela ! s'écria le second.

— De plus, Kelsey est à l'article de la mort, poursuivit Christian, et il demande à voir Isabelle.

Simon fronça les sourcils.

— Je ne sais pas si..., commença-t-il.

Il s'interrompit pour jeter à son ami un regard interrogateur.

— Etes-vous sûr qu'il n'ait pas de mauvaises intentions à son égard ?

Le chevalier réfléchit un instant, conscient de la gravité de l'enjeu.

— Je ne pense pas, dit-il enfin. Il a beaucoup changé.

Il hésita avant d'ajouter :

— Bien entendu, la décision vous appartient, mais je crois sincèrement qu'Isabelle n'a rien à craindre. En tout cas, il me semble que vous devriez la laisser choisir. Elle pourrait vous en vouloir plus tard de ne pas lui avoir soumis cette requête.

Simon approuva d'un hochement de tête.

— Vous avez raison, et je vais aller l'en informer moi-même. Pouvez-vous prendre les choses en mains ici, votre père et vous ?

Les deux hommes acquiescèrent de concert et Simon se remit en selle sans attendre pour reprendre le chemin d'Avington. Dès qu'il eut franchi le pont-levis, Christian posta ses hommes aux différents points stratégiques du château, sans oublier la porte d'entrée et la tour de garde. Déconcertés par la soudaineté des événements, la plupart des soldats de Kelsey obéirent sans protester, et l'opération s'accomplit en un temps record. Ces précautions prises, il envoya deux soldats veiller sur Rowena, qui se trouvait encore dans la chambre du comte. Puis il entraîna sir Thomas dans le solarium, afin de l'entretenir sans témoins.

— J'ai quelque chose à vous dire, père, commença-t-il après s'être éclairci la gorge. Conformément à la promesse que je lui ai faite, je compte maintenant ramener Rowena en Ecosse. Cette mission accomplie, je reviendrai à Dragonwick pour m'assurer que les choses y sont bien rentrées dans l'ordre. Je sais que je vous avais promis de regagner Bransbury sans délai, mais il me semble que je dois bien cela à la mémoire du Dragon… et aussi à Rowena.

— Revenir à Bransbury ? Si je me souviens bien, vous m'avez surtout juré d'être désormais le meilleur des fils, et je ne vois pas en quoi votre séjour ici serait contraire à cette promesse.

Etonné par ces paroles, Christian hésita une seconde avant de répondre :

— Parce que vous avez besoin de moi, tout simplement.

Sir Thomas haussa les sourcils, tandis qu'une lueur d'amusement éclairait son regard aussi bleu que celui de son fils.

— Je serais le plus heureux des hommes de vous avoir à Bransbury, Christian, car vous m'avez terriblement manqué pendant ces années où vous guerroyiez en Terre sainte. Mais objectivement, je ne puis dire que j'aie besoin de vous. Ce serait un mensonge !

Décontenancé, Christian se passa la main sur le front avant d'objecter :

— Je pensais que j'avais déçu toutes vos espérances et que vous m'en vouliez d'avoir manqué à mon devoir filial !

Sir Thomas se laissa tomber sur un siège et ses prunelles s'embuèrent de larmes.

— Ce n'est pas exactement cela, mon fils... Je croyais, moi, que c'était vous qui me reprochiez tacitement de ne pas avoir sauvé votre mère. Vous savez que l'accident qui lui a coûté la vie m'avait été annoncé en rêve, n'est-ce pas ?

Christian posa une main sur l'épaule de son père.

— Comment aurais-je pu vous blâmer pour cela, voyons ? se récria-t-il. Je sais bien que vous avez tenté ce matin-là de la dissuader d'entreprendre sa promenade, et que c'est elle qui a refusé de vous écouter !

Sir Thomas poussa un lourd soupir.

— Il semble qu'il y ait eu entre nous un réel malentendu, mon fils. Tout ce qu'il nous reste à faire, c'est de reconstruire notre relation sur des bases différentes.

Il se leva sur ces mots et montra les lieux d'un geste de la main.

— Quant à votre désir de rester à Dragonwick, je le trouve très justifié. Dieu sait qu'il y a à faire ici pour rétablir l'ordre et la prospérité qui régnaient autrefois dans ce domaine ! Vous êtes l'homme de la situation, mon fils, c'est évident.

Touché par cette magnanimité, Christian étreignit son père, qui venait de le guérir en un instant du terrible sentiment de culpabilité qui le hantait depuis tant d'années. Ainsi, Rowena avait raison depuis le début, songea-t-il avec un serrement de cœur. Il y avait longtemps qu'il aurait dû y voir clair en lui-même, au lieu de cultiver des remords aussi usants qu'inutiles. Comme il avait été aveugle, vraiment ! Et le pire, c'était qu'il ne pouvait revenir sur les paroles qu'il avait assenées à la jeune fille. Il était trop tard pour solliciter son pardon, et à la vérité, il ne se sentait même pas le droit d'attendre d'elle quoi que ce fût, en dehors d'un juste ressentiment.

Lorsque Simon, deux heures plus tard, reparut à Dragonwick, il ramenait non seulement Isabelle, mais aussi lady Jannelle, la gente veuve de Brillington. Les yeux dessillés par les propos de Rowena, Christian se demanda comment il avait pu ne pas voir qu'un tendre intérêt unissait son père et la jolie brune au regard de velours. « On ne peut être moins observateur que moi, décidément ! » se dit-il avec réprobation.

Plus alerte qu'il ne l'avait jamais vu, sir Thomas s'empressait autour de la nouvelle venue, et s'il boitait autant que jamais, il y avait dans sa carrure et sa démarche une assurance toute virile que son fils n'avait jamais su déceler auparavant. Quant à Jannelle, elle s'accrochait au bras du maître de Bransbury avec une évidente complaisance et, la tête levée vers lui, semblait littéralement boire toutes ses paroles.

« Un imbécile, voilà ce que tu es ! » conclut le chevalier, définitivement éclairé par ce spectacle.

Assise au chevet du comte, dont la respiration se faisait d'heure en heure plus difficile, Rowena tressaillit lorsque la porte s'ouvrit doucement, livrant passage à Isabelle Warleigh. A la vue de la jeune femme, un irrésistible élan de tendresse s'empara d'elle et, d'un geste spontané, elle tendit la main à la nouvelle venue.

— Ma sœur..., murmura-t-elle.

Isabelle s'illumina à ces mots, et les deux jeunes femmes échangèrent un regard ému avant de se tourner vers le moribond. La main dans la main, toutes deux scrutèrent le visage de cet homme qui leur avait fait tant de mal et n'était plus que l'ombre de lui-même. Stupéfaite du changement qui s'était inscrit dans chaque trait de ce visage émacié et grisâtre, Isabelle déglutit avant d'appeler dans un chuchotement :

— Père… Je veux dire, lord Kelsey. Mon oncle…

Le malade souleva ses paupières alourdies et ses prunelles bleuâtres s'emplirent de larmes lorsqu'il eut identifié la jeune femme penchée vers lui.

— Isabelle…

Rowena voulut se retirer par discrétion, mais sa compagne la retint fermement.

— Vous avez désiré me voir, je crois, reprit Isabelle après quelques secondes de silence.

Le comte reprit péniblement son souffle.

— Je… Je vous remercie d'être venue. Je ne m'attendais pas à ce que vous acceptiez, sachant que je n'en étais pas digne. Mais je voulais vous dire que je regrette ce que je vous ai fait…

Il hésita et jeta un regard vacillant à Rowena avant d'achever sa phrase.

— … à toutes les deux. Vous, Rosalind, hériterez de ces terres qui vous reviennent de droit, et sans doute leur rendrez-vous leur prospérité d'antan. Mais aucune de vous deux ne se souviendra de moi lorsque je ne serai plus. Il a fallu que je sois à l'article de la mort pour réaliser que personne ne pleurera ma disparition. C'est pourtant la seule chose qui aurait pu m'apporter un peu de réconfort en cette extrémité…

Emue malgré elle, Isabelle baissa les paupières et une larme roula sur sa joue.

— Je vous aimais de tout mon cœur, murmura-t-elle, et il fut un temps où j'aurais tout donné pour voir cette affection payée de retour.

Les yeux mi-clos, le comte chercha péniblement sa respiration.

— Et j'en étais incapable, murmura-t-il. Le seul apaisement que je puisse espérer au moment de quitter ce monde, c'est votre pardon. Et je sais pourtant que je n'ai aucun droit de vous le demander…

Sans hésiter, Isabelle se pencha un peu plus vers le moribond et affirma d'une voix bien distincte :

— Vous l'avez cependant. Je vous pardonne de tout mon cœur.

Le comte ferma les paupières et un profond soupir souleva sa poitrine creuse. Puis son corps se raidit imperceptiblement, et quelques secondes s'écoulèrent dans un total silence, avant que Rowena ne réalisât ce qui venait de survenir.

— Il n'est plus, chuchota-t-elle.

A ces mots, Isabelle se couvrit un instant les yeux de ses mains. Puis elle courut vers Simon, qui était entré sans bruit dans la chambre et se tenait près du feu en compagnie de sir Thomas et de lady Jannelle. Fort ému lui-même, Warleigh referma les bras autour de sa femme et la serra étroitement contre lui.

Immobile, Rowena regardait la scène, le cœur déchiré de regret. Si seulement elle avait eu elle aussi un compagnon qui pût la consoler en ces moments de détresse ! Mais Christian, qui avait suivi ses amis, se tenait à l'autre bout de la pièce, le dos tourné, et contemplait le paysage qui s'étendait sous la fenêtre. De toute évidence, il l'avait déjà oubliée, songea-t-elle avec amertume. Et pourquoi se préoccuperait-il d'elle davantage ? Il avait accompli sa mission et devait se réjouir que justice fût faite. Il pouvait maintenant rentrer à Bransbury la conscience tranquille.

Comme les choses auraient été différentes si elle avait pu rester à ses côtés et partager ses plaisirs aussi bien que ses devoirs ! Mais cela ne pouvait être. Christian Greatham avait délibérément choisi un avenir dont elle ne faisait pas partie.

Bouleversée par cette pensée, elle ferma un instant les paupières, tandis qu'un spasme de souffrance lui étreignait la poitrine. Décidément, elle avait besoin de quelques instants de solitude pour remettre de l'ordre dans ses pensées en déroute !

D'un pas incertain, elle se dirigea vers la porte, pressée de fuir l'homme dont la seule présence lui était désormais une torture. Mais les fatigues de ces derniers jours eurent tout à coup raison d'elle et, au moment même où elle atteignait la porte, elle vacilla brusquement et tendit la main vers le chambranle. Mais avant qu'elle ait eu le temps de trouver un appui, tout devint noir autour d'elle et elle sombra dans l'inconscience.

— Mon Dieu, Rowena ! s'écria Isabelle d'une voix blanche.

Les cris de sir Thomas et de lady Jannelle firent aussitôt écho au sien, et Christian, alerté, se retourna tout d'une pièce.

— Que se p...

Mais les mots moururent sur ses lèvres lorsqu'il vit Rowena recroquevillée sur le sol, ses cheveux de flamme répandus autour de son visage blafard. Evanouie ! songea-t-il en un éclair. Par tous les saints, c'était de sa faute !

Il avait trop exigé d'elle depuis leur départ d'Ashcroft, et les épreuves de ces deux derniers jours avaient dû avoir raison de sa résistance. Fou d'inquiétude, il se rua vers elle, écartant au passage ses compagnons, et la saisit dans ses bras.

— Rowena, ma chérie..., murmura-t-il en posant les lèvres sur son front. Revenez à vous, je vous en supplie !

Les paupières de la jeune femme frémirent, et ce fut d'une voix à peine audible qu'elle chuchota :

— Est-ce vous, Christian ?

— Oui, mon amour. Allez-vous mieux ?

Pour toute réponse, Rowena ouvrit tout grands ses immenses yeux couleur d'océan, où le chevalier plongea le regard avec ivresse.

— J'ai l'impression d'être en train de rêver, chuchota-t-elle enfin.

Gêné de sentir que son père et tous ses amis observaient la scène, Christian souleva la jeune fille et la porta d'une traite jusqu'à la pièce voisine, où il la déposa sur un lit recouvert de damas pourpre. Puis il s'assit près d'elle et se pencha pour examiner de plus près son charmant visage.

— Préféreriez-vous que ce soit un rêve, Rowena ?

Rowena cilla, étonnée.

— Pourquoi cette question ?

Pendant quelques instants, le chevalier garda le silence. Puis il prit une profonde inspiration et déclara d'une voix aussi neutre que possible :

— Autant que vous le sachiez dès maintenant. J'ai informé mon père que je resterais à Dragonwick aussi longtemps qu'on aurait besoin de moi ici.

Ne sachant que penser, Rowena détourna les yeux.

— Est-ce parce que vous avez réalisé que cet immense domaine allait être une lourde charge pour moi ?

Christian tressaillit et une légère exclamation s'échappa de ses lèvres.

— Etes-vous en train de me dire que vous envisagez de rester ?

Rowena cette fois soutint fermement son regard.

— Eh bien… oui ! J'ai compris tout à coup à quel point les gens d'ici avaient besoin d'une main secourable et ferme pour les soutenir. Ces hommes qui nous ont capturés n'étaient pas si mauvais au départ, et ils n'auraient pas mal tourné s'ils avaient eu quelqu'un pour les maintenir dans le droit chemin.

Elle se tut un instant avant d'ajouter avec une solennelle gravité :

— Ce que je ne voudrais pas cependant, c'est que vous demeuriez à Dragonwick par pur sentiment du devoir, sous prétexte que vous vous sentez coupable de Dieu sait quoi…

Christian comprit alors qu'il ne pouvait lui cacher plus longtemps son amour. Tant pis s'il essuyait un pur et simple rejet ! Le jeu en valait la chandelle, et il était prêt à tout, même à courir le risque d'une rebuffade.

— La vérité, Rowena, c'est que je vous aime. En fait, je suis tombé sous le charme depuis le premier instant où je vous ai vue, et c'est pourquoi j'ai mis tant d'ardeur à vous convaincre de m'accompagner en Angleterre. Il était si fatal que je m'éprenne de vous ! Comment aurait-il pu en être autrement ? Vous êtes belle, généreuse, et vous possédez une maturité et une sagesse bien au-dessus de votre âge. Je sais que cette déclaration risque fort de susciter votre colère, mais tant pis. Je devais vous exprimer au moins une fois ce que je ressens au plus profond de mon cœur !

— Ma colère ? répéta Rowena avec surprise.

— Oui. Je suis parfaitement conscient de vous avoir blessée, et je n'espère même pas que vous me pardonniez un jour...

— Vous pardonner ?

La jeune femme se redressa et lui prit le visage entre ses deux mains.

— Comment pouvez-vous dire cela, voyons ? Mais je suis incapable de vous en vouloir de quoi que ce soit !

Elle observa une pause, comme pour donner plus de solennité à ses paroles, et articula lentement, ses yeux verts tout embués de larmes :

— Je vous aime, Christian, et je vous aimerai toujours.

— Vraiment ? interrogea Greatham, qui ne pouvait encore croire à son bonheur.

— Si je peux me permettre de faire écho à vos propres paroles, comment aurait-il pu en être autrement ? C'est le destin qui nous a réunis.

Luttant contre l'émotion qui s'était emparée de lui, Christian répliqua dans un murmure :

— Puisse-t-il ne jamais nous séparer, Rowena !

— Rosalind, corrigea la jeune femme avec une pointe de tristesse dans la voix. C'est ainsi qu'il vous faudra m'appeler désormais.

Mais le chevalier secoua doucement la tête.

— Pour moi, vous serez toujours Rowena. Toutes ces années où vous avez vécu sous ce nom ont fait de vous la femme que vous êtes aujourd'hui, et qui m'est plus chère que la vie.

Rowena lui jeta un long regard de gratitude. Christian avait raison, elle ne renierait jamais son passé. C'était sa vie à Ashcroft, bien plus que son atavisme, qui avait forgé sa personnalité, et jamais elle n'oublierait le petit village écossais, ni les amis qui l'avaient soutenue et aimée pendant ses années d'exil. Comme elle était reconnaissante à son bien-aimé d'avoir su comprendre cela !

— Oh, Christian, s'exclama-t-elle, je vous aime plus que je ne saurai jamais vous le dire…

Elle ferma les yeux, tandis que Christian l'attirait contre sa robuste poitrine, lui offrant à jamais l'asile de ses bras.

# Épilogue

Au bruit de pas bien connus qui résonnait dans le corridor, Rowena reposa son ouvrage de broderie et se leva d'un bond, bousculant sa chaise dans sa hâte.

Situé à l'opposé des pièces qu'occupait le précédent maître des lieux, l'appartement seigneurial avait fort belle allure, avec ses murs tendus de brocart vert et ses meubles confortables. Afin de reléguer le souvenir de Kelsey dans les oubliettes du passé, les nouveaux occupants de Dragonwick avaient changé tout ce qui aurait pu éveiller de pénibles réminiscences. Tentures, linge et tapisseries, tout était neuf, y compris le superbe tapis de laine multicolore que Christian avait ramené de Terre sainte.

La jeune femme atteignait la porte, lorsque les battants s'ouvrirent tout grands, livrant passage à celui qu'elle attendait jour et nuit avec tant d'amoureuse impatience. Sans savoir comment, la jeune femme se retrouva instantanément pressée contre une large poitrine, tandis que deux bras passionnés se refermaient autour d'elle. Pendant un instant précieux entre tous, elle respira avec ivresse l'odeur de grand air, de cheval et de feuillage qui imprégnait les vêtements de son mari. Ainsi c'était donc vrai, il était de nouveau là après ces interminables semaines d'absence !

Incapable de contenir plus longtemps son impatience, elle s'écarta enfin et plongea ses yeux interrogateurs dans le regard bleu qui l'examinait avec ravissement.

— Eh bien, qu'a dit le roi, mon amour ?

Christian attira derechef sa femme contre lui avant de répliquer :

— Il a entériné le legs du défunt comte et m'a assuré qu'il ne s'opposait pas à ce que vous gardiez ces terres.

Surprise, Rowena recula de nouveau.

— Vraiment ? Je ne m'imaginais certes pas que ce serait aussi simple !

Christian fronça les sourcils.

— Voyons, ma femme, ne me refusez pas la joie de vous serrer dans mes bras. Vous m'avez tellement manqué !

Un sourire espiègle aux lèvres, Rowena le tint à distance en lui posant une main sur la poitrine.

— Croyez-vous que la réciproque ne soit pas vraie ? Mais avant de me consacrer totalement à vous, monsieur mon époux, je tiens à être rassurée sur le sort de tous les habitants de ces terres.

Christian exhala un soupir.

— Je comprends votre sentiment, ma chérie, et j'ai honte de me montrer si égoïste. Mais pour répondre à votre question, les choses n'ont pas été si aisées, en fait. En tant que témoins, mon père et Simon ont dû jurer sur les Saintes Ecritures que Kelsey avait bien reconnu votre identité et vous avait nommée son héritière. Enfin convaincu, le roi a fini par agréer, mais il a posé une condition. Comme vous êtes une femme, il vous autorise à gérer Dragonwick avec mon aide, mais seulement jusqu'à ce que notre futur fils, si nous en avons un, soit assez âgé pour prendre officiellement la relève. Si par hasard vous disparaissiez sans héritier, Dragonwick reviendrait à la couronne.

Avec un sourire, le chevalier posa la main sur le ventre légèrement bombé de sa femme.

— Mais si vous voulez mon avis, il y a de fortes chances pour que cette éventualité ne se produise pas.

Rowena frémit au contact de cette large paume, dont la chaleur la pénétrait à travers le mince velours de sa robe. Ils avaient été si longtemps séparés, et la couche qui les attendait derrière les courtines de soie était si tentante ! Mais sa curiosité n'était pas encore satisfaite et elle recula un peu le moment du plaisir.

— Avez-vous informé votre père de la nouvelle ? De mon côté, j'en ai fait part à Isabelle, bien entendu.

Christian hocha la tête et son visage s'illumina de bonheur.

— Et savez-vous ce que j'ai appris moi-même ? demanda-t-il d'une voix émue. Non seulement Aislynn attend un heureux événement, mais lady Jannelle aussi !

Rowena ouvrit de grands yeux à cette nouvelle.

— Quoi, toutes les deux ?

— Mais oui ! Vous auriez dû voir la joie de mon père ! Il exultait littéralement. Bien entendu, il est ravi pour Aislynn, mais ce n'est rien à côté du bonheur délirant qu'il éprouve à l'idée d'avoir lui-même un autre enfant. Comme Jannelle est dans sa trente-sixième année, il s'inquiète pour elle à tout bout de champ et elle passe son temps à le rassurer sur son état de santé !

— Je suis si heureuse pour eux tous, fit Rowena, radieuse. Voilà qui a dû vous réconforter, j'imagine. Je sais que vous vous faisiez du souci pour votre père, depuis que vous avez pris la décision de vivre à Dragonwick.

— Il semble en fait qu'il n'avait nul besoin de moi, mais d'une femme susceptible de partager sa vie et ses rêves. N'en va-t-il pas de même de tous les hommes ?

Joignant le geste à la parole, il caressa amoureusement la nuque de Rowena, qui sentit aussitôt un voluptueux frisson lui parcourir le dos. Mais elle se reprit vite pour demander :

— Et Aislynn, comment va-t-elle ?

— Jarrod a écrit à mon père qu'elle était déjà ronde comme une pastèque, ce qui ne l'empêche pas de vaquer à ses occupations comme si de rien n'était !

Rowena eut un soupir de regret.

— Quel dommage que je connaisse si peu votre sœur ! L'affection de nos proches est décidément ce qu'il y a de plus précieux au monde. Savez-vous que j'ai deux fois pique-niqué avec Isabelle et le petit Simon, pendant que Simon et vous étiez à la cour ? Ce fut une grande joie pour moi. Nous avons été si occupés à Dragonwick ces six derniers mois que nous n'avons même pas eu le loisir de voir ceux qui nous sont chers !

Christian hocha la tête, au souvenir de la période laborieuse qu'ils venaient de vivre. Grâce à leurs soins, la prochaine récolte promettait d'être abondante, et ils projetaient de répartir cette manne entre les plus nécessiteux de leurs manants.

— Ne vous inquiétez pas, ma chérie, fit-il en passant un bras autour des épaules de sa femme. Tout le monde nous avait bien dit que ce serait difficile au début. Mais nous retrouverons bientôt le temps de vivre !

— Ainsi, vous les avez tous informés de... de mon état ?

Christian déposa un baiser sur la bouche de sa femme, dont les lèvres charmantes le tentaient depuis trop longtemps.

— J'en ai parlé à mon père, qui informera Jarrod et Aislynn dès son retour à Bransbury. Tous deux ont prolongé leur séjour là-bas pour tenir compagnie à lady Jannelle, pendant que son époux était à la cour.

Rowena approuva d'un hochement de tête, heureuse de ces bonnes nouvelles. Et comme Christian s'enquérait à son tour de ce qui était survenu en son absence, elle se frappa légèrement le front.

— Comment ai-je pu oublier ! Savez-vous que j'ai reçu une lettre de Hagar ? Les frères du monastère lui ont lu ma missive, et se sont fait un plaisir d'écrire la réponse sous sa dictée.

— Vous m'en voyez vraiment ravi. Comment se porte-t-elle ?

— Parfaitement bien, ainsi que mes amis d'Ashcroft. Je leur manque beaucoup à tous, s'il faut en croire notre vieille amie. Quant à Sean, il est toujours un peu triste, mais il s'est fait une raison et a repris ses activités comme par le passé.

— Vous m'en voyez très heureux ! J'avais quelque tendance à le plaindre, savez-vous ? Il doit être si terrible pour un homme de devoir renoncer à vous...

Mais Rowena secoua la tête.

— Je ne l'ai jamais considéré comme un amoureux, assura-t-elle, même si j'ai toujours eu une profonde affection pour lui. La vérité, c'est que je devais vous attendre sans le savoir, mon amour…

Christian l'attira de nouveau contre lui et posa des lèvres caressantes sur ses cheveux.

— Où diable sont les baisers que j'espère depuis une éternité ? quémanda-t-il d'une voix enjôleuse. Aurez-vous le cœur de me les refuser plus longtemps ?

Incapable de résister à cet appel, Rowena leva le visage vers lui et l'embrassa avec toute la ferveur dont elle était capable.

— Je vous aime, Christian, autant qu'une femme peut aimer un homme…

Greatham lui glissa une main langoureuse dans le dos, éveillant en elle un désir dont l'ardeur ne demandait qu'à s'exprimer.

— Vous m'avez tant manqué, plus que je ne saurais le dire !

— Vous aussi, mon amour…

Renonçant à s'expliquer par de simples paroles, Christian referma la porte d'un coup de pied impatient et entraîna sa femme vers le lit…

Lorsque les deux époux, un peu plus tard, se retrouvèrent étendus l'un près de l'autre, leurs corps momentanément assouvis, Rowena prit la main de son mari et la posa sur son ventre.

Emu, Christian caressa un instant la peau satinée, légèrement tendue par un début d'embonpoint. Puis il chuchota à l'oreille de la jeune femme :

— Il deviendra un valeureux chevalier et le plus généreux des hommes. En somme, il sera tout le portrait de son grand-père maternel !

Rowena considéra un instant son mari, puis secoua doucement la tête.

— Je respecte infiniment l'amour et la dévotion que vous portez à la mémoire de mon père, mais j'ai le regret de vous dire que si notre fils a toutes ces qualités, c'est de son propre père qu'il les tiendra avant tout.

Touché jusqu'au fond du cœur, Christian déposa un tendre baiser sur ses lèvres.

— Dieu me pardonne, mais je ne me doutais pas qu'il était possible d'aimer ainsi, murmura-t-il. Comment aurais-je pu savoir qu'un tel bonheur était possible ?

D'une main légère, Rowena lui caressa le visage, épousant les contours de ses mâchoires fermes et de ses lèvres bien dessinées.

— Et moi, comment ai-je pu vivre sans vous si longtemps ? exhala-t-elle dans un soupir de bonheur. La vérité, c'est que je végétais sans m'en douter, jusqu'au jour où vous êtes arrivé à Ashcroft. Je pensais que tout ce qui me manquait, c'était mon père et ce passé dont le mystère m'angoissait tant. Mais en réalité, c'était de vous que je me languissais depuis le début…

Christian acquiesça avec chaleur, le regard rivé au sien.

— Et moi aussi, Rowena. Par le seul fait que vous existiez, vous m'avez révélé le véritable sens de la vie… Que serais-je sans vous, mon amour ?

Laissant les gestes suppléer de nouveau aux paroles, il écarta du bout de la langue les lèvres palpitantes de la jeune femme et sentit un ardent désir s'emparer de lui, aussi puissant et éternel que le retour des oiseaux migrateurs ou le rythme des saisons. Mais cette fois, son approche fut infiniment plus tendre et plus lente, car il savait qu'ils avaient toute la vie devant eux pour s'aimer…

Profondément heureuse, Rowena pressa doucement la main qui reposait toujours sur son ventre.

— Savez-vous ce qui me rend particulièrement heureuse ? C'est de penser que tous ces enfants à venir auront à peu près le même âge… Ils partageront leurs jeux et, si Dieu veut, ils seront aussi unis que les doigts de la main, exactement comme vous l'avez été, Simon, Jarrod et vous. Quelle magnifique perspective, vraiment ! Le but de l'amour n'est-il pas de perpétuer la vie ?

Mais Christian secoua la tête, son regard bleu toujours rivé à celui de Rowena.

— Non, ma chérie, corrigea-t-il. L'amour n'a pas d'autre but que d'exister et d'illuminer nos cœurs, afin de nous rendre chaque jour un peu meilleurs…

HARLEQUIN

PROCHAINS RENDEZ-VOUS LE

## *1er octobre 2004*

Collection *Les Historiques*

**L'ESPIONNE DE L'EMPEREUR,** ***de Gayle Wilson* • *n°287***
*SAGA DES SINCLAIR, 1ÈRE PARTIE.*
***Les tribulations de trois séduisants frères en quête de l'épouse idéale...***
Londres, 1813. Au yeux de ses pairs, Alexandre de Darewood, comte de Sinclair, n'est rien d'autre qu'un élégant dandy. Nul ne devine qu'il est aussi agent secret au service du gouvernement britannique. Une mission clandestine qui, en pleine guerre napoléonienne, l'amène à traquer un certain Henri Bonnet, un espion français d'autant plus dangereux qu'il a pour maîtresse une jeune Anglaise, Elizabeth, à la personnalité pour le moins complexe...

**LA FILLE DU BANDIT,** ***de Margo Maguire* • *n° 288***
Angleterre, 1886. Passionnée par les langues anciennes, Dorothea travaille pour l'Université d'Oxford quand la mort soudaine de sa mère bouleverse son existence. Il lui faudra désormais habiter à Londres chez son père, un homme fantasque, professeur d'histoire de l'art, qu'elle connaît à peine... Toutefois, à son arrivée dans la capitale, ce dernier n'est pas là pour l'accueillir. C'est un certain Jack Temple, aventurier américain et archéologue à ses heures, qui la reçoit. Et ce qu'il lui révèle sur la mystérieuse disparition de son père est fort alarmant...

**LA FIANCÉE D'UN AUTRE,** ***de Lynna Banning* • *n° 289***
Amérique, 1874. Après avoir marié ses cinq sœurs, Meggie songe qu'il est enfin temps de s'occuper de son propre avenir et consent à épouser un lointain cousin qu'elle n'a jamais vu. Elle quitte sa Caroline natale pour le rejoindre dans les vastes forêts de l'Oregon où il travaille comme bûcheron — mais, une fois sur place, apprend que le malheureux vient de décéder dans un accident. Démunie, la jeune femme n'a d'autre choix que de rester au campement malgré l'hostilité ambiante...

**LE DUC ET L'INTRIGANTE,** ***de Miranda Jarrett* • *n°290***
Seuls et sans fortune, Jenny et son frère Rob vivent de menus larcins en attendant des jours meilleurs. Des jours prochains, affirme Rob, car Jenny, aussi habile que jolie, ne tardera pas à piéger un riche époux... L'occasion se présente en effet quand, après un accident d'attelage, la jeune fille est sauvée par un aristocrate, le duc de Strachen, qui la recueille en son château pour la soigner. Célibataire et richissime, il constitue une proie idéale. Aussi, pour prolonger son séjour chez lui, Jenny simule-t-elle l'amnésie...

**LA DAME À L'ÉPÉE,** ***de Sharon Schulze* • *n°291***
Sir William Bowman, un chevalier sans terres, tombe dans une embuscade alors qu'il traverse la forêt de Sherwood pour délivrer une missive à son seigneur et maître. Blessé, il doit son salut à l'intervention d'un cavalier — qui se révèle être une cavalière. Vêtue d'une cotte de mailles et maniant l'épée comme personne, lady Julianna d'Arcy ne ressemble en rien à une gente dame. Et elle ne tarde pas à révéler à sir William ce qu'elle attend désormais de lui...

BEST SELLERS

***Les Best-Sellers Harlequin, c'est la promesse d'une lecture intense : romans policiers, thrillers médicaux, drames psychologiques, sagas, ce programme est riche d'émotions.***

## Ne manquez pas, le 1er septembre :

**Zone d'ombre,** de Shirley Palmer • N° 204

Le petit Jimmy, quatre ans, vient d'être enlevé, et Maggie Cady n'a aucun doute sur l'identité des ravisseurs. Son passé l'a rattrapée — avec sa cohorte de gens peu recommandables. Sans prévenir son mari, qui ignore tout de son milieu d'origine, elle remonte la filière jusqu'aux coupables. Elle est prête à tout pour sauver son fils, même si son combat doit lever le voile sur son passé rempli d'ombres…

**Puzzle meurtrier,** de Gwen Hunter • N° 205

« Sorcière. Guérisseuse. » La jeune accidentée qui se présente ainsi au Dr Rhea Lynch n'a rien d'ordinaire. Pas plus que les guérisseurs itinérants qui débarquent soudain non loin de l'hôpital et font des « miracles » sous leurs chapiteaux. Rhea ne sait que penser de ces étranges phénomènes. Et puis un jour… Dérapage ? Magie noire ? Des meurtres sont commis selon un rituel macabre. A mesure que les pièces du puzzle se mettent en place, Rhea assiste à un combat terrifiant entre la science et l'irrationnel…

**Suspect N° 1,** de Bonnie Hearn Hill • N° 206

Le sénateur Eric Barry, dont le charisme et l'efficacité lui valent le soutien de toute la Californie, et de son épouse Suzanne, doit soudain s'expliquer devant les médias quand sa jeune stagiaire, April Wayne, est portée disparue. C'est avec lui que la belle rousse a été vue pour la dernière fois dans un bar de Sacramento. Au fil des jours et de l'enquête, les électeurs d'Eric Barry et ses proches voient se dessiner une face insoupçonnée de l'homme qu'ils ont adulé…

**Protection rapprochée,** de Mary Lynn Baxter • N° 207
En tant que maire de Dallas, Jessica Kincaid est exposée à certaines hostilités. Mais pour faire face à des menaces de mort de plus en plus précises, elle engage un garde du corps. Brant Harding est un ancien flic divorcé, revenu de tout. Entre eux, l'attirance est immédiate. Une passion qu'ils décident de vivre intensément, tandis qu'un danger de plus en plus pressant pèse sur Jessica...

**Refuge à Trinity,** de Sherryl Woods • N° 208
Bravant son puissant père, ses deux frères, et toute la ville bien pensante de Trinity, Daisey Spencer décide d'adopter Tommy, dix ans, un orphelin de fraîche date, rompu aux fugues et aux larcins. Jusqu'au jour où l'oncle de Tommy, contacté par les services sociaux, arrive de Washington. Walker Ames, divorcé et père de deux enfants, n'est pas une référence en matière de réussite familiale. C'est pourtant lui qui décidera du sort de Tommy…

**Destinées,** d'Erica Spindler • N° 34 (réédition)
En quittant définitivement Bend, sa petite ville natale du Mississipi, Becky Lynn Lee n'a qu'une idée en tête : fuir sa vie misérable. À Los Angeles, où elle débute comme apprentie-coiffeuse, l'ascension est fulgurante. Devenue mannequin puis photographe de mode reconnue, la jeune femme voit s'éloigner peu à peu les spectres du passé. Jusqu'au jour où un personnage surgi de cette obscure partie de sa vie vient menacer sa situation chèrement acquise...

Composé et édité par les
*éditions* Harlequin
Achevé d'imprimer en juillet 2004

**BUSSIÈRE**
GROUPE CPI

à Saint-Amand-Montrond (Cher)
Dépôt légal : août 2004
N° d'imprimeur : 43060 — N° d'éditeur : 10680

*Imprimé en France*